沃勒·索因卡：
后殖民主义文化与写作

宋志明 ◎ 著

Wole Soyinka

中国社会科学出版社

图书在版编目(CIP)数据

沃勒·索因卡：后殖民主义文化与写作 / 宋志明著 . —北京：中国社会科学出版社，2019.6
ISBN 978-7-5203-5342-7

Ⅰ.①沃… Ⅱ.①宋… Ⅲ.①沃勒·索因卡-文学研究 Ⅳ.①I437.065

中国版本图书馆 CIP 数据核字（2019）第 215463 号

出 版 人	赵剑英
责任编辑	任　明
责任校对	周　昊
责任印制	郝美娜

出　　版	中国社会科学出版社
社　　址	北京鼓楼西大街甲 158 号
邮　　编	100720
网　　址	http：//www.csspw.cn
发 行 部	010-84083685
门 市 部	010-84029450
经　　销	新华书店及其他书店
印刷装订	北京君升印刷有限公司
版　　次	2019 年 6 月第 1 版
印　　次	2019 年 6 月第 1 次印刷
开　　本	710×1000　1/16
印　　张	13.25
插　　页	2
字　　数	224 千字
定　　价	75.00 元

凡购买中国社会科学出版社图书，如有质量问题请与本社营销中心联系调换
电话：010-84083683
版权所有　侵权必究

目 录

第一章　引论 …………………………………………………………（1）
　　第一节　作家肖像 …………………………………………………（1）
　　第二节　"黑皮肤，白面具"：作为后殖民作家的文化定位 ………（8）

第二章　"神话美学"与文化"归航" ………………………………（22）
　　第一节　"身份认同"：反抗的起点 ……………………………（22）
　　第二节　神话、传统和历史 ………………………………………（28）
　　第三节　以奥贡为中心的神话美学体系 …………………………（32）
　　第四节　非洲新浪漫主义 …………………………………………（36）
　　第五节　"善恶对立寓言"与文化本质主义 ……………………（46）

第三章　文化反抗：理论与实践 ……………………………………（59）
　　第一节　文学与政治："政治丛林中的死亡舞蹈" ……………（59）
　　第二节　反抗剧院 …………………………………………………（81）
　　第三节　"莫比乌斯之环"：悲观主义与"道德两难" …………（93）

第四章　"泛非语言"：挣脱语言殖民 ……………………………（107）
　　第一节　英语语言：无奈的文学表述 …………………………（107）
　　第二节　创造、变异和"地方英语文学" ……………………（115）
　　第三节　语义的文化扩展 ………………………………………（120）

第五章　文本研究："奴隶叙事"与"反话语" …………………（131）
　　第一节　戏剧：仪式戏剧和欧洲戏剧传统 ……………………（134）
　　　　一　仪式戏剧 …………………………………………………（134）
　　　　二　"悲剧的神话美学"与欧洲戏剧传统 …………………（141）
　　第二节　诗歌：黑非洲的战神奥贡 ……………………………（153）
　　　　一　几种原型 …………………………………………………（153）

二　当代非洲的政治史诗 …………………………………（160）
第三节　小说：放逐、异化及叙事的形式和意义 …………（173）
　　一　孤独的救赎者 ………………………………………（173）
　　二　《阐释家》：普罗米修斯式的知识者群体 …………（178）
　　三　《混乱季节》：激进时期的乌托邦…………………（188）

余论　索因卡与中国的后殖民话语 ……………………（197）

主要参考文献 ……………………………………………（204）

第一章　引论

第一节　作家肖像

1986年12月10日，尼日利亚作家沃勒·索因卡（Wole Soyinka）登上了荣誉的顶峰，瑞典文学院第一次把诺贝尔文学奖授予一位黑人艺术家，授奖辞说："索因卡的戏剧深深植根于非洲的世界和文化，但他也在戏剧领域之外精通伟大的欧洲文学。"① 这一评价是恰当的，说明索因卡的主要贡献在戏剧方面，同时说明除了本土资源，欧洲文学传统也是他艺术创造的重要来源。索因卡被公认为当代世界范围内最重要的英语剧作家之一，同时也是一位"全体裁"作家，在诗歌、小说、传记、文学文化评论等方面也成就卓著、广受关注。索因卡是一位具有惊人产出的"高产"作家，从20世纪60年代初期开始到21世纪，创作生涯达半个多世纪。根据国外统计资料，已出版18部剧作、5本诗集、2部长篇小说、4部传记、1部译著、3部文艺论著及其他各类难以统计的政论和文化评论文章。②

索因卡同时还是最不妥协和最富激情的人权运动者、非洲大陆最持久的反独裁、反暴政者以及自由、平等价值观的斗争者，20世纪后期的40年中，他始终处于尼日利亚政治风暴的中心，屡遭监禁和驱逐，长期流亡国外，政治活动高潮达三次之多。索因卡与尼日利亚另一位作家钦努阿·阿契贝（Chinua Achebe）等人被称为非洲"泰坦巨神"式的作家，带动

---

① Lars Gyllensten, *Award Ceremony Speech*, https：//www.nobelprize.org/nobel_prizes/literature/laureates/1986/presentation-speech.html.

② See Biodun Jeyifo, *Wole Soyinka：Politics, Poetics and Postcolonialism*, Cambridge：Cambridge UP, 2004. p. 18.

了尼日利亚进入后殖民时期文学文化的迅速繁荣。无论从哪方面考察，索因卡在尼日利亚、非洲和欧美国家乃至世界范围内都是一位具有重大意义的作家，堪称"伟大"，是尼日利亚乃至非洲现代文学的奠基人之一。目前，这位世界文学界的"常青树"依然笔耕不辍，令人尊敬。

1934年7月13日，索因卡出生在尼日利亚的阿贝奥库塔（Abeokuta），属于尼日利亚三大古老部族之一的约鲁巴（Yoruba）部族。尽管这是一块灾难频发的土地，但索因卡在这里度过的童年生活还是幸福的，没有所谓创伤性的回忆，自传体作品《阿凯，我的童年时光》（*Ake*: *The Years of Childhood*）和《伊萨拉：父亲"散文"之旅》（*Isara*: *A Voyage Around 'Essay'*）对此作了生动的记述。索因卡的祖父是当地的一个酋长，父亲则是索因卡就学的圣彼得小学的校长，是虔诚的基督徒，在当地颇有名望。索因卡母亲的家族更为显赫，她的爷爷是主教，叔叔是索因卡就读的中学"阿贝奥库塔语法学校"校长，其妻是尼日利亚20世纪40年代弥漫全国的妇女运动的领导人。索因卡的母亲受其影响也加入到这一运动中去。[①] 索因卡在这样家庭的"庇荫"下，生活得无忧无虑，很小就开始接受教会学校带有强烈殖民色彩的殖民教育，在父亲的引导下，六七岁时就阅读了大量的诸如《圣经》故事之类的英文书籍，"会说英语"使他在赤足奔跑在约鲁巴阿凯地区泥土地上的穷苦孩子们中鹤立鸡群，连他住在伊萨拉的酋长爷爷也对这个天资聪颖的孙子啧啧称奇。

索因卡在家乡的圣彼德小学和阿贝奥库塔语法学校完成了基础教育，1950年中学毕业后曾去当时的尼日利亚首都拉各斯（Lagos）逗留了一段时间，做一份小职员的工作，这期间就已开始尝试着为国家广播电台创作广播剧。1952年，索因卡进入位于拉各斯的伊巴丹（Ibadan）大学，学习英语、希腊语和历史，课余时间创办学生出版物，发起学生联谊会，并继续练习写作。两年后索因卡进入英国利兹（Leeds）大学继续学习英语，获得学士学位后继续攻读硕士学位，但由于主要兴趣在创作上，因此硕士学业并没有完成。这期间他在学生刊物上发表过短篇小说，并完成了早期的两部重要剧作——《沼泽地的居民》（*The Swamp Dwellers*）和《狮子与宝石》（*The Lion and the Jewel*）。1958年，索因卡来到伦敦，参与了伦敦

[①] ［尼日利亚］索因卡：《阿凯，我的童年时光》，徐涵译，北京燕山出版社2016年版，第195页。

"皇家宫廷剧院"（Royal Court Theatre）的戏剧演出工作，接触到一些剧作家和演员，组织了一个名为"尼日利亚戏剧团体"的剧团。在英国，与戏剧相关的系列活动是索因卡早期生活的重要经历，正是在这一时期，他逐渐确立了自己未来的人生方向，即要"成为一个运用非洲艺术因素创作并及时回应当代事件的剧作家"[1]。

1960年1月1日，尼日利亚挣脱英国殖民统治，获得独立。索因卡在国家独立前夜返回尼日利亚，在"洛克菲勒基金"的资助下，研究西非的戏剧。这期间，早期戏剧作品《落叶上的紫木》（Camwood on the Leaves）、《杰罗教师的磨难》（The Trials of Brother Jero）以及《森林之舞》（A Dance of the Forest）先后完成。同时，先后创建了"1960年面具"（1960Masks）剧组和"奥利苏剧院"（OrisunTheatre），开始了持久的"反抗剧"的实验，创作了大量激烈抨击政府腐败和暴政的宣传鼓动剧。这些街头剧索因卡称之为"鸟枪剧"（Shot-gun Sketches）和"游击剧院"（Guerrilla Theatre），因其激进的立场而屡次被政府当局禁演。这些以讽刺和滑稽模仿为主要特征的反抗剧实验断断续续地持续到20世纪80年代，一直到1983年，索因卡为抨击当时尼日利亚沙加里（Shagari）政府的败政还创作了总题为《优先项目》（Priority Project）的系列宣传剧。[2]

1965年，索因卡因"广播磁带事件"而在国内名声大噪。这一年尼日利亚西部地区进行选举，因黑幕和不公平而引发了骚乱，最终酋长阿肯图拉（Akintola）宣布获胜，伊巴丹广播电台拟将播发他的获胜声明时，有人调换了磁带，结果传出了"自由尼日利亚之声"的声音，敦促阿肯图拉和他的"变节者"竞选团队离开尼日利亚。此事件被称为一次政变的预演。当局随即逮捕了"肇事者"索因卡，但由于民众的抗议而很快无罪释放，对外宣称此次事件只是由于"技术的错误"。当索因卡走出法庭时，欢呼的民众把他扛在肩膀上、抛向空中。索因卡第一次作为公众人物站在了尼日利亚政治风暴的中心。

20世纪60年代中期也是索因卡艺术创作的收获期，先后出版了戏剧

---

[1] James Gibbs, *Wole Soyinka*, London: Macmillan Publishers LTD, 1986, p. 4.

[2] See Biodun Jeyifo, *Wole Soyinka: Politics, Poetics and Postcolonialism*, Cambridge: Cambridge University Press, 2004, p. xxix.

《孔吉的收获》（*Kongi's Harvest*）、《路》（*The Road*）以及长篇小说《阐释家》（*The Interpreters*），这些作品反映了尼日利亚在进入"后独立"时期不久，即出现了严重的后殖民社会危机，整个国家乃至非洲大陆开始弥漫一种理想幻灭的情绪。

　　1967年，尼日利亚连续发生政变，随即引发长达三年的内战，索因卡因参与激进的反战组织而再次遭到逮捕，被单独囚禁达27个月。这是索因卡人生中最为痛苦的一次经历，在黑暗狭小的囚室中，索因卡体验到了绝望、濒死、挣扎、冥思等各种非人的情感折磨。但也是这一经历使他爆发出惊人的力量，作为危险的政治犯，他被禁止写作，但他想尽各种办法用羽毛等材料自制笔墨，坚持在书籍的字列行间写作。1970年索因卡出狱后完成的被称为"邪恶之花"的剧作《疯子和医生》（*Madmen and Specialists*）即部分在狱中完成，随后出版的诗集《地穴之梭》（*A Shuttle in the Crypt*）和自传体作品《此人已死：狱中札记》（*The Man Died：Prison notes*）也是这次经历的直接产物。包括1988年出版的长诗《曼德拉的土地》（*Mandela's Earth and Other Poems*）也受益于这一监禁经历，诗中索因卡感同身受，声援狱中的曼德拉同南非种族隔离当局进行斗争。应该说，索因卡的"监狱写作"不仅在非洲大陆具有后殖民反抗的深远意义，也与在世界范围内不同国家和不同历史时期中，众多身陷囹圄、反暴政和独裁、为自由而呐喊的人们遥相呼应。

　　索因卡在内战结束后出狱，标志着他的第二次政治活动高潮的落幕，1970—1975年索因卡自己离开尼日利亚，流亡到国外，他称此次经历为"自我放逐"。这一时期，随着国际形势的变化，马克思主义思潮在非洲一度出现流行趋势，索因卡总的来说对社会主义革命运动持支持态度，并以此作为他反对非洲许多独裁暴政国家（如乌干达阿明政权）的思想资源。1973年出版的第二部长篇小说《混乱季节》（*Season of Anomy*）反映了索因卡这一阶段的思想倾向。1974年索因卡在加纳主编了著名的《转型》（*Transition*）杂志，成为不同批评流派论争非洲文学的阵地。索因卡以《转型》为媒介与以阿契贝等人为代表的"去殖民化"派以及非洲的马克思主义"左翼"作家、批评家学派展开了持续多年的论争。这期间索因卡还当选为"非洲人民作家联盟"（*The Union of Writers of African Peoples*）的秘书长。1977年，回国后的索因卡被聘为依费大学比较文学教授，并创建了戏剧艺术学系。在依费大学，索因卡启动了他的第二个

"反抗剧院",命名为"游击剧院"(Guerrilla Theatre),继续进行反腐败政府的宣传与鼓动。

20世纪70年代索因卡创作的重要剧作有《疯子和医生》、《杰罗教士的磨难》的续篇《杰罗的变形》(*Jero's Metamorphosis*),根据欧洲经典文本改编的《欧里庇德斯的酒神祭司》(*The Bacchae of Euripides*)以及根据英国18世纪的剧作家约翰·盖伊的《乞丐歌剧》和布莱希特的《三便士歌剧》改编的《歌剧翁约西》(*Opera Wonyosi*)。1975年完成名作《死亡与国王的侍从》(*Death and the King's Horseman*)。《歌剧翁约西》描绘了非洲一幅令人震惊的政治生态病态图,讽刺了尼日利亚"石油经济"时期的社会价值观,指出政客们对外乞求资金援助,对内实施暴政的后殖民权力真相,隐喻他们是一群"乞丐"和"罪犯"。由于激进的政治立场,该剧在尼日利亚被禁止演出。《死亡与国王的侍从》1976年首次在尼日利亚伊费(Ife)大学演出,1979年在美国芝加哥、华盛顿多地上演,获得巨大成功,引起西方评论界的极大关注,该剧因此成为索因卡戏剧作品的重要代表作之一,被认为是"20世纪世界戏剧的主要成就"。① 诗歌方面除《地穴之梭》,还有长诗《奥贡,阿比比曼》(*Ogun Abibiman*)。此外还有前面提到的长篇小说《混乱季节》。文学文化理论方面是1976年出版的《神话,文学和非洲世界》(*Myth, Literature, and the African World*),集中体现了索因卡从本土传统资源中提炼出的、作为其文学创作尤其是中前期作品的思想"母体"的神话美学思想体系。

1977年在奥巴桑乔(Olusegun Obasanjo)政府期间,索因卡参与了第二届"黑人和非洲文化艺术节"的主办工作,后来还担任了"联邦公路安全公司"主席一职,这可以说是索因卡唯一一次与政府当局"合作"的经历。尽管如此,索因卡仍对尼日利亚"石油经济"时期遍布全社会的公然腐败和压抑的政治氛围进行抨击,那时首都拉各斯的人们在露天广场、街头市场、学校操场经常可以看见"游击剧院"讽刺滑稽短剧的演出。1979年,索因卡短暂加入了一些进步政治家组成的、具有社会主义性质的"人民拯救党"和其他左翼组织,但这些组织很快陷入分裂而名

---

① James Gibbs, *Wole Soyinka*, London: Macmillan Publishers LTD, 1986, p.126.

存实亡。①

进入20世纪80年代，索因卡在非洲和西方世界声誉日隆，1981年被聘为耶鲁大学的访问教授，他穿梭于尼美之间，在国内继续《优先项目》的反抗宣传剧实验。同时值得一提的是，索因卡此时重新施展他的"全能"才艺，把文化反抗实践扩展到电影和大众流行歌曲领域。早在英国利兹大学时期，索因卡就借与当地一些演员交往的便利学习过电影制作和拍摄技术。60年代初期的剧作《强种》发表后就曾拍摄成电影，1970年索因卡出狱后把《孔吉的收获》改编成电影，并亲自饰演独裁者孔吉。1984年制作了电影《一个浪子的忧郁》(*Blues for a Prodigal*)，直言这是一部"直接的宣传电影"，"毫不隐讳地号召武装斗争"。② 同期还灌制了唱片《无限自由公司》(*Unlimited Liability Company*)，在反对党的电台播放，几乎成为一时的流行曲，在全国引起反对沙加里贿选的抗议风暴。当时，索因卡在多地发表声明抵制选举腐败，并预言即将发生政变推翻沙加里，结果沙加里果然很快被布哈里（Buhari）发动的政变所取代。索因卡再次成为尼日利亚全国英雄般的人物，民众称呼他为"我们的W·S"，并欢庆他的50岁生日。1986年，索因卡获得诺贝尔文学奖。到90年代之前，出版的重要作品是他的第二本自传体作品《伊萨拉：父亲"散文"之旅》(*Isara*：*A Voyage Around 'Essay'*) 以及他不同时期重要的文学文化论文集《艺术，对话和愤怒》(*Art*, *Dialogue and Outrage*)。

进入20世纪90年代以后，索因卡相对处于一个艺术创造的"衰减期"，不再像以前那样有作品密集地问世，但到目前为止，他仍有新的剧作、诗集、回忆录、文化及政论文集出版，数量依然可观，是一位名副其实的文坛"常青树"。主要有剧作《爱你的兹雅敬上》(*From Zia*, *with Love*)、《街头小子的授福》(*The Beatification of Area Boy*) 等，出版了第三本回忆录《伊巴丹：潘克雷米斯年代》(*Ibadan*：*The 'Penkelemes' Years*)，诗集《外来者》(*Outsiders*)，以及文化政论集《大陆之殇：关于尼日利亚危机的个人叙述》(*Open Sore of a Continent*：*A Personal Narrative of the Nigeria Crisis*)、《存在和虚无的教条》(*The*

---

① See Jeyifo, Biodun Jeyifo, *Wole Soyinka*：*Politics*, *Poetics and Postcolonialism*, Cambridge：Cambridge University Press, 2004, p. xxviii.

② James Gibbs, *Wole Soyinka*, London：Macmillan Publishers LTD, 1986, p. 17.

Credo of Being and Nothingness)、《记忆的重担：原谅的缪斯》(*The Burden of Memory-The Muse of Forgiveness*) 等。同时，他激进的政治活动仍在持续，在 20 世纪 90 年代甚至还有一次高潮。1993 年，尼日利亚又陷入政权更迭的危机中，民选出的文官政府被军事独裁者巴班吉达（Babangida）武力废除，索因卡尝试组织一次从南部地区开始直达北部的新首都阿布贾（Abuja）的示威大游行，但因军人的干预而流产。后尼日利亚处于阿巴查（Abacha）军政府的控制之下，全国笼罩在空前的恐吓、镇压和政治暗杀的恐怖氛围中，1996 年索因卡被迫再次经历长达四年的国外流亡生活，1997 年索因卡和国内其他一些异见分子被阿巴查当局缺席判处死刑。

进入 21 世纪以来，索因卡依然"老骥伏枥"，奔走于世界各地，参加各种文化活动，发表文化政论演说。他继续担任"国际作家议会"组织的主席，造访巴勒斯坦和以色列，呼吁中东的和平与安宁。2006 年，索因卡获得"东南亚作家奖"(S. E. A. Write Awards)，但他取消了在曼谷举行的颁奖典礼的主旨演讲，以抗议泰国同年发生的军事政变。2007 年，索因卡在演讲中呼吁宗教信仰自由，但反对宗教极端主义和恐怖主义，谴责英国社会已变成宗教极端主义的温床。2012 年 10 月 28 日至 11 月 5 日，索因卡应中国社科院外国文学研究所邀请来到中国，在与中国的作家和学者交流时，他反复强调，作为一个作家应对社会现实所担负的政治责任，他说："如果你决意写出真相，就必须做好准备，有时要承受来自国家的暴力反对"，[①] "在尼日利亚，文学就是政治的。我也可以说，有时写作会强烈地受制于一种无法阻挡的、必须进行政治性写作的责任感"。[②] 2016 年 12 月，当特朗普宣布取得美国第 45 任总统大选的胜利时，索因卡随即宣布实施自己的"我来退"(Wolexit)行动，撕掉自己持有的美国绿卡，永远告别美国。此举不是一个轻松的文字游戏（Wolexit 是索因卡的名字和英文"退出"的组合），也不是简单地对同是黑人的美国前任总统奥巴马的种族主义同情，而是抗议特朗普在移民问题上的种族歧视言论和在墨西哥边境的筑墙计划，反映了索因卡主张民族平等自由、反对"白人优越论"的一贯立场。

[①] 康慨：《大师直接行动：沃莱·索因卡访华成行》，《中华读书报》2012 年 10 月 31 日。
[②] 同上。

这一时期，索因卡的戏剧活动主要是于2001年在拉各斯正式演出了以前未出版的剧作《国王巴布》(King Babu)，主题仍然是反抗非洲国家的独裁政治，反响较大的是他的第四本回忆录《你必须在黎明时出发》(You Must Set Forth at Dawn)，政论集《恐惧的气氛》(A Climate of Fear)以及《新帝国主义》(New Imperialism)等。

总的来说，从20世纪90年代以来，索因卡可以说进入了艺术创作的"后期"，艺术的创新性难以超越早期和中期，作品的总体风格逐渐褪去以往的晦涩和艰深，开始趋于简洁和明朗，但文化思想和政治观仍在变化和演进着，不断地拓展其在世界范围内的视野边界以及深刻性和复杂性，正如他倔强地向上伸展的、卷曲而魅力十足的花白头发以及他精力旺盛、不屈不挠的精神外貌，这位20世纪伟大的黑人作家和思想者，把毕生精力都投入到了反抗独裁、暴政以及殖民统治的事业中，以人的自由为永恒信仰的社会政治活动家，在新的世纪，继续书写着他丰富多彩、跌宕起伏的传奇人生。

第二节 "黑皮肤，白面具"：作为后殖民作家的文化定位

"黑皮肤，白面具"的问题是索因卡研究的一个关键问题，即索因卡创作中的非洲本土传统和西方文明这两大文化来源的问题。主张"非洲主体性"的"非洲中心"论者的代表人物钦维祖（Chinweizu）（尼日利亚评论家、作家）对索因卡进行了尖刻的批评，说他是普世主义者和非洲文化的异化，是非洲面具下的欧洲现代主义者，是英国文化帝国主义的代理人，刻苦地模仿着欧洲20世纪的现代诗学，是自愿的文化奴隶。持相同观点的还有著名的阿契贝和肯尼亚作家恩古吉·佤·提昂戈（Ngugi wa Thiong'o）等相当数量的作家和学者。索因卡则回击说钦维祖等人是"文化的自我陶醉者"和"自我异域情调的制造者"，是肤浅的文化民族主义和传统主义[1]，恰好迎合了西方殖民者的思想，强调融合、杂糅是非洲后独立时期的文化现实。索因卡20世纪70年代与钦维祖等人的"非洲

---

[1] Biodun Jeyifo, *Wole Soyinka: Politics, Poetics and Postcolonialism*, Cambridge: Cambridge University Press, 2004, p.50.

中心"学派（索因卡称其为"伪传统主义者"）论争的核心问题是来自前殖民地作家在后殖民时期的文化身份问题，索因卡和论争对手都力图证明自己是来源于本土传统资源的作家，以避免西化的嫌疑，是拥有黑色皮肤和"黑人性"的真正的黑色民族的作家。

然而这里出现一个关键的问题，即他们是否还带着一副"白面具"的问题，亦即后殖民作家是否不可避免、不可否认地还"继承"了帝国主义和殖民者的文化遗产的问题。回答是肯定的，索因卡和其他前殖民地作家，诸如非洲大部分地区、东印度群岛、加勒比海地区的作家们都不能回避这一问题。他们当中绝大部分人甚至都不能用本土语言写作，而是用前殖民宗主国的语言表达着自己，用"入侵者"的语言表达着对"入侵者"的反抗，这种状况虽然尴尬，却是难以改变的事实。索因卡用尼日利亚殖民宗主国——大英帝国的语言——英语写作，他的戏剧、诗歌、小说等主要作品中明显地浮现着古希腊戏剧、欧洲现代派诸如存在主义、表现主义思想的影子，欧里庇得斯、莎士比亚、艾略特、尼采、布莱希特等欧洲文明的"大师"们的身影隐匿其中。

事实上，"黑皮肤，白面具"只是一个形象而简化的比喻，索因卡"白面具"的问题要深刻复杂得多，"欧洲中心"的西方文化作为他创作的来源之一，不能简单地理解为一种外在的形式，或者一种虚假的、表面的、装饰性的"道具"套在内在的、真实的黑色传统文化的实体物之上，而是已经"内化"于其作品的有机体内，与非洲本土文化"混杂"、"杂糅"在一起，相互交融，难分彼此。

"文化杂糅"是后殖民理论的核心观点之一，从后殖民主义理论先驱法农（Frants Fanon）到后殖民批评"三剑客"赛义德（Edward Wadie Said）、斯皮瓦克（Gayatri C. Spivak）和霍米·巴巴（Homi K. Bhabha），都从不同角度提出了"文化融合"的观点。出生于法属殖民地马提尼克岛（中美洲加勒比地区）的黑人思想家弗兰茨·法农是第三世界民族解放斗争和后殖民理论的思想源泉，他1952年出版的《黑皮肤，白面具》一书，从精神心理层面分析了殖民主义给殖民地人民造成的精神创伤，他们在潜意识中承认白人的优越地位，以白人的价值观来衡量自己的一切，长期的殖民统治和奴化教育使黑人丧失了民族本质和种族意识，一方面在心理上形成一种深刻的自卑情结，并把这种情结内化为自己的本质属性；

另一方面他们又急于成为白人，获得白人属性。① 法农指出，黑人实际上并没有真正获得白人的属性，而只是获得了一副"白面具"，殖民主义使他们"变成了劣等民族，变成了自我羞辱和灵魂痛苦挣扎的人群，他们为抹去与生俱来的黑色身份的耻辱，从而在灵与肉上都处于一种自卑自毁的可悲境地"。② 法农实质上也承认黑人被殖民者"混杂"的文化身份，只不过是从精神病态方面着眼的，强调这种文化身份的矛盾性和斗争性，认为黑人在文化心理上处于一种分裂状态，成为无时无刻不在与自我进行斗争的人，黑人只有通过伟大的民族解放运动才能彻底摆脱这种精神被奴役的自卑。

赛义德等后殖民主义理论家进一步发展了法农的"黑皮肤，白面具"思想，逐渐地认识到"文化杂糅"是殖民地客观的历史和现实的景象，是深刻复杂的殖民地经验的象征，而且这种文化混杂恰好是解构西方"二元对立"的摩尼教思想传统的切入点，后殖民知识分子唯有在这种文化浑融状态中才能摆脱"黑—白"、"主—奴"、"文明—野蛮"、"优越—劣等"、"西方—东方"的二元对立思维模式，运用适当的策略反抗西方殖民主义文化霸权。赛义德说："各种文化间彼此太过混合，其内容和历史互相依赖、掺杂，无法像外科手术般分割为东方和西方这样巨大的、大都为意识形态的对立情况。"③ 霍米·巴巴是后殖民批评概念"文化混杂"（Culture Hybrid）的提出者，他说："如果殖民权力的效果被视为混杂化的结果……它使一种颠覆成为可能，这种颠覆将主宰的话语状况转变为干预的基地。"④ 在巴巴看来，混杂是后殖民社会的一个普遍的语境，混杂使对殖民文化权威的"颠覆"成为可能，后殖民社会的知识分子都是赛义德所说的"文化两栖人"（Culture Amphibians），他们通过最初对殖民文化的"模仿"而逐渐地对殖民主体的权威进行了破坏、瓦解和颠覆，而这些"文化两栖人"也是一种"仿真人"。

"文化两栖人"大都出生、成长在东方，却长期接受殖民宗主国的教育，成年后即使没有移民海外，生活场景也都转换于本土和西方之间，他

---

① 参见刘象愚《法侬与后殖民主义》，载《外国文学》1999年第1期。
② 转引自王岳川《后殖民主义与新历史主义文论》，山东教育出版社1999年版，第17页。
③ [美] 萨义德：《知识分子论》，单德兴译，三联书店2002年版，第3页。
④ Bhabha Homi, *The Location of Culture*. London and New York: Routledge, 1994, p.112.

们对属于自己的殖民地本土文化和西方文化都有着切身而深刻的理解，对两种文化的认识要胜于民族知识分子。从这个意义上讲，索因卡无疑是典型的"文化两栖人"。而作为来自非洲为数不多的杰出作家之一，索因卡自然而然地成为后殖民理论批评所研究考察的"经典"案例，结论是索因卡正是一位"文化融合"论者："索因卡和哈里斯则支持文化融合主义，因为它既不否认与传统的关联，又认为非洲加勒比海的命运不可避免地与当代多元文化现状纠缠在一起。"① 并认为20世纪70年代索因卡与钦维祖等"非洲中心"派的论争意义重大："提出了民族排他主义或群体排他主义问题，以及逃避融合主义（特别是暗含在英语使用中的文化融合）之不可能等重要问题。……这些论争成功地将后殖民批评中最重要的理论问题区别对待。"②

回顾20世纪70年代索因卡与钦维祖等人的论争，今天我们可以清晰地认识到，钦维祖等人认为回归到传统文化之根对恢复确认自我的"非洲文化身份"至关重要，他们所采取的策略是简单、粗暴的排斥，否定几百年的殖民经验给非洲带来的深刻影响，试图像把殖民主义势力驱除出非洲那样也把殖民文化的遗留从土著人的精神和心灵中剔除出去，恢复、建立纯粹的"非洲中心"的本土文化以对抗"欧洲中心"的西方文化，这种"民族排他主义"使钦维祖陷入狭隘的文化民族主义或"文化本质主义"立场，而这正是后殖民理论所根本反对的，因为这种文化排他主义与殖民主义所运用的"黑—白"、"主—奴"式的"二元对立"思维模式在本质上是一致的，而且后殖民批评理论认为文化混杂是殖民主义时期结束后全球社会文化的基本状态，逃避文化融合是不可能的。索因卡较之于钦维祖的高明之处在于他也倡导要恢复和重建被殖民者遮蔽和歪曲了的民族传统，但不忽视殖民经验对非洲的影响以及欧洲文明的可资利用之处，强调非洲文化的"兼容性"以及世界不同文明和艺术传统的相互融合。这一点在索因卡思想发展的后期尤其明显，以至于进入21世纪后，

---

① ［澳］比尔·阿希克洛夫特、格瑞斯·格里菲斯、海伦·蒂芬：《逆写帝国》，任一鸣译，北京大学出版社2014年版，第27页。

② 同上。

索因卡被称为"新世界主义者"。[①]值得注意的是,在20世纪70年代,后殖民批评刚刚兴起,而索因卡此时思想已暗合了后殖民批评"最重要的理论问题",充分说明这位黑人作家思想艺术的前瞻性和敏锐性,而从后殖民的全球性语境立论,索因卡是具有各种后殖民文化症候的、"转换"于本土文化自我和西方文明"他者"之间、树立了真正的后殖民"文化混杂"典范的作家。

索因卡没有像非洲很多知识精英那样采取极端的文化民族主义立场,敏锐地意识到后独立时期"纯净"而盲目地"去殖民化"的危险,与他早期的个人成长、教育经历有关,尤其与作为他重要的创作和思想源泉的约鲁巴部族文化传统密切相关。今天非洲的许多评论家都意识到,世界范围内的非洲文学评论一直存在一个误区,即当他们面对某一非洲作家时,想当然地把他置于整体的非洲背景中,理所当然地认为他就是一位"非洲作家",他的作品来自"非洲文化",而忽视了他这种整体的"非洲文化"背后还有着尼日利亚、肯尼亚抑或南非等民族国家的不同,更不要说这些不同的民族国家内部数难以数计的不同的部落、种族的差别,存在着"评价非洲文化和道德的一种简化主义倾向,似乎非洲不存在多种语言和多元文化选择的问题"。[②]忽视非洲不同国家和部族文化的多样性而去评价一位非洲作家是很大的失误,因此从文化来源的角度严格地说,称呼索因卡为"非洲作家"甚至"尼日利亚"作家都是笼统的,称呼他是"约鲁巴作家"才是确切的,因为即使同属尼日利亚,约鲁巴人和伊格博(Igbo)人在历史传统和殖民经历上也存在着巨大的差别。

当代非洲仍然部族冲突不断,政局动荡不安,其中一个重要因素就是部族传统的差异和对抗。而其中更为深层的原因则要追溯到早期欧洲殖民者的统治。1884年的柏林会议(史称"瓜分非洲会议")英、法、德等国从各自利益出发,人为地划分出非洲国家国界,许多原本宗教信仰、文化习俗差异极大的部族被划归一个国家,而语言、传统一致或相似的部族

---

① Biodun Jeyifo, *Wole Soyinka: Politics, Poetics and Postcolonialism*, Cambridge: Cambridge University Press, 2004, p. 80.

② Kole Omotoso, *Achebe or Soyinka? A Study in Contrasts*, London: Zell Publishers, 1996, p. xvii.

则被粗暴地分割开来，从此分属不同国家。① 之后欧洲殖民者为了便于统治，实行部族"分制"政策，刻意赋予各部族酋长一定的执政权力，制造非洲不同部族之间的摩擦。近两个世纪以来，非洲国家的部族冲突始终不断，即使20世纪60年代非洲国家纷纷取得民族国家独立以后，这一可以说主要是由殖民主义遗产所导致的矛盾仍然未能解决，严重影响非洲国家的政局稳定，成为非洲政治的一大顽疾。

尼日利亚目前人口约有1.7亿人，国土面积90多万平方公里，但却有250多个部族，其中南部的约鲁巴、东部的伊格博和北部的豪萨—富拉尼三大部族势力最大。索因卡来自约鲁巴，而尼日利亚另一位具有世界影响力的著名作家钦努阿·阿契贝则是伊格博人。阿契贝的文学生涯稍早于索因卡，被誉为"非洲现代文学之父"，索因卡则有"非洲英语戏剧之父"和"非洲的莎士比亚"的美誉。这两位尼日利亚文学的"双璧"自然有一些相似共通之处，但更多的是表现在艺术风格和创作思想上的不同，甚至被很多评论家分置于壁垒分明的两大阵营，成为被引用和被参照以抨击论争对手的"武器"。概括地说，索因卡因拒绝直接断言非洲文化与欧洲文化或其他文明存在根本的冲突而被视为"欧洲中心主义者"，而阿契贝则是反方向的"非洲中心主义者"；在语言使用方面，阿契贝的英语写作风格简明易读，而索因卡则以艰深晦涩著称。

事实上，索因卡和阿契贝都具有"黑皮肤、白面具"的特征，都兼具非西文化的双重来源，例如，他们都继承了欧洲文艺复兴以来的人道主义文学传统，都主张恢复长期被殖民者所歪曲和"抹黑"了的本土文化，都把实现政治目标作为创作的第一要义，致力于尼日利亚多民族的联合统一。他们最大的分歧在于当非洲知识精英在回归传统时，如何面对西方文明的问题，这也是20世纪70年代索因卡与钦维祖进行的那场以《转换》杂志为阵地的论争的焦点。在阿契贝的作品中，我们看到殖民文化完全是本土传统的"异化"力量，是"他者"，造成了本土社会秩序的矛盾、解构和完全的"瓦解"[《瓦解》(*Things Fall Apart*)是阿契贝的一部长篇小说]。作为非洲本土的主体叙述者，阿契贝对殖民入侵者充满了厌恶和拒斥心理，而索因卡则如前所述，在发现"约鲁巴宇宙"的整体浑融性

---

① 参见［美］托因·法洛拉《尼日利亚史》，沐涛译，东方出版中心2015年版，第53页。

以及与欧洲的"技术性"思维相对立的特质后,[1] 发掘出非洲文化传统的"兼容性",在面对外来文化时它具有天然的适应能力,在殖民文化入侵时显示不会灭绝的"幸存性"。[2] 1975年,索因卡创作了《死亡和国王的侍从》一剧,剧中有一个关键的情节:国王的侍从伊雷森准备为死去的国王自杀殉葬,这是部族世代相承的仪式,也是伊雷森世代相承的家族荣誉,这一自杀仪式对整个社团的生存和延续具有重大意义,是接续约鲁巴"死者—生者—未生者"这样一个"三位一体"的宇宙的"通道"。当地的白人执政官皮尔金斯出于人道主义的善意,"逮捕"了伊雷森以保护他免于"愚昧野蛮"的死亡,但这一"善意"却极大地破坏了约鲁巴的神圣信仰,打破了约鲁巴宇宙的平衡。事关整个部族的生存祸福以及家族的名誉,从欧洲留学回来伊雷森的儿子奥伦德最后代父自杀,完成了部族神圣的仪式。当这部剧作在非洲和欧美引起极大关注时,很多评论家都从非西文化对抗的角度解读它,认为被打断的仪式象征着"殖民介入",认为索因卡捍卫了传统,而殖民主义文化最终失败。索因卡对此立即予以批驳,特意在剧本前面添加了注释,提醒观众不要从"文化冲突"的角度去理解该剧,认为这是一种"悲哀的、雷同的、简化的倾向",而应当注意此剧中所表现的约鲁巴文化的"挽歌的本质",注意"形而上学领域的冲突",行政官的傲慢并不能代表欧洲文化而是一种歪曲,他的干预只是剧中的一个"小插曲"。[3]

这里的问题是,为何同为尼日利亚作家,索因卡与阿契贝、钦维祖等人对自身的殖民经验的回应却是相异的,产生了完全驱除殖民影响、回归"纯粹"、"纯净"的传统和"拒绝文化融合不可能"从而应接受"文化混杂"的现实的对立?事实上,在20世纪60年代,当民族独立大潮席卷非洲大陆时,无论是约鲁巴、伊格博还是尼日利亚,抑或非洲其他国家,所面对的"后独立"时期的社会现实是令人震惊的,而这一景象在整体上似乎也是相似的。非洲大陆是一块灾难深重的土地,贫穷、饥饿、疾病

---

[1] See Wole Soyinka, *Myth, Literature and the African World*, Cambridge: Cambridge University Press, 1976, p. 37.

[2] Biodun Jeyifo, *Wole Soyinka: Politics, Poetics and Postcolonialism*, Cambridge: Cambridge University Press, 2004, p. 61.

[3] Wole Soyinka, "Author's Note", Wole Soyinka, *Death and the King's Horseman*, London: Methuen, 1975, pp. 6-7.

和瘟疫以及频繁的战争和动乱，我们这个星球几乎所有的不幸都集中出现在这块大陆上，即使在非洲各民族取得政治独立半个多世纪后的当代非洲，这一状况仍然没有得到根本的好转。非洲的知识精英们都意识到殖民主义是整个大陆社会政治问题的主要根源。尼日利亚作家依利希·阿玛迪（Elechi Amadi）谈到殖民主义有三种形式，他说："我们可以讨论殖民主义的三个阶段：首先是政治权力的剥夺；其次是新殖民主义，殖民主义者迫以压力给予了奴仆独立和自由，但仍通过经济征服而控制着他的生活；最后是文化殖民主义，它是最难以克服的而且将在前两个阶段之后持续很长时间。"① 以武力征服、贩卖奴隶为标志的殖民时期虽然已成为过去，但民族解放斗争业已取得胜利、各民族纷纷取得独立的当代非洲仍然没有超越殖民主义，因为它正经历着阿玛迪所说的"经济殖民主义"和"文化殖民主义"这两个阶段。事实上，经济殖民与文化殖民是不能截然分开的，它们是处于同一历史时期的社会现实，这就是20世纪70年代以后才开始兴起的所谓的"后殖民主义"时期新概念。索因卡当时则把这一文化殖民时期称为"第二殖民时期"，他在文化论著《神话、文学和非洲世界》中说："既在文化上也在政治出版物上，……我们黑人被殷勤地邀请来，以便使我们自己臣服于一个第二殖民时代——这个时代是由一些个人的普适性的、具有人性的抽象概念所定义和指导的，他们的理论和处方来源于对他们自己的世界和历史、他们的社会神经症和他们的价值体系的理解。"② 后殖民社会的基本特征虽然取得了政治独立的合法性，但经济结构仍然被殖民主义"宗主国"和跨国资本主义所控制，用来向后者提供原始物质生产资料。同时这种控制得到土著政治精英的支持和强化，以维持其对普通民众的经济掠夺。经济殖民是文化殖民的基础，而伴随着经济霸权、文化霸权也必然产生，帝国主义必然要向后殖民社会进行文化和意识形态的输入和渗透，移植西方社会的政治、生活模式。正是从这一意义上，后殖民理论才断言后殖民主义不仅是非洲或加勒比地区的社会语境，而且是一个全球性的社会政治语境。

---

① Elechi Amadi, "Keynote Address: Background of Nigerian Literature", *Literature and National Consciousness*, Calabar: University of Calabar, Nigeria, 1989, p. 9.

② Wole Soyinka, *Myth, Literature and the African World*, Cambridge: Cambridge University Press, 1976, p. ix.

与经济殖民相比，文化殖民所带来的后果更为严重，它引起的仿佛是一种精神病症，如同长期的主奴关系将在奴仆的心中留下难以抹去的创伤性记忆一样，殖民主义经历首先给被殖民民族的精神造成了一种深刻的自卑情结，这种劣等的自我感觉使整个民族精神失去了原创力，从而在精神上形成严重的惰性和依赖性，结果在意识形态、宗教信仰、文化观念等领域往往不加任何辨别地进行接受和复制，尤其当这些东西是来自西方、来自从前的主人——宗主国时，似乎一切都是正确的和优越的，就仿佛奴仆总是高兴地接受主子的恩赐一样。

在教育方面，尼日利亚的大学普遍使用英国高等教育的教学大纲，这使一个主修文学专业的学生把大部分时间用在了解英语文学上，而对非洲的本土文学几乎同英国学生一样一无所知或知之甚少，这种情况在近期也许有所改变，但总体上仍然是不平衡的。造成这种情况的一个重要原因是非洲的前殖民地国家都把英语或其他殖民者的语言定为官方语言，索因卡曾谈道："（这是）所有尼日利亚人的一个特别的问题，同时我认为也是大多数的非洲国家得面对的问题：什么应该成为官方语言？……我们总是先学习欧洲文学，然后才开始了解和发掘非洲大陆的文学遗产，这一问题很大程度上归因于所使用的语言。"[①] 其他诸如司法审判、医疗卫生制度也都无一例外地保留着前殖民主义势力从非洲大陆撤退时的原貌，这不仅便于宗主国以新的形式对这些领域进行操控，而且在经济上加重了对国外资本的依附性，尼日利亚已经独立五六十年了，法庭仍然使用着过时的英国法典，医疗制度也没有实质的变革，这只能导致忽视对丰富的本土医药传统的发掘和整理，而进口普通民众难以负担的外国药品。小说家阿鲁考（Aluko）在《令人崇拜的国王陛下》（*His Worshipful Majesty*）中讽刺地写道："大英帝国的护士训练计划已经过时了半个世纪，想象一下那些医院吧，老式的维多利亚建筑只以它们阴郁、压抑的内外表反映着整个国家的面貌。"[②]

政治制度对殖民主义模式的照搬和复制带来的灾难更为直接和深重。非洲的政治精英往往忽视对已延续了几千年的政治制进行认真的思考和借鉴，而想当然地把西方的三权分立、议会制度等模式视为治理国家的圣

---

① Jane Wilkinson, *Talking with Africa Writers*, London: James Curry LTD, 1990, p. 95.

② T. M. Aluko, *His Worshipful Majesty*, London: Heinemann, 1973, p. 101.

经，意识形态上的亦步亦趋进一步加重了对殖民主义经济势力的依附，最终的结果往往使本土政权沦为帝国主义势力的代理人，这正是后殖民主义社会所具有的一个普遍性的特征。在尼日利亚，历史上曾出现过极为兴盛的、由索因卡的部族约鲁巴人统治的奥约（Oyo）王国以及著名的皇帝乌斯曼·丹·弗迪奥（Usman Dan Fodio），奥约王国的统治约在公元15世纪即已开始，虽然后来被英国殖民主义者所征服，但一直到独立前的20世纪中叶它仍然维持着形式上的存在，①虽然奥约王国的统治有其原始野蛮的一面，但它长期积累下来的统治经验是一笔本土的政治财富，是值得现代政治精英吸收和借鉴的。但实际情况是在许多人的眼中，非洲除了殖民主义历史外并没有自己的历史、文化和传统，白纸似的空白，不仅仅其他大陆的很多知识分子这样认为，即使是非洲本土的很多人也持相同观点。反殖民主义的理论先趋弗兰兹·法农一针见血地指出这是殖民主义者实行"文化间离"政策的结果，他说："当我们看到竭力实行文化间离是殖民时代的一个突出特点时，就认识到没有无缘无故发生的事情。的确，殖民统治寻求的全部结果就是要让土著人相信殖民主义带来光明，驱走黑暗。殖民主义自觉追求的效果就是让土著人这样想：假如殖民者离开这里，土著人立刻就会跌回到野蛮、堕落和兽性的境地。"②

人们看到，殖民主义政治模式遗留和正在产生的问题已成为当今世界最难解决的问题之一，中东纷争、印巴克什米尔问题、中国的台湾问题等，这些全球的政治焦点，虽然有其自身的历史原因，但无一不与殖民主义的分治政策有着直接的关联。1999年，以美国为首的、北约发动的科索沃战争，是其谋求全球霸权的所谓"新战略"的预演，这标志着这些老牌殖民主义帝国在全球推行的霸权主义在当代有了新的形式和发展。在非洲，更是集中体现了殖民主义政治模式所带来的问题，它引发了无休止的政治动乱、军事政变、暗杀、监禁以及种族冲突，尼日利亚在1960年获得独立后，政局即陷入长期的动荡和混乱中；1964年西部发生了选举暴乱；1966年1月进而发生了军事政变，同年5月北部地区又发生骚乱，接着是9月的大屠杀；1967—1970年的三年内战紧随其后……如此恶劣

---

① 参见［美］托因·法洛拉《尼日利亚史》，沐涛译，东方出版中心2015年版，第21页。
② ［法］弗兰兹·法侬：《论民族文化》，载罗钢、刘象愚主编《后殖民主义文化理论》，中国社会科学出版社1999年版，第279页。

的政治环境引起了作家们强烈的忧患意识,纷纷进行反思和批判,政治思考因此成为尼日利亚作家们最为优先表现的主题,索因卡的《此人已死:狱中札记》、阿契贝的《人民中的一个》(*A Man of the People*)等作品,都是以政治批判和反思为主题的代表性作品。

尽管尼日利亚与其他非洲国家面临这样整体上大体一致的后殖民景象,但具体到国内不同的部族,其历史和传统文化却是千差万别的,存在"多样化"的选择,在经济和政治上常常存在激烈的竞争,从而导致长期的部族冲突,索因卡出身的约鲁巴族和阿契贝的伊格博族在历史上就经常发生血腥冲突而成为世仇。除了殖民主义"间离"政策的因素,两大部族的风俗、信仰的差异也是主要原因之一。例如,约鲁巴族受到基督教传播的影响,逐渐改变了一些旧有的原始野蛮习俗,不再认为族人生下双胞胎是受了邪神的"诅咒"而诞育的怪物,而是为生了这样特别的子女编唱歌谣、诗歌或制作木雕以表庆贺,但邻近的伊格博族母亲则要遵循部族习俗亲手杀死双胞胎孩子。①

索因卡的作品以"神话美学"和"仪式戏剧"而著称,而这些特质都是以约鲁巴部族的文化传统为母体的,而不是笼统的尼日利亚民族文化,阿契贝也是一样。对于殖民主义经历,索因卡与阿契贝、钦维祖不同,采取"文化混杂"、"文化融合"的立场与约鲁巴部族自身"文化混融"现实状况是相关的。

> 郑重起见,晚祷仪式时都是说英语的,众人祈祷时,上帝必以风雷之音相答,所以风琴演奏也带着"埃冈冈"的味道,以为配合。②

索因卡在首部自传体作品《阿凯,我的童年时光》的开篇中这样写道。索因卡在这里即把基督教的上帝和传统神融合在一起来写,以轻松幽默的笔调展示给读者一幅基督教和传统宗教杂糅兼容的约鲁巴社会图景,圣彼得教堂和不信基督的"异教徒"酋长的马厩紧邻,礼拜日基督徒们

---

① Kole Omotoso, *Achebe or Soyinka? A Study in Contrasts*, London: Hans Zell Publishers, 1996, p. 2.

② [尼日利亚]索因卡:《阿凯,我的童年时光》,徐涵译,北京燕山出版社2016年版,第2页。

做祈祷，而附近闹市依然热闹非凡，阿凯的人们在基督教堂用英语祈祷，然而风琴演奏却夹杂着"艾贡贡"（Egúngún）的味道。"艾贡贡"是约鲁巴传统具有浓厚神秘色彩的假面游行，是一种传统宗教信仰遗传的节日庆典仪式，通常在收获、新年等重大节日进行，游行引导者戴"艾贡贡"假面具（类似图腾一类的恐怖面具），全身包裹白布，象征亡者的灵魂，引领游行队伍前行，间以传统舞蹈和鼓乐。观众不可与艾贡贡的眼神对视，不可接触到他的衣服，否则会招来灾祸。索因卡在《阿凯，我的童年时光》中后来生动地描述了自己被"艾贡贡"仪式所吸引而迷路走失的童年记忆，在重要的戏剧《路》、《未来学家的安魂曲》等作品中都把这一本土传统仪式作为重要素材加以运用。

与世界其他地区一样，传教士是殖民主义的开路先锋，大约在19世纪中期，基督教开始在尼日利亚传播，然而到19世纪末期的时候，本地的基督教传教士在索因卡出生、成长的约鲁巴人数仍然较少，在社群中也相对孤立，但这些坚定的基督信仰者都互帮互助，分享彼此所有，逐渐扩大了他们在部族的信誉和影响。《阿凯，我的童年时光》中描写索因卡的父亲是一位热情好客的牧师，四方八邻的人们都向他求助，饥饿的人们也常到他家来吃白食，父亲因此成为当地举足轻重的人物。当地白人和黑人传教士人数不断扩大，他们和白人执政官一起通过贸易、引进奎宁等西药，有效的治疗本土如疟疾等传染病等手段引诱土著人加入基督教，到20世纪早期，约鲁巴的本土生活逐渐地"移风易俗"，意识到白人带来的西药比巫术和当地草药更能有效地减少病痛。这些显而易见的好处使土著人逐渐出现了"西化"的变化，如人们倡导一夫一妻制，在礼拜日休息。他们开始戴上了"白面具"。

基督教的传播显然也给约鲁巴社会造成了分化，我们在《阿凯，我的童年时光》中可以看到，索因卡一家住在相对独立的牧师公馆中，房屋后面有玫瑰花园，索因卡去学校时穿着统一的校服和白色的网球鞋，这样的鞋在当时的非洲有着特殊的象征意义，索因卡早期的著名剧作《狮子与宝石》中代表着仰慕欧洲文明的人物——教师拉昆莱就穿这样的"文明鞋"[①]，这使他们与周围赤脚的土著人形成鲜明的对比。索因卡的父

---

① ［尼日利亚］索因卡：《索因卡作品：狮子与宝石》，邵殿生等译，北京燕山出版社2015年版，第39页。

亲虽然在当地很有名望,但却不像他人那样妻妾成群,遵守着一夫一妻的新式习俗。索因卡的母亲外号"野基督",性格泼辣,笃信基督,热衷公益,收养孤儿,直接称呼约鲁巴传统信仰中最重要的神祇——创造、铁器、艺术之神奥贡(Ogun)——为"邪神",不皈依基督的人都是"异教徒",禁止索因卡参加和观看当地对雷神等传统神祇的祭祀活动。

然而,尽管在社团的内部出现了宗教、信仰的对立,但并没有导致剧烈的暴力冲突,基督徒和"异教徒"们表面看起来仍能和谐地相处,正如《阿凯,我的童年时光》所描写的,圣彼得教堂与酋长的马厩并立一处,一边是礼拜日赞美诗的歌声,一边是在收获季节照常举行的假面游行仪式——"艾贡贡"。索因卡的父亲与国王"奥巴"和酋长们颇有交往,甚至是朋友。学生们在学校唱歌,主歌用英语,副歌则要用约鲁巴语。当然,两个世界表面的"兼容"、"和谐"下面隐藏着永远都存在的暗流,索因卡小学毕业后去设在伊巴丹的、相当于初中的"政府学院"参加考试,面试官都是白人,临行前有人提醒母亲"野基督":"千万别让孩子跟那些白人争辩,录取他是肯定的,他们也知道他聪明,可是别指望白人会喂饱本地的孩子,长大了只会反过来拿刀要他们的命。"① 然而,约鲁巴社会的独特之处是它生存在两个世界的交界之处,却能维持一种微妙的平衡,没有因为两种"异质"文化的冲突而引起全面、剧烈的崩塌,而是在时代的变革中缓慢地前行。

在约鲁巴,有很多关于西方基督教传教士在19世纪后半叶以来在当地旅游、布道的游记作品,其中一位白人传教士写的《1892年两个传教士游览伊杰布国家》(*Two Missionary Visits to Ijebu Country*)中记叙的一段情节颇有意味,他们拜访了当地的酋长,传达要在当地布道的意愿,酋长们难以决断,决定向传统的预言神"伊法"(Ifa)祈求"神谕",巫师巴巴拉沃主持了隆重的仪式后得到了"神谕":"伊法对我们是赞许的,去面见酋长们的信使取得了成效,他们的布道不应该被拒绝,因为他们不断地给村镇带来了好处。"② 这段叙事可以说具有约鲁巴民族"现代化寓言"

---

① [尼日利亚]索因卡:《阿凯,我的童年时光》,徐涵译,北京燕山出版社2016年版,第202页。

② Kole Omotoso, *Achebe or Soyinka? A Study in Contrasts*, London: Hans Zell Publishers, 1996, p. 4.

的性质，当欧洲殖民势力以宗教为先锋，佐以现代科技，给予殖民地一些好处时，约鲁巴部族由最初的拒斥逐渐妥协和接受，从此开启了约鲁巴社会现代化的进程，形成了本土和西方两个世界"矛盾—混杂"的文化景观，两种异质文化是"矛盾中的融合"以及"融合中的矛盾"，而这正是后殖民理论所概括出的后殖民社会普遍的文化特征。

约鲁巴部族这种宗教信仰和社会价值观的文化融合主义无疑是索因卡思想的首要来源，纵观索因卡的作品，无不体现出这种"混杂的冲突"和"冲突的混杂"的文化形态，他坚持认为非洲的殖民遭遇是本土和外来文化的相互感应的"插曲"，而这也是世界各地区不同文明普遍的经历，强势的"欧洲中心"文明应当成为本土文化寻求生存和创造性求索的源泉，反对（尤其是其思想发展的后期）追求"纯净"的身份认同的本质主义倾向，超越"殖民者/被殖民者"绝对的"二元对立"思维模式，实质上主张在一种"混杂的文化身份"中去反抗殖民主义权威，这也正是其作为"黑皮肤，白面具"的后殖民经典作家的本质意义之所在。

第二章 "神话美学"与文化"归航"

第一节 "身份认同":反抗的起点

1957年,西非国家加纳在著名的"泛非主义"运动领导人、加纳国父恩克鲁玛(Francis Nwia Kwame Nkrumah)的领导下,率先从英国殖民统治者手中获得独立,掀起了随后几年中非洲国家的独立潮,自宣布政治独立的那一刻起,非洲大陆即进入了殖民主义的新阶段——"后殖民主义"历史时期。既然后殖民社会基本的经济结构依然受制于人,那么筑基其上的政治、文化形态就难以改变其早已存在的殖民主义性质,殖民主义者在把殖民暴力撤出前殖民地的新的历史时期,总是试图用各种手段维护其在土著地区继续存在的合法性,由于土著国的政治独立以及其他原因,自20世纪后40年以来,文化上的殖民主义形态逐渐变得"显在"起来。需要强调指出的是,文化殖民并不是帝国主义在其政治势力被驱逐之后,为了在精神和思想上继续控制前殖民地人民而被迫采取的一种权宜之计,早在19世纪初期,它就具有了高度成熟的思想基础,正如一位法国思想家所说:"一个社会当自身达到高度成熟和强大之时便开始殖民化……殖民化是一个民族的扩张力量,是它的再生产力,是它通过空间的扩张和繁殖,是把宇宙或宇宙的庞大部分臣服于人民的语言、习俗、思想和法则。"[1]

文化殖民意味着非洲国家的政治独立只是形式上的幻觉,由于这种深层的文化殖民形态的存在和经济上不得不依附于欧、美这对"殖民双胞胎",独立后的非洲国家很快就出现了政治、社会一系列的危机和乱象,

---

[1] [美]赛义德:《隐蔽的和显在的东方主义》,载《赛义德自选集》,谢少波等译,中国社会科学出版社1999年版,第48—49页。

一种"后独立幻觉"开始弥漫于整个大陆，前殖民地人民，或者说后殖民社会的人民意识到反殖民主义斗争并没有终结，正如赛义德所说："继一线反抗，即实际反抗外来入侵时期以后，出现了二线反抗，即意识形态反抗时期，旨在努力重建一个'被粉碎的社会，挽救和恢复社会意识和社会存在，以抵制殖民制度的各种压力'"。①

在非洲，一些文化精英立即敏锐地感觉到这种独立后的"幻灭感"以及文化殖民具有更大的危险性。索因卡即是一位拥有这种艺术敏感性的作家之一。尼日利亚在1960年获得独立，索因卡于同年发表了戏剧《森林之舞》(A Dance of the Forests)，该剧的基本剧情是人类为了庆祝部族大团聚而决定举办一次森林之舞来庆祝，而森林之王却邀请部族过去的许多亡灵来参加，以揭露人类在历史上所犯下的种种罪恶和暴行。该剧人物、场景众多，结构、思想复杂而晦涩，是索因卡最"含混复杂"的剧作之一。作品现实和超自然的鬼魂、精灵世界并存，融合了非洲的庆典仪式和欧洲古典戏剧传统、现代艺术的表现主义和象征主义因素以及莎士比亚戏剧风格，被称为"非洲的《仲夏夜之梦》"。剧作在尼日利亚上演后，引起了国内的关注和好评，许多人都认为作品的基调是对民族独立的庆贺，然而索因卡却予以否认，认为此剧虽然是"新的历史的开始的承诺"，但主要是要告诉民众"新的执政者重复过去的压迫做法，欢欣应该被过去的历史现实打断一下"②。剧中的角色"女幽灵"怀孕三百年，婴儿仍然没有降生，这个半人半鬼的"准婴儿"是艰难诞育的独立民族国家的象征。"女幽灵"被邀请参加人类的聚会，她在剧中失望地喊道："三百年了，什么变化也没有，一切照旧。"③ 索因卡在这里表达了自己对社会前景的悲观看法，这与他之后始终秉持的历史是人类兽性一系列的重复循环的思想一致。索因卡这种哲人式的悲哀与独立之初的欢欣鼓舞颇不相宜，但却惊人地预言了尼日利亚随后不久即发生的持续不断的政治动乱，索因卡在该剧中虽然没有明确指出动乱的深刻根源正是殖民主义，但却暗示了

---

① [美] 赛义德：《有关抵制性文化的诸话题》，载《赛义德自选集》，中国社会科学出版社1999年版，第267页。

② James Gibbs, *Wole Soyinka*, London：Macmillan Publishers LTD, 1986, p. 63.

③ [尼日利亚] 索因卡：《森林之舞》，载《索因卡作品：狮子与宝石》，邵殿生等译，北京燕山出版社2015年版，第169页。

非洲人民在后独立时期反殖斗争的延续性和长期性。

几内亚—比绍革命斗争领导人阿米尔卡·加布雷尔（Amilcar Cabral）是继弗兰兹·法农之后另一位重要的反殖民主义黑人思想家，他的观点更富有现实意义的战斗性，他猛烈抨击了"后殖民幻觉"，认为独立之初的后殖民社会的知识分子总是试图证明民族已经获得真正的"独立"，甚至觉得"帝国主义"、"殖民主义"诸如此类的概念令他们大倒胃口。加布雷尔是一位马克思主义者，继承了马克思主义的历史唯物史观，态度鲜明地指出，非洲历史在后殖民时期并没有因为殖民势力的退出而恢复到它自身的历史演进轨道，仍然是殖民主义历史的继续，认为非洲本土也出现了阶级冲突，但这并不意味着与帝国主义的民族矛盾的消亡，他说殖民主义"因为允许社会的能动力量去唤醒本土社会阶层之间的利益冲突，或者说阶级斗争，从而创造出一种幻觉，即以为历史进程正在返回到它正常的演进轨道"。[①] 加布雷尔同时强调，本土政府机构的存在尤其强化了这种后殖民社会的幻觉。在加布雷尔看来，殖民势力退出非洲后，非洲要取得彻底的解放必须在文化上"去殖民化"，他说："一个摆脱外国统治的人将不会在文化上自由，除非在不低估压迫者的文化和其他文化的积极贡献的重要性的情况下，他们回归到自己文化的向上的路径中。"[②]

在后殖民社会去殖民化运动开始之初，民族文化身份认同总是问题的关键，非洲如此，赛义德所谓的"东方"亦然，其他广大的"第三世界"也是这样。这很容易理解的，这是一种本能，是所有被压迫者、被奴役者进行反抗的本能，他们首先本能地意识到自身臣服于处于支配地位的殖民者的处境。既然殖民者总是以"自我"的身份居于"他者"之上，总是以霸权要求后者臣服、"无声"、"女性化"，那么"他者"要反抗首先必须重建主体性，变"他者"为"自我"，必须说话、必须呼喊、必须夺回命名权，必须重建男性式的主导权。在非洲，及时地意识到形式上政治独立的欺骗性，可以说只是向"去殖民化"迈出了第一步，他们仍然面临着后殖民主义话语导致的深刻的精神文化危机。一群文化身份含混不明的

[①] Geoffrey Hunt, "Two African Aesthetics: Soyinka VS. Cabral", Georg M. Gugelberger ed., *Marxism and African Literature*, Trenton, New Jersey: Africa World Press Inc., 1986, p. 88.

[②] Amilcar Cabral, "National liberation and culture", Delivered as part of the Eduardo Mondlane (1) Memorial Lecture Series, 20 February, at Syracuse University, Syracuse, New York. 1970, p. 4.

人是无法进行有效抵抗的，当务之急是文化身份地位的重新确认，是"自我"主体性的再确立。在反欧洲中心主义的旗号下，各种思想潮流纷纷出现，"非洲性"（Africaneity）、"特殊性"（Specificity）、"真实性"（Authenticity）、"自主性"（Autonomy）等问题得到广泛的讨论。最能代表这一思潮的还是加布雷尔，他的著作《重返资源》（Return to the Source）本身即为最响亮的口号。虽然如何返回及返回什么样的传统资源引起了激烈的论争，但发掘传统作为确认文化身份的第一步却是大家的共识，是非洲文化精英不约而同采取的文化策略。

20世纪60年代，旅居法国的非裔理论家弗兰兹·法农在《地球上的苦难者》（The Wretched of the Earth）一书中即已指出，殖民地的知识文化精英一般要经历三个文化时期，首先是"内化"殖民者的资产阶级文化价值，其次则要经历一个"文化民族主义"时期，其特征是把"前殖民主义"的过去充分地浪漫化、理想化。最后是一个"战斗的阶段"，一个革命性的强烈关注现实的阶段。[①] 弗兰兹·法农不愧是一位世界性的理论家，他的论断具有惊人的准确性，清晰地勾勒出殖民主义社会知识分子的心路历程。一般来说，"内化"在殖民主义时期已经完成，"文化民族主义"和"斗争的阶段"主要发生在后殖民时期。法农同时精辟地指出，民族主义意识很容易走向僵化，从而成为一种简单的、保守的文化民族主义。随着时间的推移，法农的观点在世界范围内得到了证实和认同，爱德华·赛义德近期承认，虽然"身份概念在帝国主义时代构成了文化思想的核心"，但"'势必导致知识分子精英主义，这种精英主义植根于彻底铸造民族文化的设想'，重铸民族文化基本上是追求一种富有浪漫气息的乌托邦理想……"[②] 并把这一可能会出现文化保守倾向的过程称为文化"归航"。

非洲本土知识分子在两个方面做着努力，一方面是"归航"，另一方面则是抵抗；一方面是文化的重建，另一方面则是对外来的殖民文化进行猛烈抨击，他们对企图征服、消灭自己民族文化的殖民者文化产生了激烈

---

① [法] 弗兰兹·法侬：《论民族文化》，载罗钢、刘象愚主编《后殖民主义文化理论》，中国社会科学出版社1999年版，第278页。

② [美] 赛义德：《赛义德自选集》，谢少波等译，中国社会科学出版社1999年版，第266页。

的反应。正如殖民征服的首要利器是宗教一样，被殖民者反抗的首要目标也是宗教，正如马克思在《〈黑格尔法哲学批判〉导言》中指出的，宗教的批判是其他一切批判的前提，在文化殖民中猛醒的非洲知识分子首先把矛头指向外来宗教。因为宗教和语言可以说是殖民主义在非洲取得的最大的文化胜利，它们不仅征服、取代了本土的对应物，而且在一定程度上已经完全地"内化"成为本土生活的一部分。人们看到，每到周末，从总统先生到普通民众都要到基督教堂对耶稣唱上一番赞歌，大概除了犹太人外，非洲人民已成为世界上最富有宗教热情的人民，在尼日利亚，人们看到最好的建筑差不多都是基督教堂，每年都有成千上万的穆斯林远征到圣城麦加和耶路撒冷去朝圣，关于在梵蒂冈的代表席位问题、世界伊斯兰会议组织的会员身份问题，人们争论得不可开交，甚至引发宗教暴乱。不管怎么说，这种狂热是令人奇怪的，因为这种热情诉诸的对象是外来的、入侵者的文化，它们使本土丰富的宗教传统气息奄奄、默默无闻。正因为清醒地意识到这种殖民文化浩劫似的巨大力量，非洲的知识分子对其攻击起来也就不遗余力。

索因卡分别于1964年和1973年创作了戏剧姊妹篇——《杰罗教士的磨难》和《杰罗教士的变形》，主人公基督教士杰罗极富口才，布道时辞藻华丽，富有思想和洞察力，成为英语非洲最流行的戏剧人物，但他却是集骗子、恶棍、伪君子、腐败者为一身的人物，他假借基督的名义四处行骗，为自己谋利，最后连国会议员都屈服于他的权威，他的宣教道场成为流浪汉、流氓、赌徒、酒鬼、腐败政客的聚会场所。虽然杰罗是一个具有幽默和喜剧色彩的有吸引力的戏剧人物，但索因卡寄寓其中的对基督教在本土社会的广泛渗透甚至与腐败政权的联姻的抨击意识是显而易见的，索因卡对基督教堂和各类宗教先知迅速大量涌现的现象进行了嘲讽，揭露这种舶来的宗教的伪善、贪婪、肉欲以及颓废堕落的一面，剧中有一群先知，为了在海滩抢到一块地盘而互相攻击，大打出手，杰罗说道：

> 我是一个先知。无论就天赋或爱好来说，我都是一个先知。……我们这样的先知……很多人使聋子恢复听觉，很多人使死人重新站起来……这可是一门极受尊敬的职业……可这些年来，海滩变得时髦了，为了占得一席之地，你争我夺，搞得这一行变成了滑稽戏。有些个我能叫得出名字的先知，让他们的女信徒在狂热得灵魂出窍的忏悔

中乱晃乳房，这才弄到他们目前所占的海滩。这一招使那些来给我们划分海滩的地方的议员们有了偏心眼儿。①

有些对基督教的批判则要猛烈刻薄得多，尼日利亚小说家伊吉瓦（Echewa）在《土地的主人》（*The Land's Lord*）中这样讽刺耶稣基督的圣诞与复活：

> 如同你喜欢的，白种人。如同你喜欢的，想让我们中你的诡计。你想让我们相信一个女人连男人都不认识就怀孕了吗？那个死去的男人已被埋葬了三天——那时他应该开始腐烂了——但竟又爬了起来，张开他的翅膀飞进了天堂？哈，我的朋友，信仰就像老婆，每个男人觉得让他高兴时才挑上一个。②

在另一个相反的方向，尼日利亚作家、艺术家们竭力发掘本土各部族的传统宗教，他们意识到，与暮气沉沉的西方文明相比，前殖民主义时期的非洲文化充满着鲜活的生命力，与基督教、伊斯兰教这些外来的、信仰主体神的"一神论"宗教不同，非洲本土多为富有魅力的、丰富多彩的"多神论"宗教，与此相关广为流传着各种英雄史诗、神话传说以及动人心魄的仪式和舞蹈，这些无不保留着本土文化的原质性。以仪式为例，在尼日利亚，各种原始质朴的仪式几乎充满了生活的方方面面，死者的葬礼有独特的仪式，新生婴儿的命名要有一个仪式，男性割礼、生日、房屋奠基、拆毁祖屋，甚至第一杯井水的饮用、在沙漠上种第一棵树、新买一部汽车都要举行一个仪式，尤其是那些古老的仪式，本身就是一种艺术，仪式举行时，非洲歌舞也激动人心、极具观赏性。从一定意义上来说非洲作家是幸运的，因为他们有着如此丰富的、原汁原味的文化资源，一旦发掘运用到作品中必然会产生巨大的创造力。诗人伊吉米尔（Ijimere）把约鲁巴宗教神话具体化到诗歌作品中，颂扬本土至尊神奥洛度玛尔（Olodumare）：

---

① ［尼日利亚］索因卡：《裘罗教士的磨难》，载《索因卡作品：狮子与宝石》，邵殿生等译，北京燕山出版社2015年版，第111页。

② Echewa T. Obinkaram, *The Land's Lord*, London: Heinemann (AWS), 1976, p.63.

奥洛度玛尔
世界的拥有者
在你的王国里，太阳在那里休憩
你端坐在王座上
把我们拥握在你的手中
我们的身体轻然压下
你是唯一的决定者，我们是否应该返回
再一次去向大地上的命运挑战
或者——我们已无可救药——
应受诅咒进入破碎的天国
永不返回①

1965年，索因卡出版了长篇小说《阐释家》（又译《痴心与浊水》），小说中人物画家科拉（Kola）以自己的知识分子朋友伊格博等人为原型，绘制了巨幅的约鲁巴传统宗教信仰中的神祇的《众神像》，这些神灵特征各异，各司其职，其中对战争、创造、铁器之神奥贡（Ogun）的描写是这样的：

这儿画着一个嗜血者，他在战争中所向无敌，对爱和屠杀都贪得无厌；这个嗜血者又是一个开拓者、探险者以及卫护熔炉和创造力的人，一个与酒葫芦为伴的人，他的放荡带着血腥味，从而也使自己遭殃。②

第二节　神话、传统和历史

法农曾指出："对存在于殖民时代之前的民族文化的热烈追寻是一件名正言顺的事情，因为本土知识分子都迫不及待地想躲开可能吞没他们的西方文化。他们意识到自己正面临着丧生和因此丧失人民的危险，所以这

---

① Obotunde Ijimere, *Imprisonment of Obatala*, Lodon: Heinemann (AWS), 1966, p.47.
② ［尼日利亚］索因卡：《痴心与浊水》，沈静、石羽山译，外国文学出版社1987年版，第337页。

些一时兴起、义愤填膺的人们决心与他们民族最古老的前殖民时期的生命源泉重新对接。"① 非洲的知识精英对殖民者文化的一味攻击、嘲讽甚或谩骂并不能从根本上解决问题，最重要的是对本土的、自我民族文化的恢复和重建，如法农所言的与古老的民族文化源泉相对接。然而，非洲大陆的独特之处在于，当大部分的知识分子首次把目光投向本土时，这些受殖民教育成长的精英们发现自我民族文化是一片"空白"，确切地说是他们对传统和过去知之甚少。索因卡1989年问世的自传体作品《伊萨拉：父亲"散文"之旅》（*Isara: A Voyage Around "Essay"*）中记叙了外号为"散文"的父亲一代人的困惑与觉醒，父亲与一位美国的白人笔友通信，发现自幼受教会学校教育的自己甚至不能准确地写出本土文化，不能描述自己所在大陆的山川地理，最终意识到自己所拥有的是殖民者在其保护国所推行的价值观，自己实际上是西方基督文明的布道者。

事实上非洲并非没有自己的历史和传统，而是被殖民者"遮蔽"、"抹黑"和歪曲了，尼日利亚另一位重要作家阿契贝写过《非洲的一种形象：论康拉德〈黑暗的心灵〉中的种族主义》、《非洲的污名》等著名论文，是后殖民批评的经典文本。《黑暗的心灵》是英国小说家约瑟夫·康拉德于1899年创作的小说，叙述了一个英国人马娄在非洲的冒险故事。阿契贝认为这是一部彻头彻尾的"抹黑"非洲的作品，代表英国文学顶峰的康拉德则是不折不扣的种族主义者。阿契贝说："由于西方人心中的一种愿望，也可以说是一种需求，即把非洲看成是欧洲的陪衬物，一个遥远而又似曾相识的对立面，在它的映衬下，欧洲优点才能显现出来……《黑暗的心灵》把非洲描写成'另外一个世界'，欧洲的对立面，因此也是文明的对立面。"② 福柯的"知识/权力意志论"认为，任何一个文本都居于权力的要素之中，这种权力对现实有着决定性的要求，尽管它是隐而不见或暗含着的，因而文本事实上是在某种整体性结构中对现实权力的再现性书写。赛义德继承了福柯的思想，认为康拉德的《黑暗的心灵》正是大英帝国在非洲殖民经验的经典叙写，赛义德这一发现以及阿契贝的愤

---

① ［法］弗兰兹·法侬：《论民族文化》，载罗钢、刘象愚主编《后殖民主义义化理论》，中国社会科学出版社1999年版，第278页。

② 转引自［英］巴特·穆尔-吉尔伯特等编《后殖民批评》，杨乃乔等译，北京大学出版社2001年版，第182页。

怒呼喊使"黑暗的心灵"从此成为前殖民地、尤其是饱受殖民之苦的非洲大陆的代名词。"黑暗"一词体现着殖民者的权力意志,那就是自我永远优越的欧洲中心主义意识对立着殖民地永远的野蛮、落后、绝望和无助,正因为那个世界是如此黑暗,康拉德笔下的马娄才认为值得去冒险,才体验到一种"恐惧的快感",并因为给那个世界带去了文明的救赎力量而感受到征服者的欣慰和喜悦。

从地理和历史的角度来看,索因卡出生的部族约鲁巴正处于这个"黑暗的心灵"的中心。作为非洲觉醒的知识分子,索因卡和其他坚定的反殖民主义斗士一样,必须进行一种"权力的逆写",因为正如福柯所说:"权力和知识是直接相互指涉的,不相应地建构一种知识领域就不可能有的权力关系,不预设和建构权力关系也不会有任何知识。"① 这一"逆写"是对殖民者的思想意识进行反抗性的、挑战性的叙写,为"黑暗的心灵"恢复名义,揭示出它的本来面目,指出它实际上是一个光明的世界,来自这个世界的人民非但不是"野蛮的、凶残的、充满了兽性的",相反,是具有灿烂的文明传统的、富有人性的人民;道貌岸然的马娄们不是来执行"仁慈的文明计划",而是来进行殖民扩张和掠夺,他们是一群用心险恶的侵略者。

"地理"和"历史"是后殖民主义理论批评的两个重要概念,即一种真实的地理和历史的存在,其核心是"殖民者与被殖民者的经验",许多后殖民主义理论家越来越认识到只有基于这种真实的存在,后殖民理论才能确立坚实可靠的、批判的社会视角。赛义德在最近的著述中已谨慎地将他的"东方主义"历史化,美国后殖民理论问题专家阿里夫·德里克(Arif Dirlik)也"坚持将后殖民历史化",认为后殖民理论长期以来存在一种"无须考虑时间和空间"的不良倾向,往往"以其特殊的意识模式将批判的视角伸向过去,根据自己对过去的读解而抹擦掉过去和现在的选择,并且通过把后殖民性表述为一种无所不在的状况来否认未来的历史"。② 从这个意义上来说,约鲁巴部族对索因卡来说具有特殊的意义,他要竭力摆脱父亲一代人对过去和历史认知空白的精神窘迫,在本土的大地上找到灵魂的栖息地。在他看来,尼日利亚和约鲁巴不仅不是荒蛮的黑

---

① 转引自罗钢《关于殖民话语和后殖民理论的若干问题》,《文艺研究》1997年第3期。
② [美] 阿里夫·德里克:《再论后殖民问题》,《文艺报》1999年4月13日。

暗之地，相反他和世界是其他古老的土地一样，有丰富的宗教、神话、史诗和艺术，他迫切地要和"民族最古老的生命源泉相对接"，他与父亲一样，在童年时代受到的是教会的殖民教育，但他也受到了本土艺术传统的熏陶，在一次采访中，索因卡曾提到童年时代自己就接触到约鲁巴诗歌作品："我是伴随着它长大的，依伽拉（Ijala）颂歌和其他诗歌主题。我记得当我还是个孩子的时候，有一个叫吉兰括的人，他不仅是一个音乐家，也是一位诗人，当我在学校、在小学的时候，他经常给我们背诵诗歌。……我是伴随着它长大的。我们的学校一直有一个特色，我们不仅仅只有讲故事的人，还有诗歌、史诗的吟诵者。在颁奖的日子，比如，学生们要起立然后背诵约鲁巴诗歌。它是我们的一种生活方式。"①

非洲的文学艺术传统是丰富多彩的，有叙事故事、谚语、寓言、格言、诗歌等，但主要是以口头传诵的形式流传于民间，在20世纪初期教会和受过教育的当地人开始做搜集和整理的工作，出版了一些神话故事集和传说故事集。对于人口众多、具有二百多种部族语言的尼日利亚而言，几个世纪以来所创造的口头艺术尤为丰富，在这一资源和欧洲文学传统的影响下，20世纪40年代中期，尼日利亚产生了最早的第一批诗人，如奥吉博（Okigbo）、奥卡拉（Okara）、克拉克·贝吉德雷莫（Clarke Bekederemo）等。在戏剧方面，奥贡德（Ogunde）1944年出版的《伊甸园和上帝的王座》（*Eden and the Throne of God*）大概是最早的作品，克拉克·贝古德瑞莫、奥拉·罗帝米紧随其后也发表了现代形式的戏剧作品。丹尼尔·O.法贡瓦（D. O. Fagunwa）、皮塔·恩瓦那（Pita Nwana）等人是尼日利亚最早的现代小说家，均在20世纪40年代开始发表作品。之后，阿莫斯·图图奥拉（Amos Tutuola）、伊奎恩斯（Ekwensi）、钦努阿·阿契贝（Chinua Achebe）等大量小说作家在文坛出现，小说遂成为尼日利亚创作数量最多的一种文学体裁。

索因卡出身的约鲁巴部族，直到19世纪中叶才开始出现自己的文字，法贡瓦在这方面做出了巨大贡献，他在20世纪50年创作了第一批具有高

---

① Biodun Jeyifo, *Conversations with Wole Soyinka*, Jackson: University Press of Mississippi, 2001, p. 155.

度独创性的散文体小说作品，约鲁巴语才成为成熟的书面语言。① 法贡瓦的作品多把一些传统口头叙事故事编织起来，以一个中心的叙事线索贯穿在一起，加以现代化的创作手法进行改造处理。索因卡在童年时期即接触到法贡瓦的作品，20 世纪 60 年代把其作品《千魔之林》(*The Forest of a Thousand Daemons*) 及《一个猎手的传说》(*A Hunnter's Saga*) 翻译成英文，介绍给英语读者。约鲁巴对尼日利亚和非洲文学还做出了另一种具有创造性的突出贡献，这就是被称为"约鲁巴歌剧"的戏剧文学形式，它完美地融合了当地的音乐和舞蹈。20 世纪 40 年代，奥贡德创建了最初的巡回剧团，排演了许多具有政治寓意的讽刺短剧，在西非地区引起了轰动。这一巡回戏剧传统一直保留到今天，成为尼日利亚戏剧艺术的一抹亮色。事实上，"巡回剧院"传统可以追溯到更古老的过去，据有关资料显示，早在 400 多年以前，一种名为"阿拉林觉"（Alarinjo）的巡回剧院就在当时的约鲁巴古奥约（Oyo）王国风靡一时，与莎士比亚在英国伦敦的环球剧院处于同一时期。② 索因卡从这一传统受益颇多，在他长期的戏剧艺术生涯中占据重要地位的、以讽刺和批判暴政和腐败为主题的"反抗剧院"的艺术和政治实践，可以说是这一个本土艺术传统的延续。

第三节　以奥贡为中心的神话美学体系

对索因卡而言，他在恢复和重建民族文化方面最重要的贡献在于对传统神话资源的发掘、恢复和创造性的运用，他的很多作品都是通过神话表达对当代非洲社会政治问题的关注，可以说开创了一个非洲文学艺术领域"神话非洲"的新时代。

索因卡所恢复和建立的神话体系主要是以约鲁巴部族原始信仰的神祇体系为基础。与非洲其他大部分部族一样，约鲁巴的原始宗教信仰并非如基督教那样的信奉单一神祇的正统宗教，而是一种多神论信仰系统。长篇小说《阐释家》中科拉所画的《众神像》就是多神信仰的"约鲁巴宇

---

① ［美］伦纳德·S. 克莱因主编，《20 世纪非洲文学》，李永彩译，北京语言学院出版社 1991 年版，第 157 页。

② See Wole Soyina, "Theatre in African Traditional Cultures: Survival Patterns", Wole Soyinka, *Art, Dialogue, and Outrage*, New York: Pantheon Books, 1993, p. 141.

宙"的反映。虽然拥有众多的神灵，但索因卡选择了其中一位最重要的神祇——奥贡（Ogun）作为他神话世界的中心。在《阿凯——我的童年时光》中，我们看到奥贡被索因卡的母亲"野基督"称为"异教徒的邪神"，但住在伊萨拉的祖父却对奥贡极为崇拜和信仰。奥贡是约鲁巴人猎人和战士的守护神，他发明了熔铁技术，因此又是铁器之神，是一切从事铁艺工作之人的守护神。同时，奥贡还是发明者的先驱，因此是创造和艺术之神；最后，奥贡还司公正裁决之职，是公正之神。奥贡拥有如此众多的神性，几乎是约鲁巴神殿中的"万能之神"，但他同时是一个矛盾的神性的混合，一方面是创造之神，但又有毁灭和狂暴的倾向，他带领众士卒与强敌战争，醉酒后又对自己的士卒血腥屠杀。约鲁巴的很多庆典仪式都以奥贡神为祭祀对象，经常要以狗肉作为祭祀的牺牲，举行假面舞蹈游行仪式时要包裹铁片和棕榈，因此在约鲁巴很流行的"艾贡贡"假面游行仪式也起源于对奥贡神的信仰，① 索因卡的重要剧作《路》有描绘传统"司机节"的假面游行仪式的情节，游行者进行一种鞭子舞蹈，不时互相抽打，杀狗来祭祀戴面具的神，说明奥贡还是司机之神。② 索因卡在诗歌、戏剧等很多不同的作品中都表现了奥贡这一矛盾的诸多神性的浑融特性，表现了索因卡始终挣扎于其中生与死、创造与毁灭的矛盾对立的美学思想，是对人类生存状态的一种象征性的哲学思考。

奥贡在索因卡所建构的约鲁巴宇宙世界中还担负着"创世神话"的角色。1967 年，索因卡出版了长诗《伊丹勒》（Idanre），他在前言中说创作这首诗是他艺术直觉的觉醒和转折，作品诗意地叙述和庆贺了象征着约鲁巴文明起源的创世纪神话。③ 全诗共有七节，第一节《洪水》描写约鲁巴处于铁器时代的原始农耕文明。第三节《朝圣》奥贡开始出现，他成为碎片然后又重新聚合起来，融合了众神的神性。第四节《开始》写奥贡成功地融合了人性而其他神祇失败了，他清除掉把人与神分割开来的巨大的原始灌木丛林。第五节《战斗》是全诗最长的一节，奥贡经过艰苦的战争清除了外来的敌人，但却也残暴地屠戮自己的战士。这里显现出

---

① James Gibbs, *Wole Soyinka*, London: Macmillan Publishers LTD, 1986, p. 18.
② [尼日利亚]索因卡:《路》，载《索因卡作品:狮子与宝石》，邵殿生等译，北京燕山出版社 2015 年版，第 327 页。
③ See Wole Soyinka, *Selected Poems*, London: Methuen, 2001, pp. 63-64.

奥贡融合了神性和人性的复杂和矛盾特性，从而也显现出约鲁巴创世神话的悖论。同时值得注意的是，索因卡在奥贡形象的塑造和幻想中固然融合了约鲁巴早期农耕文明和迁徙传说，但也明显地混合了古埃及和古希腊以及犹太教和基督教的创世神话因素，而并非单纯地来源于约鲁巴的传统传说故事，因此他笔下的约鲁巴神话体系既是对传统的恢复，更重要的也是对传统的一种人为的"创建"，融入了索因卡个性的、创造性的因素。

20世纪70年代中期，索因卡以奥贡为中心的神话美学思想逐渐趋于成熟，1976年出版的文学文化论著——《神话、文学和非洲世界》(Myth, Literature and the African World) 是重要的标志。在这部著作中，索因卡回应了关于他是在非洲面具下的欧洲现代主义者的指责，极力颂扬前殖民时期的传统文化，塑造一种"文化民族主义者"的姿态，并把约鲁巴神话宇宙上升到一种"形而上学"的、玄思的哲学高度，认为约鲁巴民族具有"种族的自我领悟"(the self-apprehension of a race) 能力，可以选择性地吸收外来事物而保持自我的主体性和完整性，因此虽然受到西方殖民文化的攻击仍然得以幸存。他在附录于《神话》之后的重要论文《第四舞台》(The Fourth Stage) 中说："约鲁巴悲剧的音乐中的语言通过神话完成了一种转换，这种转换与悲剧的象征主义达到了（共济会式的）神秘的一致，也与处于合唱式的统一体的中心的精神情绪的象征性的媒介达到了神秘的一致。"[①] 索因卡在这里以他一贯艰深、晦涩的语言表达约鲁巴神话与其戏剧创作的关联。此时的索因卡俨然成为一位诗人式的神学家，他把以奥贡为中心的约鲁巴神祇戏剧化，使仪式、庆典、舞蹈、音乐等具有表演性质的传统遗产成为其戏剧创作的美学资源，完成了他神话美学体系的构建。

索因卡在构建约鲁巴传统社会的"神话时代"时，始终把西方文明作为参照物。索因卡把激情投射于前殖民时期的约鲁巴，这个社会质朴、自然的原始状态使索因卡很自然地赋予它神话般的特征，为了进一步证明这个理想世界的魅力，索因卡想到了古希腊文明。在索因卡看来，古希腊与前殖民时期的约鲁巴都体现出一种和谐统一的文化特征，它们是一对"平行的相似体"。索因卡的创作表现出显著的非理性因素，这固然部分

---

① Wole Soyinka, *Myth, Literature and the African World*, Cambridge: Cambridge University Press, 1976, p.148.

地来源于西非本土的文化传统，但同时不能不说受到古希腊狂欢式的"酒神精神"的很大影响。奥贡是索因卡写作始终贯穿着的一个重要的文学原型，奥贡也因此成为索因卡的艺术"守护神"。奥贡的神性虽然主体上来源于本土，但也融合了西方文明的精神因子，索因卡把古希腊的"狄奥尼索斯精神"以及普罗米修斯的神性赋予了奥贡。他说："那个小亚细亚的神祇和他的孪生儿奥贡表现出了难以抗拒的诱惑力。"[1] 索因卡在《第四舞台》中写道："一旦我们意识到，恢复到他的希腊的对等物，奥贡的狄奥尼索斯—阿波罗—普罗米修斯的本质，一种可以引以为傲的、内在于他的悲剧性的存在的本质就可以显现出来。"[2] 索因卡创作了许多具有古希腊悲剧风格的戏剧作品，有时直接对后者进行改编，如 1973 年创作的《欧里庇得斯的酒神祭司》（*The Bacchae of Euripides*）就是索因卡对古希腊欧里庇得斯悲剧的改编。酒神狄奥尼索斯在该剧中就表现了上述所说的那种"诱惑力"。该剧采用原作的框架和结构，但却灌注了索因卡自己反暴政和权力腐败的思想，并融合了非洲本土仪式和宗教的内容，为这出悲剧增添了新的内容。剧中的人物酒神狄奥尼索斯也混合了奥贡的神性特征，更为阳刚有力，与他的孪生神祇奥贡一起表现出"难以抗拒的诱惑力"。

索因卡在抽象出约鲁巴"形而上"的精神世界的和谐、永恒和统一的特性的同时，并没有否定世俗的物质世界，只是认为物质世界要通过某种途径达到前者，从而把宇宙这两个方面统一起来，建构起一个"死者、生者、未生者"三重世界的圆形循环的约鲁巴宇宙。联系死者与生者之间循环的途径就是死亡。死亡是索因卡写作的一个重要主题，死亡在他那里是一种"仪式"（Ritual）、一种"通道"（Passage）、一种"转型的深渊"（abyss of transition）。剧作《强种》（*The Strong Breed*）、《路》（*The Road*）、《死亡和国王的侍从》（*Death and the King's Horseman*）等作品都表述了这一哲学思想，死亡在这些作品中都有一种高贵的救赎意义。1975 年创作的《死亡和国王的侍从》尤其传达了索因卡关于约鲁巴形而上的宇宙的玄思。在作品中传统的约鲁巴被设想成一个寄予着索因卡理想的物

---

[1] Wole Soyinka, *Myth, Literature and the African World*, Cambridge: Cambridge University Press, 1976, p. 158.

[2] Ibid., p. 157.

质和精神和谐统一的社会,但这个社会的"整体性"却被破坏了,原因是它是大英帝国的托管地,行政官是一个欧洲白人,这象征着殖民主义统治势力。剧作的主人公伊雷森·奥巴(Elesin Oba)准备遵循古老的部族传统,为刚刚死去的国王进行殉葬,他得完成仪式性的自杀。死亡对身为国王的马夫的伊雷森·奥巴来说非但不是痛苦,相反却是一种无上的荣誉。但白人执政官是伊雷森·奥巴的朋友,为了阻止伊雷森·奥巴自杀,他"逮捕"了他从而把他保护起来。虽然欧洲行政官是出于好意,但没想到他的"干涉"行为却破坏了这个和谐的"宇宙"。最后,伊雷森的儿子奥伦德(Olunde)为了挽救家族的声誉而完成了自杀仪式,从而使约鲁巴宇宙恢复了均衡。奥伦德在剧中具有重要的象征意义,他有两个自我:他是一个受西方教育的人,刚从欧洲归来,这个"自我"代表着"西方";他又是一个约鲁巴人,这是他的传统"自我"。奥伦德代父自杀,象征着那个西方的、分裂的"自我"必须死去,以使传统的、真正的"自我"保持存在,同时保证一个传统的、和谐统一的"完整自我"得以再生。

第四节 非洲新浪漫主义

索因卡在民族文化"身份认同"的过程中构建了以传统神话为基础的美学体系,对民族文化的恢复和重建所做出的贡献是巨大的,与阿契贝等人一起,对尼日利亚乃至非洲文学的发展具有筚路蓝缕之功,起到了开创性的作用。然而,对于具有更为深广的历史文化视野的后殖民批评理论来说,还是远远不够的。法农概括了殖民地知识文化精英需要经历的三个文化时期,把第二时期称为"文化民族主义"时期,这一时期的症结在建立民族"文化同一性"的过程中,把民族自身的传统和过去"充分地浪漫化和理想化",民族主义意识很容易走向僵化,从而成为一种简单的、保守的文化民族主义。① 赛义德也认为这种文化民族主义是"在反抗的环境中想象过去"②,"'势必导致知识分子精英主义,这种精英主义植

---

① [法]弗兰兹·法侬:《论民族文化》,载罗钢、刘象愚主编《后殖民主义文化理论》,中国社会科学出版社 1999 年版,第 278 页。

② [美]赛义德:《赛义德自选集》,中国社会科学出版社 1999 年版,第 9 页。

根于彻底铸造民族文化的设想',重铸民族文化基本上是追求一种富有浪漫气息的托邦理想……"① 在反抗的环境中想象过去,这使索因卡成为后殖民时期一个奇特的浪漫主义者,他的文化"归航"本质上是一个虚幻的乌托邦之旅。"想象过去"对索因卡而言的确是契合的,我们看到他对约鲁巴神话资源的利用不是简单地按照原样的恢复,而是注入了自己富有个性的、创造性的成分,因而他的这种"想象"也具有了主观性。这种主观的"想象"使索因卡的文化回归带上了强烈的浪漫圭义色彩,而他的故土、他的民族的栖息地——约鲁巴则成为一个想象中的乌托邦。这使人联想到19世纪的欧洲浪漫派文学,尽管索因卡有时从民族主义的立场出发,激烈地抨击欧洲自古罗马以来形成的文明体系,但他的作品却清楚地表明他具有浪漫主义者的倾向;尽管表现出了新的特质和内容,但却陈列了欧洲浪漫主义文学的基本特征。它们表现为:倡导一种神话式的"整体思维",寻求理想中的社会、自然和个体灵魂的绝对统一、和谐,强调非理性的想象和情感的作用,认为应通过一种精神直觉性的写作把那个神话统一体表现出来;认为传统和过去更有意义,崇拜神话、宗教和自然世界,强烈地不满现实,表现出无家园的失落感;极端的个人主义和主观主义,强调个人自由和对死亡的超越。②

后殖民批评理论之所以反对"文化民族主义",是因为过度地强调民族文化的主体性、独特性往往会陷入一种极端的"文化差异主义"的思想模式,从而形成一种保守的民族主义思想,赛义德曾说:"法农是第一个重要的反帝国主义思想家,意识到保守的民族主义仍然道循着帝国主义开辟的同样的轨迹……讲述一个简单的民族故事,不过是重复、扩展,也是产生新的帝国主义形式。"③ 尤其是进入20世纪70、80年代以来,随着非洲大陆"后独立幻灭"(Post-independence Disillusionment)④ 感的加

---

① [美]赛义德,《赛义德自选集》,中国社会科学出版社1999年版,第266页。

② See Geoffrey Hunt, "Two African Aesthetics: Soyinka VS. Cabral", Georg M. Gugelberger ed., *Marxism and African Literature*, Trenton, New Jersey: Africa World Press Inc., 1986, p. 68.

③ 转引自罗钢、刘象愚主编《后殖民主义文化理论》,中国社会科学出版社1999年版,第5页。

④ "后独立幻灭"是20世纪60年代初期即在非洲出现的一种文学和社会思潮,反映了非洲各国在摆脱殖民统治后出现的深刻的后殖民社会危机,这一主题非洲很多作家均有涉及,索因卡的首部长篇小说《阐释家》(*The Interpreters*)即可视为此类作品。

重,这种保守的文化传统主义日益受到批评,批判现实、促进社会变革的呼声日高,严酷的社会政治背景产生了一批强烈关注现实的、承诺社会责任的作家,尼日利亚作家依亚依(Iyayi)的《契约》(The Contract)、阿契贝的《不再轻松》(No Longer at Easy)、奥拉·罗帝米的《如果》(If)以及奥索费山(Osofisan)的《从前的四个强盗》(Once Upon Four Robbers)、《不再是劣种》(No More the Wasted Breed)等都是这一类型的作品。这些年轻一代作家创作中的现实主义倾向得到了空前的加强,并逐渐与以索因卡为代表的上一代作家形成尖锐的对立,他们批评索因卡等人通过传统文化"委婉、隐敞地"表现现实实际上是对社会责任的逃避,南非作家利维斯·恩考西(Lewis Nkosi)明确提出要反对"仅仅致力于伟大的非洲神话传统的复活"①,索因卡等人被指责为脱离现实的"纯文化主义者"、"空洞的形式主义者"。比如,奥索费山的戏剧《不再是劣种》就是对索因卡的剧作《强种》(The Strong Breed)的一个反驳,同样都采用了神话、仪式题材,但奥索费山把矛头直接指向经济殖民,猛烈抨击本土政治精英和外国殖民主义势力勾结起来对普通民众进行经济掠夺,而索因卡的《强种》只是对一种宗教仪式作了某种形而上学式的玄思。

与此同时,受当时国际政治形式的影响,马克思主义思潮在非洲各国一度流行,在理论上也产生了一批颇为引人注目的马克思主义批评家,他们着眼于严酷的经济现实,力图赋予传统文化以革命性的意义,鼓励民众觉醒起来,知识精英与民众联合行动起来,对压抑的生活和社会进行决定性的变革。他们继承法农的思想,呼唤反殖民主义的第三阶段——"战斗的阶段"、一个"革命性的强烈关注现实的阶段"。这一立场是正确的,因为只有首先挣脱经济殖民,实现民族经济的振兴,民族文化才能真正得以恢复和重建,正如法农所说:"为民族文化而战首先意味着为民族的解放而战,只有在这样的基石上,才能进行文化建设。文化战斗如果离开群众斗争,就不会有任何发展。"②

---

① Georg M. Gugelberger, "Marxist Literary Debates and Their Continuity in African Literary Criticism", Georg M. Gugelberger, ed., *Marxism and African Literature*, Trenton, New Jersey: Africa World Press Inc. USA, 1986, p. 12.

② [法]弗兰兹·法侬《论民族文化》,载罗钢、刘象愚主编《后殖民主义文化理论》,中国社会科学出版社1999年版,第286页。

在 20 世纪 70、80 年代，除了非洲涌现出一批"左翼"的批评家，西方一些马克思主义理论家也开始关注非洲的文化走向，他们也对索因卡这样的"神话制造者"进行了批评，其中杰·亨特（Geoffrey Hunt）写了一篇名为《两种非洲美学：索因卡对加布雷尔》的文章，引起非洲很多"左翼"批评家的关注，很多人认为这是一篇"总结性"的针对索因卡的马克思主义批评文献。该文认为索因卡是一个 20 世纪非洲的"新浪漫主义者"，与 19 世纪欧洲浪漫主义有着相似的社会和历史根源。① 这一观点客观地说并非亨特的"发明"，而显然来源于法农的思想。

亨特等马克思主义评论家指责索因卡浪漫主义的消极性则主要是以阶级观念、辩证唯物主义历史观等马克思经典理论为观察视角，在他们看来，索因卡恢复传统的重建民族文化的努力是脱离非洲的社会现实、脱离广大劳苦大众的个人主义和文化精英主义，对解决非洲的实际问题起不到实质的作用。浪漫主义通常具有两种含义：一种是指人类自然本性中的一种永恒的倾向，另一种则特指 19 世纪上半叶在欧洲发轫的一种文化现象。但除了这两种通常的意义之外，浪漫主义也许还有一种意义尚未得到人们深刻的理解和认识，即它还是一种特殊的、辩证的历史文化方式，是在不同的社会形态中都可能发生的、由于社会的分化而导致某种程度和某种形式的不安全并因而对之产生的一种特殊的文化反应。这种浪漫主义的文化回应相对于特定的社会形态而言有着鲜明的文化特征。19 世纪，欧洲浪漫主义运动正是这种普遍的文化反应在社会形态向资本主义经济结构和资产阶级意识形态转型这一特定历史时期最集中、最具有代表意义的体现。

亨特对 19 世纪欧洲浪漫主义产生的社会和历史原因所作的分析是深刻的，很有启发意义，他认为 19 世纪欧洲的浪漫主义作为当时社会政治经济结构的深刻变革在文化上的回应，本质上是一种资产阶级文化运动，而一对矛盾的阶级既联盟又对抗是 19 世纪欧洲浪漫主义运动产生的社会根源。② 很多浪漫主义者对维系着他们的文化和物质存在的阶级充满了仇恨和蔑视，因而使浪漫主义具有一定的革命进步的因素。政治经济的巨大震荡迫使一部分贵族寻求与上层资产阶级的联盟，而后者也有同样的需

---

① See Geoffrey Hunt, "Two African Aesthetics: Soyinka VS. Cabral", in Georg M. Gugelberger ed., *Marxism and African Literature*, Trenton, New Jersey: Africa World Press Inc., 1986, p. 65.
② Ibid., p. 66.

求。贵族阶层需要在皇权和新兴的资产阶级统治阶层之间作出选择。尽管由于恐惧工人和农民阶级的联合，资产阶级的总体倾向是保守的，但面对阻碍生产力发展的封建皇权时却采取了进步的立场。这一阶级联盟既是中产阶级的又非中产阶级的（因为有部分贵族加入），同时排斥、蔑视着广大的小资产阶级。小资产阶级虽然是一个迅速扩展的团体并在经济上直接地依附于大资产阶级，但与后者却有着深刻的矛盾，因此处于大资产阶级与工人阶级之间的中间地位。同时在意识形态上，小资产阶级不具备雄厚的文化实力，而贵族—资产阶级联盟需使自己的统治合法化，必然要求在意识形态上产生权力的回应，以对抗新古典主义的主流文化。然而这种文化回应不必要也不可能是站在小资产阶级的立场上，因为小资产阶级处于一个游移不定、令人可疑的地位。同时贵族—大资产阶级联盟却是不稳定和矛盾的，对上下两个阶级随时可能的复辟和反叛怀着深深的恐惧。封建贵族残余作为传统的代言人仍然在文化上占着相当的优势。面对经济急剧转型、阶级矛盾错综复杂的历史语境，一个典型的逃避主义的文化反应便产生了，它把矛盾和问题的解决托付给神秘的世界、非世俗的领域。把问题从现实中分离出来便可逃避行动和责任，逃避政治联盟不稳固导致的不安全感，从而躲入阶级矛盾不存在的某个实体中，躲入一个没有阶级、没有政治的"自由"的、"超越"的氛围中，最终远离工业化、城市化的喧嚣，不必理睬新的统治阶级对民众的剥夺以及后者无穷尽的苦难。在社会转型期，哪一个阶级处于统治地位尚含混不明，没有哪一个特定的阶级敢于宣称自己对社会具有控制力量，知识分子在这一阶段的文化反应便是试图在神秘、抽象的领域恢复文化的主导作用，于是上帝、个性、传统和自然便出现在历史的视野中。

　　浪漫主义成为资产阶级社会转型期的主导文化形式，是因为在资本主义经济结构条件下，阶级分化是最剧烈、最显著的，向资本主义转型的历史时期的社会大动荡、大错位对文化产生了巨大的影响，浪漫主义恰好成为这一巨大的历史变革的最恰切的文化表现形式。当社会转型期基本结束、阶级结构逐渐趋于稳定时，资本主义意识形态的一整套概念便开始确立下来，并日益地系统化和精致化：自由主义、议会主义、国家主义、实证主义、商品拜物主义乃至时下流行的人权主义等等。然而这一社会转型期同时也是阶级形成的时期，而各种社会势力的矛盾和对抗正是浪漫主义产生的社会历史根源。

这样，当某一社会处于向资本主义生产方式激烈转型的历史时期时，浪漫主义或者具有其特征的文化运动便适时出现。现在，大多数前殖民地国家或地区正处于后殖民历史时期，其快速纳入世界资本主义体系的过程或者已经完成、或者正在进行。这一过程进行得越快，文化发生裂变和错位的程度也就越严重，因而产生新的文化形态以适应新的生产方式的要求也就越迫切。尼日利亚是这方面一个极典型的例子，相当长的时期以来，它一直在创伤性的阵痛中进行着这一资本主义政治—经济形态的再结构过程，1960年它宣布独立后，于1970年加入石油输出国组织欧佩克，随后开始了一段经济繁荣时期，变成世界上第十三位富有的国家，一个地区强国，一个新兴的工业化国家。[①] 然而这种靠单一出口高利润的原始商品——石油来维持的国家经济表面繁荣局面没能维持多久，到1979年随着国际经济和石油价格的动荡以及国内政治的腐败，尼日利亚摇身一变，成为欧洲和世界银行的高额负债国，短暂的繁荣烟消云散，而这种表面上的政治经济独立的"自主权"也证明仍然是一种"后殖民幻觉"。马克思主义评论家认为，这一过程是尼日利亚加速资本主义化的过程，在独立后的短时期内，用殖民主义的遗产之———用英语语言写作的尼日利亚文化获得了迅速的繁荣，而浪漫主义不可避免地以一种优势姿态出现了。

作为后殖民主义国家，尼日利亚虽然没有像19世纪的西欧那样在同一方式上经历资产阶级革命，然而一个经济和政治的急剧转型却正在进行着，这一过程的产生与尼日利亚社会的后殖民特征有着密不可分的关系，甚或可以说，正是后者直接导演了这场社会变革。这一过程在意识形态上的一个最直接的后果是产生了一个新的矛盾的统治阶级，它与国外资产阶级结成了联盟，并依靠这一外来势力确立了自己在国内的统治地位。它内化、吸收着一般意义上的资产阶级价值观念，同时残余着正在迅速解体的、以封建等级制为基础的僧侣集团的价值观念。法农在很多方面吸收了马克思主义思想，他运用马克思主义辩证法揭示殖民统治者和被殖民统治者之间的斗争，他把上述在社会转型期产生的这一阶级称为"民族资产阶级"，而它实质上是一种买办性质的"伪资产阶级"，因为该阶级的本质特征是它虽然在本土占据统治地位，但不能主导和控制资本的生产方

[①] 参见［美］托因·法洛拉《尼日利亚史》，沐涛译，东方出版中心2015年版，第130页。

式，而只是在外国资本势力与本土的贫苦阶级之间充当着商业和代理管理者的角色。这样，尼日利亚和其他非洲国家的统治阶级就呈现出一种奇特的后殖民景观：他们实质上依附着外国殖民势力，他们的联盟本质上是与本土的民众相对抗的，但同时其统治的合法性又建立在民族独立的基础上，这就决定了它与其殖民主义盟友存在着内在的矛盾。因此，买办资产阶级的矛盾是一种深刻的、结构性的矛盾，这使它仿佛陷入一种精神分裂的状态之中，不得不同时赞美和诅咒同一事物：一方面它必然要谴责外国殖民势力的经济干涉以表明自己的民族主义立场，同时又不得不暗中阿谀逢迎以维持自己的生存；另一方面，面对本土的传统价值，表面是竭力地宣扬与赞美，而自身现实的生活与真实的传统生活方式是分离的。这种独特的精神病态是后殖民社会所特有的现象。在法农看来，这也是后殖民社会知识分子典型的心理状态，他们与本土社会相分离的同时又被种族主义的殖民者所抛弃，他们在文化上表现出浪漫主义式的"无家园感"也就不足为奇；最重要的是这一阶级虽然以民族精英自居，却不具有指导生活和社会发展的关键力量，来源于底层阶级的关键力量于他们而言是异己的和失控的。

索因卡1984年出版的《巨人的戏剧》(*The Play of Giants*) 可以说是对上述观点的一个诠释。这部剧作被誉为"用胆汁和鲜血写成的大师级的讽刺剧"，[1] 剧中的政治"巨人"卡米尼（Kamini）、土博姆（Tuboum）和皇帝卡斯柯（Kasco）分别映射乌干达的阿明、赤道几内亚的恩古玛和中非共和国的皇帝博卡萨三个非洲独裁者，[2] 他们残暴、野蛮、粗俗、下流，对外阿谀欺诈，对内残酷镇压。剧中还塑造了大使、银行家、记者、教授等一干人物，这些所谓的统治精英聚集在驻联合国大使馆，筹划着如何乞求世界银行和美国、苏联的经济援助，当"乞讨"计划失败时，卡米尼便把从殖民者手中购得的火箭对准对面的联合国大厦，威胁西方人妥协，而当国内传来民众武装起义的消息时，土博姆毫不担心，准备借用原殖民宗主国法国的空降伞兵进行镇压。索因卡在此剧中虽然辛辣猛烈地讽刺了非洲本土的所谓"民族资产阶级"精英，但按照马克思主义者的观点，他自己本质上也隶属于这一阶级，他"内化"、吸收了西方资产阶级

---

[1] James Gibbs, *Wole Soyinka*, London：Macmillan Publishers LTD, 1986, p. 158.
[2] See Wole Soyinka, *A Play of Giants*, London：Methuen, 1984. p. v.

价值观，代言民族文化时残余着部族主义、巫灵风气、宗教僧侣势力以及逃避现实的浪漫主义倾向。

索因卡是剧作家，同时也是成就显著的诗人，而"诗化倾向"是其诸体裁作品尤其是戏剧作品的一大特征，诺贝尔授奖词说他是"诗人式的剧作家"和"创作了富有诗意的关于人生的戏剧"。[①] 然而，通过高度情绪化的、诗性的语言表达浪漫化、理想化的事物正是一般浪漫主义的共同特性。索因卡很多戏剧作品中的人物对话都是韵文和诗歌，它们多来自约鲁巴的民谣和口头诗歌，生动活泼而意象丰富，并无文人诗歌的矫揉造作。1960年创作的《森林之舞》是一部在艺术形式上极具创新和冒险精神的剧作，作品中大自然的各种精灵诸如森林之王、树精、大象精、蚂蚁精……都成为作品中的人物，表现了对非洲传统的"万物有灵"信仰的欣赏，也是一种不无浪漫色彩的神话思维。剧中有蚂蚁王与森林之王的诗歌式对白，表达被剥夺和被压迫者的愤懑：

> 森林之王：倘若山冈静寂，这些人是谁？
> 　　　　倘若风和日丽，
> 　　　　又是谁把手从坟墓中伸了出来？
> 蚂蚁王：我们从沃土中汲取营养，但他们却瞎了眼睛，用双脚践
> 　　　　踏我们。
> 森林之王：你们也是我的儿子吗？
> 蚂蚁王：我们是小径的开拓者，
> 　　　假如你就是森林之父，我们想
> 　　　我们是你的儿子。
> 森林之王：但你们到底是谁？
> 蚂蚁王：我们从沃土中汲取营养，
> 　　　在大地的毛根中繁殖生育，
> 　　　恐惧遮住了他们的双眼。
> 　　　他们知道我们是大地的孩子。
> 　　　他们踩破我们漏出地面的皮肉，

[①] Lars Gyllensten, *Award Ceremony Speech*, https://www.nobelprize.org/nobel_prizes/literature/laureates/1986/presentation-speech.html.

我们提心吊胆地捍卫着母亲，
大地的智慧。①

在索因卡创作的大量的诗歌作品中，孤独踟蹰的大象和雄狮、身披红毯的牧人和羊群、棕榈酒、传统草阁……这些富有"非洲风情"的自然景观都是其歌咏的对象，与山峰、湖泊、河流、森林、庄稼、暴雨、月光……这些欧洲浪漫派的自然世界形成索因卡所说的"平行对应物"。同时，索因卡往往要给这些浪漫的自然风光灌注"神话因素"，掺杂以大量的诸如"神话诗学"、"转型的深渊"、"宇宙的"、"种族的"、"本质的思想"、"存在的苍穹"等词语。索因卡诗歌中的浪漫情绪有时几乎近于感伤：叹息和哭泣、爱与渴望、恐惧和死亡、勇气与绝望……这个艺术世界像彩虹一般绚丽多姿、栩栩如生，有时崇高庄严，有时又戏剧夸张。然而，高度的情绪化和神秘化有时不免要导致诗风的含混朦胧：

一道苍白的
夜之肌肤中的切口
它伸向山下逐渐缩小，愈加虚弱地流血
从极点到通道，染以色彩
以及用寿衣覆盖②

在马克思主义者和后殖民批评家看来，索因卡在回归传统时所表现出的这种浪漫主义倾向旨在保护受到西方文明严重威胁的非洲传统，是当他看到"自我"的社会被殖民主义"他者"遮蔽、压服、肢解从而敏感的精神受到沉重打击时的自然反应。当索因卡看到社会混乱正朝着不可挽救的、毁灭性的方向发展时，追求某种神话式的、和谐统一的世界便成了唯一适当的回应，这样他才能得到心理和精神上的宁静和慰藉，正因为从现实中无法得到，秩序便从这里转向丝毫不会受到伤害的神话世界。这与欧洲浪漫派文学吟咏自然的统一和谐是为了对抗资本主义工业生产所产生的

---

① ［尼日利亚］索因卡：《索因卡作品：狮子与宝石》，邵殿生等译，北京燕山出版社2015年版，第217页。

② Wole Soyinka, *Selected Poems*, London：Methuen, 2001, p. 18.

机械的、物质的、庸俗的"消极思想"是一致的。

客观而言，索因卡在早期所建构的约鲁巴神话宇宙和形而上学的确有一种"浪漫主义"倾向，"左翼"和马克思主义批评家从非洲危机最急需的社会责任和社会行动的角度出发，对他所作的批评有中肯的一面。然而这引起了索因卡的极大反感，他特意撰写了一篇长文——《孤独自闭的亨特；或者，如何最大化平庸》来回应亨特等人的指责。这篇文章很多地方用词激烈，如认为亨特的马克思主义批评是"编造的社会学"，索因卡说："编造的社会学并将社会学强加于作家的游戏已经成为一种无风险的、人人免费的游戏，亨特先生以新手的热情来玩这个游戏。"[1] 索因卡极力否认自己是"新殖民主义代理人阶级的成员"的指责，但通观全文，索因卡并未能以坚实的理论提出驳论，只是以激烈的言辞反指亨特等人是"浪漫主义清教徒的'激进'哲学"，是"机会主义的伪君子"、"教条主义"的以及"教科书式"的马克思主义者。[2] 索因卡在文中引用了亨特的话："如果说艺术是意识形态的，是阶级统治的表现和器官，那么进步艺术就是指向被剥削阶级的启蒙和解放的艺术。这种艺术的目的是影响某些阶层的小资产阶级和青年，也是为了接触城市贫民和农村人口。"[3] 索因卡认为这是对马克思主义的曲解，把艺术仅限于意识形态的范畴是"狭隘的教条主义"，他辛辣地回应道："现在来了一位马克思主义哲学家，他说奥尼沙市场文学及其所反映的愿望应该成为现代非洲文学的指导之光。……我们可能会戏仿我们革命的火药味，我们知道，在新殖民主义形势下动员生产力量，提高生产力水平，控制生产资料，消灭买办阶级和国际企业家的小资产阶级代理人，使之处于正确的历史经济状态的任务……是的，这必须是马克思主义哲学家的全职工作。"[4] 然而，这种"戏仿"式的反驳除了使人嗅到索因卡浓烈的"火药味"外，并没有击中他所谓的"狭隘的教条主义"批评的要害，而索因卡所坚持的仍然是一种超越阶级、历史、社会经济结构和民众的"普遍主义"的文化立场。

---

[1] Wole Soyinka, "The Autistic Hunt; or, How to Marxmize Mediocrity", Wole Soyinka, *Art, Dialogue, and Outrage*, New York: Pantheon Books, 1993, p. 262.

[2] Ibid..

[3] Ibid..

[4] Ibid..

第五节 "善恶对立寓言"与文化本质主义

"东方主义"（Orientalism）作为后殖民主义的重要概念，实际上与地理意义上真实的东方和东方人并无实质的联系，它是西方人从"白人中心主义"出发虚构出来的一种"东方神话"，体现了西方人对东方或第三世界的无知和偏见，最重要的是体现了西方对东方某种不平等的支配关系，"简而言之，东方主义是西方对东方统治、重构和施加权威的一种西方的风格和方式"①，是体现了殖民主义霸权的话语方式。这种话语方式最基本的模式便是"二元对立"模式，它有各种不同的变化形式，诸如"东方与西方、中心与边缘、普遍与个别、高贵与低贱、文明与愚昧、理性与感性等，但一个基本的二项对立却是永远不变的，那就是西方代表着善，东方代表着恶。"弗兰兹·法农把这个殖民话语的基本模式称为"善恶对立寓言"（Manichean Allegory）。② 实际上，作为殖民话语的"善恶对立寓言"只不过是西方由来已久的强调善恶对立的"摩尼教传统"（Manichaeism）在殖民主义理论体系中的运用而已，这一传统贯穿于众多的西方文化大师的理论文本中，有弗洛伊德式的、斯本格勒式的、达尔文式的，即使黑格尔辩证法也难出其窠臼，后殖民主义思想家们毫不客气地指出它实际上是一种"主奴辩证法"。

如果说赛义德的"东方主义"旨在解构西方二元对立的文化传统，那么索因卡回归传统本质上也是试图对"善恶对立寓言"进行一种颠覆，以期破坏殖民者强加给被殖民者的这种邪恶寓言的基本结构，变"他者"为"自我"，变"边缘"为"中心"。然而应该看到，索因卡反抗西方主导话语系统时，低估了这一系统的顽固性和隐蔽性，轻率地以为只要构建另一套本土的话语系统就可以与之抗衡，殊不知正是在这一点上落入了帝国主义的圈套。海伦·蒂芬指出："在通常情况下，对'本质上'的尼日利亚或'本质上'的澳大利亚的构建，会乞灵于那种与宗主国的普遍主

---

① ［美］赛义德：《赛义德自选集》，谢少波等译，中国社会科学出版社1999年版，第2页。

② 转引自罗钢《关于后殖民话语和后殖民理论的若干问题》，载《文艺研究》1997年版，第3期。

义范式如出一辙的排斥主义体系。"① 霍米·巴巴也说："对文化自我认可（Self-ratification）及其本源的民族追求，复制了宗主国的认知过程，在企图构建独立身份的过程中，再次激活了这些过程的价值和实践。"② 索因卡所试图建立的以神话思维为特征的本土文化正是这样一种"本源性"的民族文化诉求，他在反抗欧洲中心主义的普遍范式时所采取的正是一种"排斥主义"方式，即企图以"非洲中心主义"代替"欧洲中心主义"，以非洲的"本质主义"和"普遍性原则"代替欧洲的"本质主义"和"普遍性原则"。这样从后殖民理论的角度看来，即使索因卡想象中的民族文化蓝图最终可以实现，也仍然只是一个失败的文化尝试，因为它根本上所采取的仍然是殖民主义"二元对立"的话语方式，只是"善恶对立寓言"一种新的叙写而已。这样讲似乎有些吹毛求疵，因为事实上在世界各国去殖民化运动发轫之初，那些第一代反殖民主义斗士几乎无一例外地采取了这一反抗策略，在不经意中复制了宗主国的认知过程。

尽管后殖民理论也承认"文化本质主义是文化去殖民化的一个必经阶段"③，但是坚定地反对"文化本质主义"，原因是"用统治者的话语去反抗，必然会被其逻辑所纠缠，助其固化"。④ 非洲很多知识精英在民族独立初期所采取的反殖民主义策略都是要让文化和政治回到殖民统治开始前的位置，实质是一种文化和政治的"原教旨主义"，是文化民族主义的本质论，斯皮瓦克严厉批评这种"文化寻根"者，认为对纯粹和原始身份的追寻否认了殖民主义，是以天真的乌托邦形式抹杀了殖民暴力历史。⑤ 赛义德则提出了文化建设的一个基本问题：能否摆脱文化本质主义而表现出文化差异？强势文化能否不强制、不削弱地表现"他者"？⑥ 后殖民主义理论旨在建立新的叙述方式以冲破帝国主义的经典叙事方式和现有世界秩序，认为在不可避免的文化"混杂"中，对殖民文化进行"仿

---

① ［澳］海伦·蒂芬：《后殖民主义文学与反话语》，载罗钢、刘象愚主编《后殖民主义文化理论》，中国社会科学出版社1999年版，第317页。
② 转引自罗钢、刘象愚主编《后殖民主义文化理论》，中国社会科学出版社1999年版，第316—317页。
③ ［英］吉尔伯特：《后殖民理论》，陈仲丹译，南京大学出版社2001年版，第255页。
④ 同上书，第178页。
⑤ 同上书，第108页。
⑥ 同上书，第88页。

真"、"模拟"、"曲解性的叙述"就可以瓦解殖民宗主国的文化。

事实上,索因卡的创作和思想是复杂的,也经历了半个多世纪的发展与嬗变,20世纪80年代以来,他在很多评论文章中更多地表现出一种"文化融合主义"和"世界主义"的姿态,关注不同地区、不同文化体系相互之间的联系和融合。但其作品的文化构成始终贯穿着一个特征,即在西非文化的交融中表现出"混杂中的矛盾"和"矛盾中的混杂",一些基本的二项对立是明显存在的,主要有以下几个方面。

首先是非洲的形而上学与欧洲的理性的对立。以奥贡为中心的神话宇宙的构建有明确的针对性,那就是代表着欧洲的"技术补偿性的世界"。索因卡在其理论著作《神话、文学和非洲世界》中激烈地抨击了这个"庸俗"的世界:

> 它们将在一种可以意识到的西方思想模式中更为准确地发现,一种分门别类的思维习惯,它总是阶段地选择人类的情绪、现象的观察、形而上学的内在结构、甚至科学演绎法等方面的某些因素,并把它们变成由一种以表现性的习惯用语、类推和分解的模式为特征的增殖性的超级结构支撑着的分裂的神话(或真理)。[1]

索因卡认为殖民文化的入侵造成了非洲文化传统的断裂,并完全归咎于其理性的思想模式,他坚持把欧洲和科学联系起来,最终认定科学技术丝毫没有扩展人类的知识,他说:"一些人可能更喜欢称之为一种反进化(Counter-evolution)。"[2] 这样的一个"反进化"的欧洲分裂、限制了世界的发展,欧洲人已经完全地丧失了感性的能力,他们因为"分门别类的思维习性"而变得又钝又瞎。而非洲代表着敏锐的感性,代表着一个整体的、统一的世界。似乎欧洲的任何东西都是"僵硬的",而非洲的都是"富于变化的"、"流动性的"和"混合一致的"。索因卡在他的"非洲统一和谐的宇宙整体"和"一种显而易见的西方思想模式"之间假定了一种永恒的矛盾冲突。但有一个例外,那就是古希腊文明,索因卡同时假定

---

[1] Wole Soyinka, *Myth, Literature and the African World*, Cambridge: Cambridge University Press, 1976, p. 37.

[2] Ibid., p. 40.

古希腊的思想光辉与传统的非洲思想模式存在着许多共同的地方,是非洲的"平行相似体",似乎古希腊并非欧洲的某个地方。索因卡在这里表现出某种矛盾。

索因卡在《神话、文学和非洲世界》中讨论到戏剧和非洲的世界观的问题时,用了很大的篇幅评论尼日利亚剧作家 J. P. 克拉克(J. P. Clark)的戏剧《羔羊之歌》(*Song of a Goat*),其观点可以说也是他"欧洲—非洲二分法"的一个注脚,索因卡批驳了欧洲人对这部作品的拒绝,他下结论说:

> 然而它强调了欧洲与非洲思想方式的本质的分歧的另一个方面:即一方面在严峻的世俗生活中找到了人类苦难的根源,同时另一方面其对悲剧的理解超越了导致个体分离的原因而意识到这种分离实际上是更为巨大的集体心理的不和谐的反映。①

索因卡处处运用着"欧洲理性"、"欧洲分门别类"以及"非洲形而上学"、"非洲整体主义"、"非洲自我领悟"(self-apprehension)等等相互对立的词语,这些语词无疑都是在宣扬非洲文化较之欧洲具有先天的优越性。然而,当有人说索因卡正在试图用"黑人主义"(Negritude)代替欧洲中心主义时,他却不同意,声称自己是它的反对者。

"黑人主义"(也译作"黑人性"、"黑人文化认同"、"黑人文化学派")是 20 世纪 30 年代离散于欧洲和加勒比地区的黑人知识分子倡议发起的文化运动,是"泛非主义"运动的重要思想成果。"黑人主义"肯定基于种族的生物差异而存在着一种独特的黑人文化存在,非洲文化在感觉、情感、节奏、宗教和社群观念上有独立持久的价值观念,与欧洲的理智、怀疑教条和个人主义等价值观念形成鲜明的对照。② 自 20 世纪 60 年代以来,"黑人主义"越来越受到批评,因为它实质上是"一种反种族主义的种族主义",从后殖民理论的角度看,它典型地"遵循着帝国主义的

---

① Wole Soyinka, *Myth, Literature and the African World*, Cambridge: Cambridge University Press, 1976, p. 46.
② [美]伦纳德·S. 克莱因主编:《20 世纪非洲文学》,李永彩译,北京语言学院出版社 1991 年版,第 154 页。

思想轨迹"。

　　索因卡不认为自己是一个"黑人主义"者，认为它对黑非洲文化的固守不具有领先的地位，因为没有进行深刻地努力使它进入独特的非洲价值体系，因而需要建立一个新的、更"深刻"的黑人文化主义，其基础是一种纯粹的"非洲特性"以及明确地摒弃"那个欧洲认识论的基石"。[①] 然而，索因卡作品的实际倾向表明他始终在二项对立模式中突出着非洲文化作为独立一元的地位，索因卡对黑人文化主义表面上的指责并不意味着他业已完全抛弃了欧洲的二元对立的摩尼教传统，他所谓的新式的黑人文化主义并没有抛弃"欧洲认识论的基石"。索因卡的很多作品都充满了对黑非洲传统文化的欣赏和夸耀，20世纪60年代创作的《狮子和宝石》风格幽默明朗，是一个鲜明的例证，剧中代表传统价值观的年届六旬的老酋长巴拉卡世故、狡诈但却野性、富有魅力，最终战胜了代表崇拜西式文明的幼稚可笑的乡村教师拉昆莱而赢得了年轻美女西迪。创作时间间隔近20年的《死亡和国王的侍从》，尽管受到欧美观众和文化精英的极大欢迎，但索因卡仍在宣示非洲文化"形而上"的宇宙的和谐和统一，用索因卡自己的话说，剧中的白人执政官所代表的殖民势力的干预不过是一件微不足道的"小插曲"而已。也就是说，当索因卡认为正在抛弃黑人文化主义时，在某种意义上实质却在无意识地创作着一部部黑人文化主义的戏剧。

　　事实上，索因卡以其神话思维对抗西方的理性思维在西方并不乏先例，前文述及的欧洲浪漫主义思潮的兴起即是一个例证。德国18世纪的早期浪漫派斯莱格尔兄弟和其他一些欧洲浪漫主义者就曾倡导复兴神话般的理想世界、回归到充满宗教狂热的封建中古时代来对抗资产阶级的科学理性精神，当时，笛卡尔—牛顿思想体系日趋取得主导地位，欧洲的浪漫派看到了机械主义将主宰一切的危险，因此向思想界发出了恢复精神的吁请。索因卡在20世纪的后殖民主义语境中也发出了这样的吁请。索因卡对非洲文化具有象征意义的、形而上学的一面的过分强调有时达到了偏执、甚至是荒谬的程度，他因厌恶欧洲的理性从而否定科学技术对人类历史发展所作出的贡献就是一例。索因卡在"二元对立"的殖民话语模式

[①] Wole Soyinka, *Myth, Literature and the African World*, Cambridge: Cambridge University Press, 1976, p.136.

中，为了突出自身一元的优势，对另一元采取了简单的否定和消灭的态度，似乎这样便可以建立起"伟大的非洲传统"。索因卡在这里陷入了海伦·蒂芬所说的"后殖民本质主义"的错误策略中，因为这种"文化同质主义"根本不可能复现前殖民时代文化的纯粹性和纯洁性。

索因卡作品中的另一个根本的二项对立是过去与现实的对立。在索因卡看来，过去和现在的冲突在于一个是安全的、有秩序的、和谐的，而另一个则是不确定的、混乱的以及失去家园的。他似乎深深地沉溺于过去、现在和未来的时间之谜中而无力自拔，矛盾重重，彷徨无计。过去有着难以抗拒的神话般的魅力，而现实似乎又不能逃避，未来更需要筹划。这种矛盾使索因卡的作品呈现出极为复杂的现象，一方面他为捍卫传统价值而流露出浓浓的怀乡病，一方面又清醒地知道传统文化价值正在失去对现实生活的支配和主导力量；一方面在理智上知道现实的趋势不可逆转因而应该勇敢地面对它，但同时现实的混乱和无序又使他感到如此厌恶和绝望。

1965年出版的在长篇小说《阐释家》是一部奠定了索因卡也是一名小说家的地位的优秀小说。小说塑造了非洲社会后独立初期的知识精英的群像，他们当中很多人从欧洲留学归国，满怀激情地希冀在新的民族国家建设中施展才华，然而现实的混乱和腐败击碎了他们的梦想，正如这部的小说的另一个译名——《痴心与浊水》所要表达的，这群后殖民时代国家民族文化和精神的代言者痴心不改，然而却深陷现实的污泥浊水中而无力自拔，他们只能湮没在普遍蔓延的"后独立幻灭"的氛围中。小说的主人公伊格博（Egbo）虽然个性超然，但仍然面对过去和现实时难以抉择。是否回到乡村世袭爷爷留下的酋长职位以恢复被破坏了的部族传统？还是在大都市新政府的外国局担任一名官员？伊格博一直犹疑不决，最后终于拒绝回到传统，而是选择在现代的"都市文明"中随波逐流。索因卡认为这是一个"怯懦的行为"和"道德上的错误"。小说的第一部分有一个被广为引用的情节，这些知识者坐在小舟里向对岸的城市进发，象征着一种"转型"，一种深刻的社会、心理的转型：

> 然而，到底选择什么的问题依然没有得到回答。他还没有做出任何选择，至少没有一个已经意识到的选择。
> "好啦，走吧。"

"哪条路，伙计？你还没有说。"

也许，他希望他们随便走走，卸掉他要做出选择的负担，但是本德尔的脾气就是这样，糊里糊涂地坚持有个方向。因此，伊格博只好简单地说了句：

"顺着潮汐。"

科拉龇了龇牙，"像一群叛卖变节者？"①

这样，伊格博最终的选择似乎是听任现实的"潮汐"把过去冲得无影无踪，对于小舟后的传统生活，他们成了"叛卖变节者"。然而选择城市也是"怯懦的行为"和"道德的失误"，当这些知识精英和艺术家们离开乡村来到城市后却觉得仿佛是进入了"垃圾场"，传统和现实于他们而言都是隔膜和异化的。

在剧作《沼泽地的居民》、《孔吉的收获》、《狮子与宝石》中，过去和现实的对立和冲突也是异常激烈的。《沼泽地中的居民》中的传统世界正在变成荒芜世界，洪水过后一片沼泽，村民们谈论着假想中沼泽地中的神秘巨蟒。这象征着过去被现实中的现代城市所遗弃。这里的居民过着传统的生活，然而古老的生存模式已经摇摇欲坠，这条具有超自然力量的巨蟒在沼泽地上时时掀起滔天的巨浪洪水。这有着多重象征意义，一方面意在表明过去的世界具有超验的性质，它掌握在神的手中；另一方面则代表着现代城市文明是一种异己的现实力量，正在给传统价值带来毁灭性的打击。然而，剧中那个来自北方的穆斯林瞎眼巫师仍然相信这是一块肥沃的土地，他四处奔走，劝说那些绝望的居民不要离开。在《孔吉的收获》中，索因卡设置了以国王丹劳拉（Oba Danlola）为代表的传统国王势力与孔吉这一现代独裁之间的对立冲突。孔吉希望得到一季收获的薯蓣，象征着对权力的获得，而传统上这是留给国王奥巴的。经过一番冲突争执，奥巴最后放弃了传统的供奉，但这并不意味着传统势力的失败，作为一个交换，国王奥巴得到了一份变本加厉的供奉———一颗血淋淋的人头。当一个黄金托盘把这份新鲜无比的人牲贡献到奥巴的面前时，奥巴笑了，他看到失去的宇宙又回到了他的手上，同时开始考虑新的计谋对付孔吉。虽然

---

① ［尼日利亚］索因卡：《痴心与浊水》，沈静、石羽山译，外国文学出版社1987年版，第15页。

索因卡对传统国王的统治表现出了些许怀疑，模模糊糊地意识到了它愚昧、残忍的因素，但最终还是确定无疑地渲染了它在伦理道德上的优越性，孔吉虽然在冲突中占据上风，却被表现为一个阴暗、残暴、奸诈的现代独裁者的形象以及一个道德上的失败者而被索因卡讽刺和谴责。再看《狮子与宝石》，该剧中的题目本身就是个对非洲传统的过去的一种歌颂，"狮子"和"宝石"本身就暗示着非洲最富有魅力的特有传统。狮子具体地指向虽年迈却仍然有力的老酋长，宝石则指酋长所获得的美女西迪。现实生活被直接地赋予了一些"西方特性"，如仰慕欧洲文明的教师拉昆莱陷入荒诞不经的幻象中，西迪被色彩亮丽的现代广告杂志吸引，渴望把自己的头像印在上面。但在剧末，代表着传统势力的酋长最终战胜了与之抗衡的滑稽肤浅的西化的现实力量——拉昆莱，而得到了"宝石"——美女西迪，这不仅是他在性爱游戏方面的胜利，更重要的是象征着他对传统威权的掌控。有人对这部风靡一时的剧作有这样的评论："剧作有一种倒退的信息。这部剧作在为什么辩护？该剧接受了古老的生活方式，酋长制、多妻制，等等，因为它们是非洲的因而也是自然的，而'西方特性'却被拒绝了。然而这个'西方特性'实际上只是'伪西方特性'。"①

赛义德师承维柯与福柯的历史学与知识论传统，认为每种文化的发展和维持都需要某种对手即"他者"的存在，某种文化身份——无论是东方或西方——的建构最终离不开确立对手和"他者"，因此每个时代、每个社会都一再创造它的"他者"。如果说这正是后殖民主义一个根本的话语策略，那么索因卡在重建民族文化时也无意识地使用着这一策略，他不仅制造出"异化的欧洲"这个最大的"他者"，还在自身文化体系内部制造出众多的相互对立的"他者"。这里需要注意的是，他所建构的以神话为特征的民族文化具有很大的抽象性和主观性，索因卡把他的整体、统一的宇宙定位于非洲的过去，这一抽象出来的世界看起来似乎是永恒的、静止和不变的。从马克思主义的历史观来考察，这样的文化抽象体显然带有没有现实经验根据的主观性和假设性，索因卡忽视了历史是变化的和发展不平衡的，也就是说，索因卡恢复传统的努力的确很大程度上是在"反抗的环境中想象过去"，本质上是缺乏真实的历史基础的，也就是说与历

---

① Geoffrey Hunt, "Two African Aesthetics: Soyinka VS. Cabral", in Georg M. Gugelberger ed., *Marxism and African Literature*, Trenton, New Jersey: Africa World Press Inc., 1986, p. 71.

史也是相分离和对立的。

　　索因卡在与"他者"的对比中建构"自我",必然要凸显文化的差异性,但这种"文化异质"只是针对本土与殖民宗主国而言的,似乎殖民地与宗主国之间只存在着一种单一的对抗关系,而忽略了两者之间相互渗透、相互融合的极其复杂的文化现状。然而,当索因卡面对本土文化时,这种差异性便立即消失了,表现出明显的"文化同质主义"倾向,似乎非洲大陆不同区域、不同国家的众多部族只有一个共同的文化传统,也只存在一个相同的历史和现实。索因卡从无论是生产方式还是意识形态都不尽相同的非洲各民族中抽象出一个巨大的文化实体——整体而统一的神话宇宙,所采取的是一种极端泛化的模式,所要建立的是一种非洲"元叙述",并把它看作整个非洲大陆所有文明的唯一的、宏伟的文化代表。例如,如杰·亨特所指出的,索因卡经常使用的"种族"一词就明显被"泛非洲化"了,它的本意只是指他自己的约鲁巴部族,但却经常地泛指整个非洲人民。[①] 在《神话、文学和非洲世界》中,索因卡对文化、艺术、价值、思想方式等的谈论经常与"种族"一词联系起来,使用时随意而不加限制,有时所指相当模糊,有时又明确地用以泛指非洲人,并明确地与"欧洲"一词对立着使用。但索因卡总是试图为自己辩解,否认自己是"文化种族主义者",他曾说:"今天已经超越了以学习和教育的、反殖民的、净化的标准去接受对一种文化的理解,而对一种文化的理解,任何参照点都要从这种文化内部取得。"[②] 意思是说他并没有排斥一个外部的"他者",以此作为文化的敌手从而构建自我,他总是从一种文化的"内部"、自身去看问题。然而事实并非这样,索因卡在这里再次展示了自己的矛盾。

　　索因卡的"文化同质"化倾向实质是把约鲁巴部族文化普遍化了,扩大到了尼日利亚乃至整个非洲,是对非洲文化的一种简化,忽视了整个大陆发展的多样性和不平衡性。这里显示出的索因卡的思想悖论是很明显的。众所周知,索因卡是最反对思想和创作上的"简化"倾向的,如他反对从殖民—被殖民的角度对《死亡和国王的侍从》进行解读,认为这

[①] See Geoffrey Hunt, "Two African Aesthetics: Soyinka VS. Cabral", in Georg M. Gugelberger ed., *Marxism and African Literature*, Trenton, New Jersey: Africa World Press Inc., 1986, p. 79.

[②] Wole Soyinka, *Myth, Literature and the African World*, Cambridge: Cambridge University Press, 1976, p. viii.

是"轻率地贴上了'文化冲突'的标签",而这种"带有偏见的标签"是一种"悲哀的、雷同的简化倾向"。① 然而讽刺的是,当索因卡"抽象"出本民族文化的"神话"本质并试图以此代表整个黑人民族文化时,却不能不说也是一种文化的"简化"。在尼日利亚,有约鲁巴这样的存在着宗教祭司僧侣势力和等级观念的、具有"封建"社会特征的部族社会,四五个世纪以来以马匹为基础的贸易和军事组织十分强大。而北部地区的豪萨人则在伊斯兰教的影响下建立了独特的经济和政治组织。在尼日尔河三角洲地区则是繁荣的海岸经济,长期与欧洲有着贸易往来,包括兴盛一时的奴隶贸易。② 东南部生活着伊格博部族,阿契贝的小说让人们知道这个部族在酋长制下的具有原始平等主义的社群因素。而在尼日利亚之外的广袤的非洲上,还生活着难以数计的部落,它们的政治、经济和文化千姿百态,如东非的肯尼亚游牧族群马萨伊人(Maasai)至今仍保持着原始生活风貌,而其首都内罗毕以及尼日利亚的原首都拉各斯已成为后殖民主义时代的工业中心。所有这些现实都是色彩斑斓的,由于生产方式不尽相同,其文化生产方式也不会完全相同。正如加布雷尔所明确指出的,非洲并不存在一个具有"普遍性特征"的文化传统,他说:"如对文化现实作一彻底的考察,就会发现并不存在着所谓的大陆的或种族的文化。这是因为,随着历史的发展,文化的发展无论在大陆的、种族的层面上还是在社会的层面上都不会是平衡的。"③ 加布雷尔继而也认为如果以简单的方式恢复黑人过去的历史,充其量只能是对传统文化的浪漫化,因为"静止"、"普遍"、"纯净"的原始文化并非非洲过去的真实历史,非洲文化的复兴必须以不同历史阶段的政治、经济的发展为基础,应注意其物质和历史演进的不平衡,他说:"文化作为抵制外国统治的一个要素的价值在于一个事实,即文化是在被支配或将被支配的社会物质和历史现实的意识形态或理想主义层面上的有力表现……文化是,也许是,历史的产物,就

---

① *Wole Soyinka*, "Author's Note", Wole Soyinka, *Death and the King's Horseman*, London: Methuen, 1975, pp. 6-7.

② 参见[美]托因·法洛拉《尼日利亚史》,沐涛译,东方出版中心2015年版,第19—22页。

③ Cited in Geoffrey Hunt, "Two African Aesthetics: Soyinka VS. Cabral", in Georg M. Gugelberger ed., *Marxism and African Literature*, Trenton, New Jersey: Africa World Press Inc. 1986, p. 79.

像花是植物的产物一样……历史使我们能够了解社会发展特征的不平衡和冲突（经济，政治和社会）的性质和程度；文化使我们能够了解社会意识所发展和建立的动态综合，以便在其发展的每个阶段解决这些冲突，寻求生存和进步。"[1]

索因卡的写作还有很多以静止、永恒而僵化为依归、脱离社会历史现实的方面，譬如关于悲剧的观念。有研究者认为，索因卡创造了一种"悲剧的神话诗学"[2]，尤其是仪式化的戏剧观念极富创新性，对世界戏剧文学作出了拓展性的贡献，如《死亡和国王的侍从》被认为是20世纪世界戏剧的重要收获之一。然而索因卡的悲剧观非历史化的倾向十分明显，索因卡说他写悲剧是为了"对抗人类悲剧理解力的退化"，认为悲剧"对时间和空间的偶然性来说是不可渗透和不受影响的"[3]，把悲剧与其产生的特定历史条件完全地分离开来，尤其与悲剧的冲突是"历史的必然要求和这个要求的实际上不可能实现"[4] 的矛盾冲突这一马克思主义的悲剧观相背离。因此，尼日利亚强烈关注现实的新一代作家费米·奥索费山等人不满意索因卡总是沉溺于"神话时代"，认为如果让泛灵论迁就自然灾害，就会忽视进步的社会行为的力量，为此，他创作了悲剧《不再是劣种》反驳索因卡宣扬神秘命运的悲剧《强种》。在该剧中，奥索费山塑造了一个觉醒了的人物，对宗教神灵的压迫进行勇敢的反抗，并直接把宗教压迫与外国殖民势力联系起来。

索因卡的戏剧常以非洲传统的庆典和仪式作为整体框架，吸收西方戏剧艺术因素，创造出"仪式戏剧"这一新的戏剧范式，的确是对世界戏剧艺术的贡献，然而在表述这一美学思想时，索因卡未免失之于绝对化和偏颇，他认为"仪式"和"戏剧"具有同一性，他说："在非洲，仪式和戏剧之间那条想象的分界线对我们并没有多大意义。这条线之所以存在，

---

[1] Amilcar Cabral, *National liberation and culture*. Delivered as part of the Eduardo Mondlane (1) Memorial Lecture Series, 20 February, at Syracuse University, Syracuse, New York. 1970, pp. 2-3.

[2] Biodun Jeyifo, *Wole Soyinka: Politics, Poetics and Postcolonialism*, Cambridge: Cambridge University Press, 2004, p. 41.

[3] Wole Soyinka, *Myth, Literature and the African World*, Cambridge: Cambridge University Press, 1976, p. 47.

[4] 王向峰主编：《文艺美学词典》，辽宁大学出版社1987年版，第134页。

是因为欧洲的分析学家们把它过分地夸大了。"① 然而如果从具体的社会发展模式出发，索因卡的戏剧和仪式的同一性的论述的确定性是令人怀疑的。索因卡作品中经常出现的"艾贡贡"仪式固然有其戏剧化的因素，但它首先反映的是约鲁巴人的一种古老的精神信仰，是一种社会形态的精神现象。遍布非洲社会的古老的面具都是一种仪式，但首先并不是舞台上的道具，而是某种社会形态下宗教精神信仰的反映。尽管仪式和戏剧是两个关系十分密切的行为，却是不同的社会历史形态和不同的社会生产关系的产物，它们之间存在着重大差别。仪式固然有戏剧的因素，戏剧固然也有仪式的因素，但戏剧是关于现实的，而仪式本身就是现实。它们在特定条件下会折射出巨大的社会形态的差异，戏剧对某个社会形态来说可能是"自然的"，但仪式却隐含着深刻的意识形态因素。因此，索因卡的以上论述显然也有把仪式"泛化"的嫌疑，而且自然而然地设想出与本土仪式相对立的欧洲的"他者"。

表面上，索因卡把自己苦心经营的非洲文化实体从复杂的历史现实中抽离出来，是为了维护这个文化实体的纯粹性，但本质上是对社会现实的一种逃避。事实上，历史上一切具有浪漫主义特征的文化运动并不是真的对过去感兴趣，而是借过去来表达他们对令人沮丧的现实的情感，"浪漫派的神话源于它自身的废墟"②，进一步说，是现实的一个替代品。这个"替代品"是索因卡某种自我意识的防卫，是对一个巨大的、想象中的、业已失去的文化安全的防卫。事实上，索因卡并非没有意识到自己所谓的"神话统一体"的虚幻性，他曾承认那实际上是一个"对难以复位的真理的聚合性理解"③。但他仍然致力于"民族神话"的构建，这固然是索因卡对民族文化的"恢复"和"重建"所做出的贡献，但也说明索因卡反殖民主义思想具有很大的局限性，说明他还没有清醒地意识到"二元对立"模式正是欧洲殖民主义者的基本话语模式。尤其是在他创作思想发展的前期，他似乎只有借用殖民者的武器对其进行反击。随着后殖民理论

---

① Wole Soyinka, *Myth, Literature and the African World*, Cambridge: Cambridge University Press, 1976, p. 7.

② Geoffrey Hunt, "Two African Aesthetics: Soyinka VS. Cabral", in Georg M. Gugelberger ed., *Marxism and African Literature*, Trenton, New Jersey: Africa World Press Inc., 1986, p. 73.

③ Wole Soyinka, *Myth, Literature and the African World*, Cambridge: Cambridge University Press, 1976, p. 38.

的日趋深入，人们发现索因卡所采取的简单的二元对抗方式难以触及后殖民社会那个巨大的、含混复杂的文化实体，而只能触摸到极为表面化的现象。索因卡对非洲传统田园牧歌式的浪漫叙写以及抽象出的民族文化的"本质"，对非洲严酷的政治经济现实达不到实际有效的批判力。这使他被指责为"伪传统主义者"，美国评论家乔治·古格尔伯格（Georg M. Gugelberger）评论道："伪传统主义者，诸如索因卡和他的追随者们虽然声称他们是传统主义者，但基本上是在欧洲现代主义传统中写作的个人主义者。"① 的确，索因卡的局限在于忽视了弗兰兹·法农很早就提出的一个警告："当民族知识分子迫不及待地试图创造文化作品时，他可能恰恰没有意识到自己正在使用的技法和语言是从自己国家的陌生者手里借来的。他自以为这些工具已经打上了他所希望的民族印记，殊不知唤起的是异域情调……那些碎片是静止的，所以实际上象征着消极和虚无……依附于传统或复活失去的传统不仅意味着与当前的历史相对抗，而且意味着对抗自己的人民。"②

---

① Georg M. Gugelberger, "Marxist Literary Debates and Their Continuity in African Literary Criticism", Georg M. Gugelberger, ed. *Marxism and African Literature*, Trenton, New Jersey: Africa World Press Inc. USA, 1986, p. 12.

② ［法］弗兰兹·法农：《论民族文化》，载罗钢、刘象愚主编《后殖民主义文化理论》，中国社会科学出版社 1999 年版，第 283 页。

第三章 文化反抗：理论与实践

第一节 文学与政治："政治丛林中的死亡舞蹈"

赛义德于 1993 年出版了《文化与帝国主义》（Culture and Imperialism）一书，这是他 15 年前写就的《东方主义》（Orientalism）一书的续篇。《文化与帝国主义》对《东方主义》所提出的观点做了很大的扩充和发展，赛义德自称是一个"视角和理解的大调整"。[①] 这样，如果后殖民主义理论以前可定义为从文化入手，描述和揭示殖民者与被殖民者之间不平等权力关系的理论，那么现在则应该修正为从文化入手，描述和揭示帝国主义统治者与被统治者之间各种不平等权力关系的理论。这两个定义的差别是后者在地理概念上极大地扩充了前者，赛义德由此打破了"东方主义"所存在的地域局限，而使后殖民理论能够涵盖当今全球性的文化状态，那就是帝国主义与"第三世界"之间极其复杂的文化状态。

后殖民主义理论有一个基本的理论支撑点，就是福柯所说的知识与权力存在着共谋关系，因此后殖民理论本质上是一种政治文化理论，具有鲜明的意识形态批判性。拿赛义德来说，无论是 1991 年的海湾战争还是 1999 年发生的北约轰炸贝尔格莱德，都在他的理论视野之内，他把美国视做当今世界最大的"文化帝国"，它"正把形形色色的帝国主义叙事带进 21 世纪"。[②] 即使那些继承了烦琐的结构主义文本理论的后殖民主义评论家，如斯皮瓦克，其理论最终也指向隐含在权力叙事中的政治现实。强烈地关注政治现实，正是在这一点上使后殖民理论鲜明地区别于西方其他

---

① [美]赛义德：《赛义德自选集》，谢少波等译，中国社会科学出版社 1999 年版，第 284 页。

② 同上书，第 11 页。

形形色色的理论，同时也是后殖民理论日益获得巨大理论吸引力的根本原因之所在。

可以说，任何一个生活在后殖民社会的作家都必须对文化方向和政治方向作出选择，因为后殖民经验本质上就是压迫与抵抗、支配与反支配、殖民与反殖民的经验，尤其对于当代非洲的作家们来说，这一点更毋庸置疑，因为现实是极其令人痛苦的，饥饿、贫穷、瘟疫、战乱，有时甚至是帝国主义直接的武装入侵，这些人类发展史上"原始"的景象仍然困扰着这块大陆。在这样的环境中，即使那些最强调艺术的审美功能的作家也不得不以某种方式把他们的艺术关怀投向现实。在非洲，人们首先把现实的黑暗与代表最高权力的国家机器联系起来。国家机器赖以运行的一整套意识形态结构，诸如法律制度、政府组织形式、各种宣传机构等必然要成为人们猛烈抨击的靶子。可以说，反殖民主义者与本土政府之间的冲突与斗争是20世纪中叶以来去殖民化运动的重要形式之一。这并不奇怪，因为"帝国主义意识形态正在形成大一统结构"①，其话语方式正以电子技术渗透到全球范围内的每一个家庭当中，而前殖民地本土政府作为马克思所说的"买办资产阶级"的本质特征并没有改变，它在当代仍然充当着帝国主义殖民势力代理人的角色，无疑是帝国主义在本土的帮凶与同谋。

尽管索因卡建立的以奥贡为中心的神话美学体系本质上并没有超越帝国主义"二元对立"的思想方式，他所表现出的"文化同质主义"遭到了激烈的质疑和批评，但他并没有完全沉溺于虚幻的"神话宇宙"中去，而是在社会实践上积极地投身于现实政治斗争。本书已在第一章中作过论述，索因卡是一个坚定的政治抗议者，毕生都反对暴政和独裁，是国际上著名的人权活动家，尼日利亚历届政府都视他为"制造麻烦者"，索因卡为此遭到了严酷的政治迫害，"监禁"与"流放"作为压迫与反抗最惯常的政治隐喻，也在他身上充分地体现了出来。

关于文学，索因卡直言不讳地说："在尼日利亚，文学就是政治的……写作会强烈地受制于一种无法阻挡的、必须进行政治性写作的责任感。……如果你决意写出真相，就必须做好准备，有时要承受来自国家的

---

① 罗钢、刘象愚主编：《后殖民主义文化理论》，中国社会科学出版社1999年版，第266页。

暴力反对。"① 索因卡同时还把自己的作品描述为"在我们的这个政治丛林中的死亡舞蹈"。② 可以看出,强烈地关注社会政治现实,以批判和变革社会为旨归,表现出强烈的使命感和责任感的倾向是索因卡创作的主色调,也是尼日利亚和非洲文学区别于世界其他地区文学的显著特质。在非洲文学中很难看到那种"为艺术"的纯美的文学,而都是关注社会现实特别是政治问题的"为人生"的作品。非洲的作家们都在思考一个问题,即非洲国家走一条什么样的政治道路才能摆脱后殖民时期的"后独立幻灭",才能有效地祛除政治腐败,才能实现经济复苏、消灭贫穷以及解决种族和宗教冲突这些非洲最突出的社会问题? 正如有论者所说:"那么,哪条道路适合非洲? 一条是马克思主义的意识形态:通过赋予人民权力接管政府从而实现结构的变革,最终通由暴力革命建立一个没有阶级的、人道的共产主义社会? 抑或一个以领导人为中心的改良主义方案———种'新的激进主义',它欢迎不同的思想,目标是分步进行的、持续的、渐进的社会变革?"③

肯尼亚作家恩古吉·佤·提昂戈是马克思主义式的暴力革命的支持者,他的很多作品都从阶级观念出发揭示非洲社会的矛盾,而后一种温和的"改良主义"方式则是尼日利亚作家阿契贝等人的选择。那么索因卡作何取舍呢? 首先是虽然索因卡曾受到马克思主义和其他"左翼"思想的影响,但却没有成为或者说拒绝成为一名马克思主义者。

早在英国利兹大学留学期间(1954—1958),索因卡就加入过后来成为"英国工党"领导人之一的罗伊·黑特斯雷(Roy Hattersley)一个团体,接触到马克思主义思想。④ 1964 年,索因卡积极组织参与了尼日利亚第一次全国性政治危机中的总罢工活动,在 1965 年"广播磁带"事件短暂被捕后,加入了尼日利亚最"左翼"的政党——"人民拯救党"。在1970—1975 年的"自我放逐"时期,流亡国外的索因卡总的来说支持非

---

① 康慨:《大师直接行动:沃莱·索因卡访华成行》,载《中华读书报》2012 年 10 月 31 日。

② Jane Wilkinson, *Talking with Africa Writers*, London: James Curry LTD, 1990, p. 90.

③ MSC Okolo, *African Literature as Political Philosophy*, Dakar: Codesria Books, 2007, p. 136.

④ Mpalive-Hangson Msiska, *Postcolonial Identity in Wole Soyinka*, Amsterdam-New York: NY 2007, p. xviii.

洲的社会主义革命运动,他反对殖民主义对非洲事务的干涉,谴责乌干达惨无人道的阿明政权,支持几内亚比绍的反殖民主义斗争。然而这并不意味着他皈依了马克思主义信仰,1974 年索因卡在加纳主编著名的《转型》(*Transition*)杂志,以此为阵地与以阿契贝等人为代表的"非洲中心"派以及非洲的马克思主义"左翼"作家、批评家学派展开了持续多年的论争,该杂志也成为不同批评流派论争非洲文学的阵地。

实际上,非洲关于马克思主义的论争早在 20 世纪 60 年代初期即已出现端倪,当时非洲知识分子围绕着法农的《地球上受苦的人》一书展开论争,对该书所采取的第三世界的思想角度和进步的阶级立场表示认同。但当时对"非洲性"、"特殊性"等来源于宣扬黑人文化自豪感、强调非洲文化独特性的"黑人文化学派"(Negritude)问题的讨论占据上风,只有少数人对此持有异议,注意到"黑人文化学派"在关注社会责任方面的缺失,但未能引起注意。这些人的著作现在已成为研究非洲文学的重要文献,它们包括利维斯·恩考西(Lewis Nkosi)的《家园及放逐》(*Home and Exile*)、恩古吉·佤·提昂戈(Ngugi wa Thiong'o)的《回家》(*Homecoming*)等。在论争中,双方形成对立的两大阵营:一是"空洞的形式主义者",一是强调文学的社会历史功能的现实主义者。南非作家利维斯·恩考西评价一部激进作品时说:"最激进的、最富有直接的攻击性的、坦诚的国际主义就在他的考虑之中,他同时认为反对一首诗作仅仅致力于'伟大的非洲神话的复活'是必要的。"[①] 索因卡致力于以奥贡为中心的"神话非洲"的构建以及他受欧洲文学传统影响的写作方式都使他被攻击为一个"空洞的形式主义者"。在这次论争中,"激进派"最终否定了"黑人文化学派"的概念,理由最终证明"黑人文化学派"缺乏"社会责任",取而代之的应该是一种具有明显政治倾向的、战斗的文学,这种观点显然来自弗兰兹·法农。

如果说 20 世纪 70 年代中期之前的索因卡处于他思想发展的前期,那么这一时期他主要是前殖民时期文化传统浪漫的神话制造者,具有西方人道主义的"普世主义"价值观的倾向,被批评为"空洞的形式主义者"

---

① Cited in Georg M. Gugelberger, "Marxist Literary Debates and Their Continuity in African Literary Criticism", Georg M. Gugelberger, ed., *Marxism and African Literature*, Trenton, New Jersey: Africa World Press Inc., 1986, p. 12.

和"文化民族主义者",那么进入20世纪70年代以后,索因卡的思想和创作都出现了一些变化,1973年他写作了长篇小说《混乱季节》(Season of Anomy),小说主人公所做的社会实验明显具有共产主义的因素,可以说是索因卡这一时期思想变化的一个写照。小说根据尼日利亚历史上真实存在的尼翁多州的原始共产主义村庄,描绘了一个远离现代政权控制的、具有原始共产主义公社特征的农庄——埃耶罗(Aiyero),主人公奥费伊(Ofeyi)来到这个社群,试图进行生产方式和管理方式的系列实验,并遇到了牙医德马金(Demakin),他以前是一位"毛式"的游击队员,鼓吹以暴力斗争反抗压迫和夺取政权。这部小说如同主人公的实验一样,也是索因卡在小说领域所尝试的一个"实验"性产品,是索因卡受时代风云变化而在思想上、特别是在政治观念上受到马克思主义思潮影响的反映。

20世纪70年代以来,索因卡结束两年多的囚禁后,多次谈到要从过去的迷惑力中摆脱出来,要有勇气决定什么是可以得到拯救,人们普遍认为索因卡开始进入他的"后监禁"时期,一个"意识形态"时期,也就是说他开始考虑现实的问题,开始认真地思索解决尼日利亚政治经济问题的切实可行的变革途径。当时国际背景正处于"冷战"的高潮时期,以美国为代表的全球资本主义世界遇到了"苏联体系"强有力的挑战,"苏联体系"也许体现了另一种形式的霸权主义,但却使西方帝国主义意识形态的扩张遭到了唯一的对抗和抵制,而且在许多方面还略占上风。同时在中国和东欧的一些国家,意识形态的反抗也取得了相当的成就。这一国际形势在非洲引起了极大的冲击,人们自然地想到,也许引进某种形式的社会主义会彻底地推翻后殖民主义的政治经济体系,从而建立一个全新的非洲社会。一时间,关于马克思主义和社会主义的讨论在非洲风起云涌,在理论和实践上都取得了相当的规模。索因卡不是那种躲进象牙塔的知识分子,而是具有高度政治敏感性和参与意识的艺术家,他对这一新的意识形态的引进不能不进行思考。那么,索因卡对这一独特的"混乱"时期作出了什么样的政治选择呢?70年代中期索因卡在"转换论争"中与"激进派"(Radical chicists)和"新坦赞主义"(Neo-Tarzanism)之间的论争可以说明一些问题。

尼日利亚评论家、作家钦维祖(Chinweizu)是索因卡的激烈批评者,他与翁乌柴可瓦·吉米(Onwuchekwa Jemie)、伊屈可乌·马都别克(Ihechukwu Madubuike)等人写了许多文章,最后以《走向非洲文学的去殖民化》(Towards the Decolonization of African Literature) 为总题结集出版。
为了论战的方便，索因卡把该书刊登在自己主编的杂志《转型》上，因
此此次论争又称为"转型论争"。钦维祖等人最初的目标是纠正关于神话
的概念，作为一个回击，索因卡转载这部书时给它加了一个副标题：《新
坦赞主义：伪传统的诗学》。到20世纪70年代，"黑人文化学派"消极
回归传统的非进步立场似乎已成为共识，批评界的目光开始转向后殖民主
义时期非洲文学的整体发展状况，双方在传统与责任、现代主义与大众化
等问题上尖锐地对立着。然而，论战给人的印象似乎双方都只停留在
"修辞"的层面上，很多结论失之简单粗暴，而没有深入到更广阔的历史
现实中去。许多重大问题只是提了出来，而没能进一步深入地展开讨论。
钦维祖的文章激烈地、甚至有些愤怒地抨击了索因卡代表的现代派的形式
主义，认为它对现阶段的非洲文学存在巨大的危害。他把索因卡的诗作视
为"含混的渊薮"、"舶来的意象的过剩"、"拟古主义的沉溺"① 等。这
种批评在修辞上的过渡泛滥令人怀疑钦维祖在抨击形式主义的同时无意识
地也陷入了另一种形式主义。索因卡给对手命名为"新坦赞主义"和
"三驾马车" (Troika)② 则同样具有修辞学的挑衅性，他用这个名称讥讽
论争对手的伪马克思主义的立场。后来，索因卡在回顾这次论争时，把
"新坦赞主义"称作"生硬的、庸俗的马克思主义"，他在1985年的一次
采访中谈道：

  对年轻的作家来说，我认为主要的问题是一种意识形态的糊涂。
在过去的十年中，我认为批评主义远远超过了创造性的作品，我把它
归因于意识形态的扎耳朵的喧嚣……有一个非常生硬的、庸俗的马克
思主义批评学派，或者所谓的马克思主义批评，与其他批评相列并
陈。这种马克思主义批评，甚至来自东欧国家比如像匈牙利、波兰，
甚至来自苏联的当代批评。此种所谓的马克思主义批评——不仅仅是

---

① Georg M. Gugelberger, "Marxist Literary Debates and Their Continuity in African Literary Criticism", in Georg M. Gugelberger, *Marxism and African Literature*, Africa World Press Inc. Trenton, New Jersey, USA, 1986, p. 13.

② See Wole Soyinka, "Neo-Tarzanism: The Poetics of Pseudo-Tradition", Wole Soyinka, *Art, Dialogue, and Outrage*, New York: pantheon Books, 1993, p. 293.

在尼日利亚，在社会主义国家也是一样——它的生硬达到了命令主义的程度，可以回溯到日丹诺夫—斯大林派。它给有天才的作家正在造成的损害是难以数计的：他们被限制，他们被威胁，他们被恫吓……①

研究者一般认为索因卡的"转换论争"标志着他与马克思主义等其他"左翼"批评流派的决裂，②马克思主义和社会主义革命理论虽然对索因卡有所影响，但也仅限于"影响"而已，虽然索因卡自称是"平等主义的游击队员和革命的可能性的力量"③，但他并不认同这一在非洲和其他"第三世界"地区都产生广泛影响的意识形态，他多次称非洲的马克思主义批评流派是"教条主义"的、"庸俗"的马克思主义，似乎很容易地就证明了"新坦赞派"言论的伪激进性，但他的文章中除了一贯地鼓舞和肯定对帝国主义霸权及其权力机制进行批判和抗议、创造了大量的修辞隐喻外，同样缺乏解决问题的实质性内容，关于社会政治的一些根本问题都被悬置起来。这说明他的立场至少同"新坦赞派"一样是不恰当的。

索因卡对马克思主义的拒绝还表现在其他一些方面，比如，当有人从唯物主义的角度批评其"神话—仪式"体系的虚幻性和静止性时，索因卡认为这也是一种教条的马克思主义观，这些对自己神话和仪式的物质的分析是一种"侮辱"；如果任何文学都从生产力、辩证的角度去分析则是错误的，尤其对年轻一代作家极其有害，是犯了"文学杀婴罪"，索因卡说："它扰乱了新生植物资源的根源，束缚了他们的想象力。我认为文学杀婴罪是由少数左翼狂热分子犯下的。"④ 其他诸如认为马克思主义是火药味太浓的哲学思想、限制了悲剧的灵感、伪马克思主义者等不时出现在他的言论中。其中尤为值得注意的是，索因卡反对把"阶级"的概念运用于文学批评之中，他曾说："这种有意识的阶级斗争的语言已经被其他社会的批评家不加批判地吸收……我们必须停下来问：这纯粹是学术问题

---

① Jane Wilkinson, *Talking with Africa Writers*, London: James Curry LTD, 1990, p. 91.

② See Biodun Jeyifo, *Wole Soyinka: Politics*, Poetics and Postcolonialism, Cambridge University Press, 2004, p. xiii.

③ Ibid, p. xiv.

④ Wole Soyinka, "The Critic and Society: Barthes, Leftocracy and Other Mythologies", in Wole Soyinka, *Art, Dialogue, and Outrage*, New York: pantheon Books, 1993, p. 112.

吗？不是，这是一个严重的生产力的问题。"① 索因卡也拒绝用"阶级"这一概念去分析非洲的社会矛盾，否认它是社会历史普遍的构成法则，而认为"道德"、"种族"才是非洲社会的根本问题，他说：

  非洲社会结构的现实难道不是这样的吗？从中一个单独的"阶级"可以得到具体的界定，其中个体与社会的功能性关系达到了彻底的融合，个人与社团完全达到了"心理一致"，从而没有任何的区别，自我构成的模式与其所属的种族构成的模式也是一致的。在传统的非洲关于人类的看法中，矛盾和对立不仅得不到证明，同时也是不可能形成的。②

  索因卡在这里以他具有巨大兼容性的传统消融了人类古来有之的意识形态对抗，以"种族"的"心理一致"取代了任何形式的阶级冲突。纵观索因卡大部分的作品和评论，他总是以种族、伦理、道德这些角度作为切入点去反抗后殖民暴政，而从不以阶级对立来设置作品的冲突。对索因卡的这种看法，意大利马克思主义文艺理论奠基人葛兰西提供了一个解释，他曾批评把政治和艺术对立的做法，他的"文化领导权"理论"强调从社会实践的复杂关系中发现文化与意识形态发展与运作的隐蔽机制"③，认为意识形态在艺术中是永远存在的，虽然有时这种存在是"含蓄"的，他认为当社会进程处于正常的而非暴力的阶段时，当结构和上层结构具有同质性时，政治—经济在艺术作品等事物中可能会变得含蓄起来。正是这种"含蓄"使索因卡认为艺术可以纯化到与意识形态毫无关联的程度。索因卡拒绝了马克思主义并不意味着他认同帝国主义的意识形态，他似乎想表明一个艺术家独立的个性，远离意识形态，在艺术上保持与政治的疏离，他说："一个真正的创造性的作家将不受意识形态思潮的

---

① Wole Soyinka, "The Critic and Society: Barthes, Leftocracy and Other Mythologies", in Wole Soyinka, *Art, Dialogue, and Outrage*, New York: pantheon Books, 1993, p. 112.
② Wole Soyinka, *Myth, Literature and the African World*, Cambridge University Press, 1976, p. 138.
③ 段吉方：《论20世纪英国文化研究中的"葛兰西转向"》，《文学评论》2014年第2期。

限制而进行选择"①,"真实的世界不会屈服于太多的吃人巨妖,不会依赖插入历史化的稻草人以及靠吹气膨胀起来的意识形态之龙"。② 索因卡认为"文学意识形态"干涉限制了艺术家进行自由选择的权力从而摒弃了这一命题。对他来说社会责任或意识形态只是一种外在的、偶然的、可有可无的东西,一个艺术家对艺术的态度决定着他对意识形态的态度。然而事实是任何艺术家都无法逃避特定社会和特定历史时期的意识形态,它在本质上决定着作家的艺术观而不是相反。

索因卡没有意识到他所采取的民族主义文化立场本身就是一种政治立场。世界各国在不同的历史时期,一旦遭到外敌入侵,首先想到的就是号召民族主义,纵观20世纪的反帝反殖斗争,民族反抗与独立意识是一个全球性的事实。赛义德指出:"民族主义——恢复民族团结,强调民族个性,开创新文化实践——是一种动员起来的政治力量,它发动并推进了非欧洲世界里比比皆是的反西方霸权斗争。"③ 然而,民族主义并不是反对一切殖民主义的灵丹妙药,它有积极与消极、成功与失败之分,法农所说的"保守的民族主义"以及分裂主义的、大国沙文主义的和权威主义的民族主义都是一种惰性的力量。索因卡在这里所做出的"政治选择"显然属于一种消极的、惰性的选择。

索因卡否认意识形态对文学创作的作用力,而以"社会视野"(social vision)取而代之。在《神话,文学和非洲世界》中,索因卡宣称文学意识形态将窒息创造的过程,他认为一个作家应该有一种"社会视野"(social vision)但不是意识形态。因为意识形态的一整套规则将使作品陷入"可预见的、约束想象力的以及删减主题"的困境,并列举了"超现实主义"和"黑人文化学派"的作品作为例证。相反,"社会视野"则可以使作家获得"扩展经验"的效果。④ 索因卡对二者所做出的区别确实相当的机智聪明,它虽然否定了马克思主义文学意识形态的话语机

---

① Wole Soyina, "Who's Afraid of Elesin Oba?", Wole Soyinka, *Art*, *Dialogue*, *and Outrage*. New York: Pantheon Books, 1993, p. 76.

② Ibid., p. 81.

③ [美] 赛义德:《赛义德自选集》,谢少波等译,中国社会科学出版社1999年版,第294页。

④ See Wole Soyinka, *Myth*, *Literature and the African World*, Cambridge: Cambridge University Press, 1976, p. 61.

制，但却没有否认文学关注社会的功利作用，至于如何"关注"则是另外一回事了。他所谓的"社会视野"实质上是一种文学自由主义观念，是随心所欲的，遵循着自我的标准。索因卡曾说："选择的折中主义是每件作品的权力，科学家抑或艺术家"①，"对批评的更大的危险在于，艺术确定无疑地选择它注意的领域，它易于控制的再创造的范围，而批评为了渗入艺术的选择的领域而假装从生活的整体原则中剥离"。② 这种选择的无限性让人再次联想到浪漫派文学，它主张艺术不受任何法则的限制，尊崇艺术个性，不承认世界上的任何立法者。索因卡拒绝把他的作品置于具体的社会历史语境以及意识形态之中的可能性，仿佛它们是自由选择意志的任意喷发。这样，像基督教、伊斯兰教这些帝国主义遗留在非洲的、具有巨大思想控制力的重要遗产，也可以自由地进入索因卡的"社会视野"中，所不同的是，在进入这个视野之前，它们强烈的意识形态色彩已被消融和剥蚀了。

索因卡是关注政治的，但他政治观的"任意性"、"自由选择性"削弱了其作品的社会批判力量。他的作品塑造了许多孤独的英雄式的人物，他们与独裁者对抗和冲突着，但在结局时，英雄人物往往只是通过某种牺牲行为获得精神上的救赎，而独裁者仍然主宰着现实，现实并没有得到根本的改变。

1962年，索因卡创作了戏剧《孔吉的收获》，这部剧首次传达了索因卡较为明显的关注非洲大陆的政治发展和政治解放的意识，索因卡忧虑非洲"后独立时期"政权的继任者会继承殖民者的思想和群里机制，成为新的压迫者和剥夺者。孔吉是剧中的独裁者，他建立了军队、监视、宣传等现代独裁政体，软禁了国王，与国王为代表的传统势力相对抗，他是导致社会腐败和分化的原因。这个人物具有双重性，既是独裁者又是反抗者，他影射了当时的南非种族主义隔离政府的独裁者班达（Banda）和加纳反种族主义运动的黑人领袖、加纳国父恩克鲁玛。虽然孔吉因影射帝国主义及其在南非的傀儡政权而具有了一定的现实意义，但他仍然是一个抽

---

① Wole Soyinka, "Neo-Tarzanism: The Poetics of Pseudo-Tradition", Wole Soyinka, *Art, Dialogue, and Outrage*, New York: pantheon Books, 1993, p. 305.

② Wole Soyinka, "Who's Afraid of Elesin Oba?", Wole Soyinka, *Art, Dialogue, and Outrage*, New York: pantheon Books, 1993, p. 75.

象的、类型化的人物形象。同时这部剧作对于现实的前景也未有任何光明的暗示，显示了索因卡思想深处始终存在的悲观主义倾向。

在1977年上演的《歌剧翁约西》（*Opera Wonyosi*）中，索因卡塑造了一个更为残暴的独裁者，他是现实中中非皇帝博卡萨（Bokassa）的滑稽模仿，在他的治理下，国家政治丑闻不断、警察滥权、政府低效无能、民众狂欢式地观赏对犯人的公开处决，社会陷入迅速的退化和腐败，而博卡萨却举行粗俗、奢华的拿破仑式的盛大加冕礼，自诩为"黑色的拿破仑"。此剧因对后殖民现实空前的讽刺力度而曾受到一些"左翼"批评家的欢迎，但也有马克思主义者认为它只强调了社会的否定因素而忽视了其成长的力量，尤其是缺乏稳固的阶级观点，索因卡则回击说他们都是满口演讲辞令的马克思主义者和机会主义者，认为作家只是政治家和社会学家的补充，而不能代替他们。[1]

在《死亡和国王的骑师》中，索因卡只关注约鲁巴文化在现代出现的"挽歌"式的危机和约鲁巴世界神秘的生死循环的形而上学，而忽略本土民众与殖民者之间的"文化冲突"，对伊雷森为国王殉葬这一"神圣仪式"背后事实上所隐藏的阶级对抗更是视而不见，而用一种"荣誉"观模糊了意识形态的冲突。从欧洲归国的奥伦德为了挽救家族和整个部族的荣誉而代父自杀，完成了一种自古存在的、残忍的活人殉葬仪式。在该剧的结尾阶段，市场女主人伊雅洛加发现奥伦德的尸体时高喊道：

> 那儿躺着你们家族的、当然也是我们整个种族的荣誉。因为他不能容忍让荣誉从门槛上飞走，这才用他的生命留住了它。儿子已经变成了父亲……[2]

而伊雷森成为整个部族的"背叛者"受到了伊雅洛加的谴责：

> 他最终会进入那神圣的通道，但是一切为时已晚。他的儿子将享用美味佳肴而扔给他的只是一些骨头剩渣。国王爱驹的秽物堵塞了通

---

[1] See James Gibbs, *Wole Soyinka*, London: Macmillan Publishers LTD, 1986, p. 135.
[2] [尼日利亚]索因卡：《死亡和国王的侍从》，蔡宜刚译，载索因卡《索因卡作品：狮子与宝石》，邵殿生等译，北京燕山出版社2015年版，第501页。

道，他抵达之时已是浑身粪便。①

如果说国王的奴隶为其殉葬体现了一种崇高的荣誉的话，那么这种"荣誉"实质上体现的是伪装的、森严恐怖的封建等级制度，因此从马克思主义的观点出发，说该剧整体上讲述了一个关于封建宗法思想的荣誉观的故事并不夸张。在约鲁巴社会的"伪封建"伦理观中，这种对家族及种族的忠诚具有很大的虚伪性，僧侣阶层对民众的残酷统治和剥夺才是该剧真实的社会历史背景，这种"荣誉"无疑具有意识形态的性质，然而索因卡却通过他的"社会视野"和"自由选择"把它模糊化了。

《此人已死：狱中手记》（The Man Died: Prison Notes）可说是索因卡最富政治倾向性的作品，它的写作本身就具有政治隐喻作用，它是索因卡对自己在尼日利亚内战期间被囚禁的生活经历的评述，是一个殖民地作家的"监狱叙事"，被认为是"后殖民非洲文学中最早的狱中写作"以及"20世纪后期重要的反法西斯的政治遗嘱式的作品之一"。② 这部作品把自身"出离愤怒"的个人精神痛苦的私人体验与对导致尼日利亚政治悲剧更深广的社会原因进行了比较，谴责独裁暴政下社会的道德堕落、精神沉沦以及对报复和屠杀的兽性的激情，承载了希冀人类平等的道德和价值观。然而，作品中很多政治评述显得极为"私人化"和"主观化"，始终未把政治批判与"整体的社会和经济结构"联系起来，而只是抱怨政府的腐败和权力的"滥用"。被囚禁的极端经历使索因卡充满了义愤，作品中有许多激烈的言辞，甚至是急躁的、谩骂式的抨击，他把导致战乱和自身悲剧的原因归结为尼日利亚"黑手党"的阴谋，他骂政客们以及无人性的狱卒是"兽性的退化"、"恶俗、野蛮的猪"，但这些夸张的描述都缺乏具体行为的证明，令人感到这些语词本身也具有极度的恶意和报复性，对整书所洋溢的理想主义和悲壮的、诗意的情感不无损害。

作品中有些地方展示了索因卡"革命性"方面，似乎决意变为一个实际的行动者。但在"左翼"批评家看来，这并非索因卡真正的转变，

---

① ［尼日利亚］索因卡：《死亡和国王的侍从》，蔡宜刚译，载索因卡《索因卡作品：狮子与宝石》，邵殿生等译，北京燕山出版社2015年版，第501页。

② Biodun Jeyifo, *Wole Soyinka: Politics, Poetics and Postcolonialism*, Cambridge: Cambridge University Press, 2004, p. 183.

第三章 文化反抗：理论与实践

杰·亨特对此有详细的批驳。[1] 书中有一节写到索因卡遇到了革命领导人菲利普·阿雷勒和维克多·班乔，他们一起讨论了1966年1月15日发生的尼日利亚政变，其"革命"思想本来旨在清除国家的腐败，然而取得统治的戈翁（Gowon）政权却背弃了革命的初衷，使政治腐化更加变本加厉起来，索因卡与两人讨论时对此唯一的解释是北部的"黑手党"与拉格斯的同谋勾结起来，筹划着全国范围内的种族灭绝。对于国家北部地区的"叛乱"以及联邦政府以维护国家的统一为借口进行的镇压和惨无人道的种族灭绝式的屠杀，索因卡试图采取一致中立的反战立场，他在与两位革命家的讨论中提出了一个"第三种力量"的概念，索因卡与阿雷勒对话道：

> "至于谈到建设某种东西以便确立社会主义政体的希望……"阿雷勒再次打断，"你认为那是尼日利亚唯一的机会吗？""没有选择。军队必须恢复到它作为无产阶级的一部分的地位上去。这一政治贵族在精神已经被摧毁，但通过它的无名的渗透，它已获得了新生，变成一支质朴的、纯粹的、特征鲜明的军队。我们需要一支第三种力量，它应为人民命名的普通的要求而产生。"[2]

索因卡认为"第三种力量"对实现变革具有战略性的意义，然而"第三种力量"究竟是一种什么力量、什么角色，书中却没有一个清楚的界定，从前后文来看，大致是以知识分子为主体，联合其他社会阶层的政治联盟，索因卡在这里表达了要确立一种"无产阶级整体"的愿望，并希望军队成为"无产阶级"的一部分而成为一支"质朴"而"纯粹"的"第三种力量"的一部分，但这些新的政治观点实际上语焉不详，对解决实际的政治问题并没有具体的意义。他对军队的新观念似乎还来自西方"军队国家化"的概念，索因卡好像没有意识到这也是殖民主义重要的权

---

[1] See Geoffrey Hunt, "Two African Aesthetics: Soyinka VS. Cabral", in Georg M. Gugelberger ed., *Marxism and African Literature*, Trenton, New Jersey: Africa World Press Inc., 1986, p. 64-93.

[2] Cited in Geoffrey Hunt, "Two African Aesthetics: Soyinka VS. Cabral", in Georg M. Gugelberger ed., *Marxism and African Literature*, Trenton, New Jersey: Africa World Press Inc., 1986, p. 88.

力话语之一。索因卡不能清晰地说明尼日利亚军队通过怎样的途径才能被视为无产阶级的一部分,而只是说军队这一"政治贵族"的精神方面有问题,如今已被摧毁。

索因卡的"第三种力量"的政治联盟的理想实际上也充满矛盾,因为索因卡对普通民众的盲目和狂热的轻信充满愤怒和鄙夷,他们对政府的爱国主义的反对分裂的宣传不具有思考和分辨的能力,沦为甘愿为军事暴政驱使的"暴民"和"乌合之众",索因卡说:

> 这些语词尖锐地敲打着对那吞噬了我的否定性的浪潮的反对,敲击着即使在这囚禁的荒野中我也能清晰地听见的令人憎厌的乌合之众的声音。它使我紧张地喃喃自语——被洗脑的、容易受骗的傻瓜,万头攒动的人群,为什么你们无知的声音会影响我的宁静?[1]

索因卡精神深处的这种个人精英主义信仰是如此的根深蒂固,这使他难于真正地与民众的力量联合起来,他所谓的"无产阶级整体"的理想不能不说是虚幻的和自欺的。索因卡还表示"革命性的变革已成为我自身的一部分,而不是像以前那样只是对它作点贡献……对我来说,公正是人类生存的第一条件……我曾经并且仍然希望尼日利亚西部的暴动能作为人民的夺权行为而取得胜利"。[2] 然而我们看到索因卡仍未能找到解决尼日利亚政局"恶性循环"危局的根本途径,只是一味地抨击、讽刺继承了帝国主义殖民统治体制和思想遗产的内部的"非洲社会的殖民贵族"[3],而忽视导致后殖民危机的历史和现实因素。正如有"左翼"批评所指出的,跨国资本主义的经济垄断,部族宗教、文化及教育背景的内在差别,传统贵族阶层所扮演的角色,乡村民众和游牧者的生存方式,本土买办经济势力的影响,石油和通货膨胀的世界因素,政治和意识形态的争议等复杂的现实状况,以及前殖民时期英国殖民者的分治政策所导致的尼日利亚

---

[1] Wole Soyinka, *The Man Died*, London: Rex Collings, 1972, p. 90.

[2] Ibid., p. 12.

[3] Biodun, Jeyifo. ed. *Conversations with Wole Soyinka*. Jackson: Mississippi UP, 2001, p. 56.

南北殖民统治历史的差异等等,都是持续政治动乱形成的原因。① 尽管索因卡自认为他的凶牢生涯在 5000 万尼日利亚人民中是独一无二的,但《此人已死》并没有显示出他这一囚禁生涯促使他的政治思想发生了根本的改变。这些"激进"的宣称并没有给出新的实质性内容,索因卡并没有从自己矛盾的政治困境中解脱出来。索因卡在狱中的愤怒只向世人表明了他反内战的态度,正像千百万尼日利亚普通民众的态度一样,唯一的不同是他是一位知名的作家,被军政当局投入监牢才格外引人关注。虽然他在狱中进行了冥思和抗争,表现出毫不妥协的反迫害的精神,但展现的仍然是个人的道德和精神权威,他能做的依然是以华丽而艰深的辞藻从道德、人性的惯常角度对"兽性"的独裁和暴政进行谴责,并使自己成为在极度痛苦中实现自我超越的、高贵的莎士比亚悲剧式的英雄人物,实质上与有效的现实斗争仍然分离着。

至此我们可以认识到索因卡虽然素以"政治的激进性"而著称,但他本质上是一个"激进的人道主义者",他的思想仍然囿于"道德"、"伦理"、"人性"、"种族"这些帝国主义的话语框架内,他对后殖民暴政的反抗也带有强烈的个人英雄主义色彩,尤其在思想上缺乏真正的人民的、大众的立场,存在忽略底层被剥夺民众的力量的局限。回顾 20 世纪 70 年代的"转型论争",马克思主义流派批评他是"空洞的形式主义",其关键也在这里,主要是因为索因卡张扬主观意志和自我风格的反抗,是超越历史和物质基础的。"转型论争"本质上是非洲的形式主义(现代主义)与现实主义的论争,它让人想起 20 世纪 30 年代卢卡契与布莱希特的论争,国际上有马克思主义评论家认为这是马克思主义美学论争在非洲的继续,"作为 30 年代卢卡契—布莱希特论争的继续让我大吃一惊"。② 卢卡契从马克思主义经典著作出发,对布莱希特的形式主义进行了激烈的抨击,认为形式主义就是资产阶级的现代主义,而布莱希特则从左翼形式主义出发,对形式主义进行了辩护,从而在一定程度上弥补了经典马克思主

---

① See Geoffrey Hunt, "Two African Aesthetics: Soyinka VS. Cabral", in Georg M. Gugelberger ed., *Marxism and African Literature*, Trenton, New Jersey: Africa World Press Inc., 1986, p. 87.

② Georg M. Gugelberger, "Marxist Literary Debates and Their Continuity in African Literary Criticism", Georg M. Gugelberger, ed. *Marxism and African Literature*, Trenton, New Jersey: Africa World Press Inc., 1986, p. 13.

义美学关于形式的论述的不足,在马克思主义美学的社会能动性方面做出了贡献,而卢卡契虽然也有自己的独到见解,但基本上仍停留在静止的客观反映论上。有趣的是,双方都指责对方是形式主义者,卢卡契认为布莱希特是资产阶级现代派的形式主义者,布莱希特则说卢卡契是"制造模式的形式主义者"。这与索因卡与"新坦赞派"、"三驾马车"互相抨击对方是伪传统主义者与形式主义者颇为相似。

把"转型论争"与20世纪30年代的卢卡契—布莱希特论争作对比并不是偶然的,70年代以来,卢卡契和布莱希特对非洲的作家和评论家们产生了很大的影响,尤其是布莱希特的作品和他的评论立场引起非洲作家们的关注。索因卡在各种言论中多次提到布莱希特,他的《歌剧翁约西》就是对布莱希特的《三便士歌剧》(*Three Penny Opera*)的非洲化的改编,其他剧作如《杰罗兄弟的磨难》等都受到布莱希特的影响。尽管这两次论争有许多相似之处,但有一点是不同的,即无论索因卡还是"新坦赞派"都没有声称自己是马克思主义者,甚至都拒绝用阶级分析法这一马克思主义的基本概念来分析非洲社会,他们基本上是试图通过伦理道德的角度来建构一种独立的非洲美学,但双方论争的结果证明他们关于传统与现实的观念都是有缺憾的,最终只能陷入布莱希特所说的另一种形式主义。

索因卡对本土文化的原初性的、稳定而静止的本质主义的追寻,他的脱离历史现实的个人主义的拯救的信仰以及时常艰深晦涩的艺术风格,的确都给人们留下他实际上是一个在欧洲中心主义传统下写作的形式主义者的印象,他的作品没有进入弗兰兹·法农所倡导的真正的"战斗的阶段",他只是一个在非洲的传统中自由驰骋的个人主义的文化英雄,正如钦维祖所说的,索因卡只是抵抗前英国殖民主义者掀起的反民族主义觉醒运动的"扳道闸人和破坏者"[1],而不是一个富有成果的建设者。

法农在半个多世纪以前说道:"为民族文化而战首先意味着为民族的解放斗争而战,只有在这样的物质基础上,才能进行文化建设。文化战斗

---

[1] Georg M. Gugelberger, "Marxist Literary Debates and Their Continuity in African Literary Criticism", in Georg M. Gugelberger, ed., *Marxism and African Literature*, Africa World Press Inc. Trenton, New Jersey, USA, 1986, p. 16.

如果离开群众斗争，就不会有任何发展。"① 赛义德在20世纪90年代则说："后殖民主义解放的真正可能是全人类从帝国主义思想或行为里解放出来"，从而实现一个"巨大的文化转折"。② 这两位重要的后殖民主义思想家的表述是不同的，尽管他们都认为殖民主义的本质是文化殖民，但法农从60年代的历史现实出发，认为去殖民化的最终目的是从政治上解决问题，就是说要进行彻底的意识形态的变革，手段则是以无产阶级为基础的暴力革命。赛义德则更强调一种"文化革命"，指出后殖民主义思想最终应实现一个"宏伟的理想"，即全人类彻底从帝国主义思想的桎梏中"解放出来"。

从某种意义上讲，赛义德与法农的反殖民主义思想存在着一种对立。法农认为解决问题的根本途径是摧毁殖民主义的物质基础，而赛义德则始终落脚在文化思想的逐步消解和解构上，因为在他看来，殖民主义文化和思想体系才是包括生产方式、国家机器等可见的帝国大厦形式的真正的、最坚固的基础。然而，尽管有反复，但历史证明法农提出的解决方法是行之有效的，具有现实的可操作性，而赛义德虽然也提供了一整套解构殖民主义话语体系的文化策略，而且也正被他和其他一些文化精英使用着，但他提出的实现"巨大文化转折"的目标，无论如何只能是一个"远景"，一个永远难以把握和操作的"理论理想"。毕竟，我们生活的这个世界终究还不能超越"物质"，帝国主义体系毕竟还是靠原子武器、航空母舰、武装干涉以及电影、电视、网络技术等可见的"物质"维持着。所以赛义德在《文化与帝国主义》里所作的"理解和视角的大调整"仍没有消除后殖民主义理论在根本上存在的理论迷误，它如何才能获得持久而深入的理论发展，如何进一步发挥强有力的政治批判力量，还有待作深入的探索。如果说当今全球的中心问题是文化一体化与多元化之间的紧张，后殖民主义能最终解决和处理这种紧张吗？许多人的回答是悲观的，因为"其中一个重要的原因是后殖民主义缺乏一种完整的历史观"。③

---

① [法]弗兰兹·法侬：《论民族文化》，载罗钢、刘象愚主编《后殖民主义文化理论》，中国社会科学出版社1999年版，第178页。
② [美]赛义德：《赛义德自选集》，谢少波等译，中国社会科学出版社1999年版，第10页。
③ 罗钢：《关于殖民话语和后殖民理论的若干问题》，《文艺研究》1997年第3期。

索因卡不认同法农提出的马克思主义式的解决方式,并不意味着他在20世纪60年代即已超前地预见到社会主义与资本主义的意识形态对抗最终在90年代"处于低谷"、软弱无力。从根本上来说,还是他与很多反殖民主义思想家存在着认识上的不同。"左翼"批评家把索因卡与其他黑人思想家和作家进行了对比,例如几内亚比绍革命领导人加布雷尔,认为他们代表了两种不同的"非洲美学"[1]。加布雷尔与法农一样,从实际的革命斗争中领悟到反殖斗争必须采取"历史化"的方式,他说:"民族解放运动中意识形态的缺陷,不是说完全缺乏意识形态——是我们斗争的最大弱点之一,这主要是由于对这些运动声称要改变的历史现实的忽视。"[2] 加布雷尔是"重返资源"口号的提出者,认为"重返资源"只有当非洲人重新夺回本来就属于自己的权力、找到符合自身利益的生产方式并有机会在更高的层面上重建社会与精神的和谐时才有实际的意义。"资源"在加布雷尔这里是一个积极的、能动的概念,"重返资源"的方法是辩证的、现实主义的,在他看来,过去与现在一样是一个矛盾的、辩证运动的过程。他在《重返资源》一书中写道:"但是'重返资源'自身并不是并且也不可能是对抗外国主导势力(殖民主义者或种族主义者)的行为,它不再必然地意味着返回传统。"[3] 索因卡一开始就是"重返资源"的拥护者,只是方式与途径与加布雷尔有着本质的不同。"资源"在他那里就只是"传统",而且是僵化的、永恒的、静止而脱离现实的传统。

　　加布雷尔作为革命实践的领导者,他认为解决非洲问题的适宜途径是进行以广大民众为基础的革命,这样才能摆脱帝国主义的控制并建立社会主义的基础。对他来说,如果不考虑如何才能打破帝国主义对生产力量的垄断和控制,非洲文化的连续性的重建或"重返资源"只是脱离实际的幻想。加布雷尔意识到殖民主义导致了非洲大陆历史发展的断裂,现在是弥合这个断裂点的时候了,"重返资源"即对非洲历史的重新接续,但如何弥合却存在着两条道路和两种选择的可能:一是把这一责任委托给作为

---

[1] See Geoffrey Hunt, "Two African Aesthetics: Soyinka VS. Cabral", in Georg M. Gugelberger ed., *Marxism and African Literature*, Trenton, New Jersey: Africa World Press Inc., 1986, p. 64.

[2] Amilcar Cabral, "National Liberation as the Basis for Africa's Renaissances" in Vambe, Maurice Taonezvi; Zegeye, Abebe. *Rethinking Marxism*; Abingdon Vol. 20, Iss. 2, (Apr 2008): 188-200, p. 334.

[3] Amilcar Cabral, *Return to Source*, New York: Monthly Review Press, 1973, p. 63.

后殖民主义势力在非洲的代理人的现行统治阶层，二是依靠完全本土化的以工人阶级为基础的广泛的民众力量。加布雷尔选择了后者。

与索因卡把意识形态视为文学的限制性因素的政治偏见相反，加布雷尔认为在非洲的反殖斗争中文化的本质始终是意识形态，他继承了马克思主义的观点，认为只有当一种特殊的生产关系体系业已成熟到需要革命性的变革时，意识形态才会变得不合时宜，因为意识形态所包含的内容诸如哲学、艺术、道德、法律、宗教等主导思想此时已成了社会变革的障碍。在历史上，资产阶级革命需要打破"君权神授"的思想即证明了马克思主义话语的权威性。意识形态在当代社会仍然是一件不能轻易逃避的事物，尤其在后殖民社会中更应该面对。它仍然是一切思想和行为的本质的、内在的结构，在一切话语形式中它仍然顽强地显示着自己。在这期间，非洲的小资产阶级知识分子与广大民众的文化形态是同一的，他们所需要的不是浪漫主义式的自我麻醉和疗救，而是要挣脱殖民主义及其本土代理人的意识形态的束缚，一味地沉迷于"非洲化"、"本土化"只是一种虚伪的催眠术。他们必须意识到殖民剥夺的本质，必须识破帝国主义"代理殖民"的现实真相，最终的目的是通过本土文化的媒介把普通民众组织起来。加布雷尔批评说："中产阶级少数派中的一些人还沉迷在独立前的某种运动中，他们用外国文化的形式号召文学和艺术去表达主体性的发现，而不是去表达民众的苦难和希望。"①

索因卡正属于加布雷尔所说的由特定历史语境所决定的"中产阶级少数派"的一员，这一阶级与本土的统治阶级（大资产阶级）有着共同的利益，他们尴尬地处于本土广大的被压迫的民众和外国殖民主义势力之间，左右为难，身心俱裂，迫切地需要从这种处境中解放出来，他们经常采取的方式便是一种"折中主义"，也就是说试图对后殖民时代本土"代理统治阶级"的历史性的矛盾心理进行调和。因为这个阶级一方面与代表着后殖民主义跨国利益的资产阶级结成了联盟，一方面为了巩固自己的统治地位而不得不迎合广大的、贫困的非洲民众。这里与南非作家恩考西对索因卡的批评不谋而合，他说索因卡之所以从来没有质疑过当代统治阶级的权势赖以存在的整体的社会和经济结构，正是因为他与当代权势存在着象征性的联盟关系。同时，这与法农所说的殖民地人民的"自我本质"

---

① Amilcar Cabral, *Return to Source*, New York: Monthly Review Press, 1973, p. 68.

中存在着一种对宗主国文化"既爱又恨的矛盾心理"的观点有相通之处。①

加布雷尔作为非洲著名的民族解放斗争领导人和反殖民主义思想家,虽然英年早逝(1973年被刺杀),但以他在不同时期的演讲为基础出版的《重返资源》却影响深远。可以看出这位同时也是诗人的革命家完全摒弃了诗人的浪漫和空想,把反殖斗争紧紧地与非洲的历史和现实结合起来,他继承了马克思主义的思想,认为非洲也经历了不同的历史演进阶段,而且各个历史阶段都有着不同的阶级基础,他强调物质的生产方式对非洲历史的决定作用,是促使历史发生变革的根本因素,同时也是殖民主义首先进行控制和操纵的因素。值得注意的是,加布雷尔也论及民族解放与文化的问题,这方面他继承了法农的思想,认为本土文化有时会成为一种惰性力量,他说:"在一些方面,文化是障碍和困难的渊薮,导致关于现实的错误的概念和对执行责任的背离,并且限制了斗争的实践和效率,而这是战争的政治、技术和科学的要求。"② 这里加布雷尔强调回归传统和"重返资源"必须与现实的斗争相结合,必须与唤醒底层民众力量的目标相结合,否则就是一种文化逃避主义。而索因卡的"重返资源"是一种"非洲世界的自我领悟",他在《神话、文学和非洲世界》中写道,需要做的是"通过对神话和仪式的分析,传达非洲世界的自我领悟"③,实质是个人主义的文化精英的一种自我的"文化领悟"和"文化传达",是加布雷尔所说的"关于现实的错误的概念",是一种与社会现实脱节的、抽象的、精致的以及理想化和主观化的传统文化。这种文化的"自我理解"逃避着现实的革命斗争,并制造出一种非洲文化"嘉年华"的虚假繁荣而麻痹着普通民众,它在本质上无法成为反抗帝国主义和殖民主义霸权的工具。而对于文化精英们而言,这种文化的"传达"只是对自己的传达,是他们被孤立的、边缘化的、并且被受挫情结焦灼着的社会心理的一种反映。

与索因卡形成对照的还有美国黑人作家阿米里·巴拉卡(Amiri Bara-

---

① 刘象愚:《法农与后殖民主义》,《外国文学》1999年第1期。
② Amilcar Cabral, *Return to Source*, New York: Monthly Review Press, 1973, p. 53.
③ Wole Soyinka, *Myth, Literature and the African World*, Cambridge: Cambridge University Press, 1976, p. ix.

ka），他是20世纪60、70年代美国本土出现的反抗种族主义歧视的政治和文化运动的倡导者和组织者，是美国黑人文化运动的关键人物，他坚决捍卫黑人文化，支持非裔美国黑人争取获得政治权利的斗争，建立黑人艺术剧院，创立了黑人社区发展和捍卫组织。阿米里·巴拉卡带着黑人艺术家的政治理想，努力在自己的作品中体现出一位非裔美国作家的社会责任感，创作出了许多极富斗争性的作品，并倡导艺术的"行动主义"，力图把激进的左翼政治与广泛的民众产生共鸣，他的作品和行动促进了美国民众的政治参与，极大地改变了非裔美国黑人的社会政治话语。

巴拉卡和索因卡有许多相同之处，如早期诗风多艰深晦涩而流失大量底层读者，他也激烈地反抗着欧洲——美国中心主义的文化传统，批评艾略特以来的西方现代主义，也试图从遥远的非洲大陆找到一种新的文化支点，也都在戏剧、诗歌以及小说等领域取得了显著的成绩，最初都带有激进的政治倾向但都反对马克思主义；不同的是，巴拉卡最终脱离了美国黑人的民族主义立场，而转到马克思主义的立场上来，并且受到毛泽东文艺思想的影响，强调文学与政治的联系，他说："作为一名政治艺术家，你知道，无论你的意识形态如何，我认为你必须学习如何创作艺术。如果你知道，正如毛泽东所说的那样，当你把高艺术品质和革命政治结合，你就会成功。你看，然后我认为一个有效的政治艺术家的真正标志是政治被艺术所接受，并因艺术的力量而具有影响力。"[1] 他倡导一种"大众化的现代主义"，他在他的政治诗集《严酷的事实》（*Hard Facts*）的序言中写道："我们的目标是为人民大众、劳动的人民大众服务的艺术……经过最初的学习后，我们应该尝试为那些富有能动性的劳动大众创作一首诗、一部艺术品。我们向全部的、不同民族的、分散的、活生生的、非系统化的因而也是最纯粹的民众学习，然后重新组织使其更加紧密、更富有能动性和更高大，最终归还给我们从中学到这些东西的民众……使其大众化并与先进的东西结合起来，不是妥协，而是与其同质化。去提高并且大众化……观众的问题才是关键，才是作品的中心。正如毛泽东指出的，'为

---

[1] Amiri Baraka, "Didn't Worry About His Politics Overpowering His Poetry", Weekend Edition Saturday; Washington, D. C. Washington, D. C.：NPR. (Jan 31, 2015).

谁'的问题才是问题……"①

关于索因卡的政治观，可以用南非著名小说家、诗人、剧作家和记者利维斯·恩考西（Lewis Nkosi）的一段话来作结，他说："这毫无疑问是索因卡作为一个作家的最大的力量；他不屈不挠地攻击着当代非洲的统治精英们对权力的悲剧性的滥用；然而同这一评论同样重要的是：它不被任何一种激进的立场所支撑；相反，逐一阅读索因卡的小和其他重要的作品后，它与当代权势的象征性的联盟就变得更加清楚了。索因卡从来没有质疑过当代统治阶级的权力赖以存在的整体的社会和经济结构；他只是抱怨权力的滥用。他对统治精英的抨击没有扎根在要求非洲社会发生剧烈变革的基础之上；的确，他的社会化的批评主义与他所攻击的思想模式紧密地联系在一起。索因卡希望看到的是用更加优雅的、更加歧视的年轻的伪善者去替代那些粗俗的市侩。"② 恩考西在所著的《任务和面具》（Tasks and Masks）一书中认为非洲文学应该走出"神话时代"，停止对过去和神话一味颂扬，把"责任"和"变革"的使命承担起来，建立一种非洲"后神话"时期富有社会历史使命感的、反抗的文学。虽然恩考西并没有声称自己是一个马克思主义者，但却因为"共产主义言论和行为"在国外流亡达30多年，他的很多作品和评论采取了进步的、激进的立场，在很多地方运用了阶级分析的方法，他对索因卡的评论就很接近于马克思主义的美学方式。恩考西对索因卡的评论是一针见血的，索因卡的确在某种程度上"与当代权势"有一种"象征性的联盟"关系，因为他在本质上没能摆脱殖民主义诸如"二元对立"等基本话语方式，从而使他与"他所攻击的思想模式紧密地联系在一起"。赛义德称这样的反殖民思想是一种"反抗的悲剧"。③

---

① Cited in Georg M. Gugelberger, "Marxist Literary Debates and Their Continuity in African Literary Criticism", Georg M. Gugelberger, ed., *Marxism and African Literature*, Trenton, New Jersey: Africa World Press Inc., 1986, p. 14.

② Ibid., p. 17.

③ [美] 赛义德：《赛义德自选集》，谢少波等译，中国社会科学出版社1999年版，第294页。

第二节　反抗剧院

尽管索因卡在文化艺术上"恢复伟大的神话传统"的努力被批评为保守的民族主义、"空洞的形式主义"以及脱离民众的文化精英主义，尤其是20世纪70年代中期与"左翼"作家和批评家的论争和决裂，使索因卡一度备感孤立和痛心，但这位"孤独的个人主义者"并没有由此而消沉，仍然坚持着激进的政治实践和斗争，这其中包括他所倡导的"反抗剧院"（Resistance Theatre）的系列实验活动。

在尼日利亚，一直有一种露天巡演剧场的传统，400多年以前的约鲁巴古奥约（Oyo）王国，一种名为"阿拉林觉"（Alarinjo）的巡演剧曾风靡一时①，逐渐形成被称为"约鲁巴歌剧"的戏剧文学形式，它融合了当地的音乐和舞蹈。20世纪40年代奥贡德创建了最初的巡回剧团，排演了许多具有政治寓意的讽刺短剧，在西非地区引起了轰动。索因卡继承这一传统，在尼日利亚戏剧史上开创了具有明确政治目的"反抗剧院"的先河，他尝试着把演员和戏剧带到剧院高墙外面去，去面对更多、更基层的普通民众。他的实验产生了两个成果：一是20世纪60年代中前期的系列短剧《灯火管制之前》（*Before the Blackout*），二是20世纪70年代末期80年代早期的系列短剧《爆发之前》（*Before the Blowout*）。这些短剧一般都在露天演出，街道、市场、校园、广场到处都可以是剧场。索因卡创立的反抗剧院是激进的，他自称它们是"鸟枪剧"（shot-gun sketches）或者"游击剧场"（Guerrilla Theatre），其根本的目标是推动社会变革，其演出的短剧类型具有高度的宣传鼓动性。

事实上，以政治宣传为主要目的的这类"街头剧"在世界各地不乏先例，早在20世纪20年代德国戏剧家爱尔温·皮斯卡特（Erwin Piscator）即在欧洲倡导一种"政治戏剧"，直言这是一种"政治行为"，剧中应该限制艺术和美学的运用："在我们的节目中，'艺术'一词是受到极大的限制的，我们的'戏剧'是一种吁请，试图通过成为一种'政

---

① See Wole Soyinka, "Theatre in African Traditional Cultures: Survival Patterns", Wole Soyinka, *Art, Dialogue, and Outrage*, New York: Pantheon Books, 1993, p. 141.

治行为'对新近的事件产生影响。"① 在30、40年代的中国抗战时期,街头剧的观演热潮一度成为最引人注目的文化现象,像郭沫若、田汉、洪深这些戏剧家都曾投入到这一活动中,在普通民众中宣传民族大义和"抗战救国"的国家政策,收到了良好的效果:"我们忘不了那几千只抬摇的手,有力的拳头,几千个喉咙的大合唱,是的,我们演了一场。……它不止激动了我们自己应有的情绪,它还表现了成千上万的同心合力打东洋的火血的心。"② 20世纪70年代美国南加利福尼亚的农民联盟曾组织了一个巡回剧院,为葡萄园的生产问题奔走呼号,迅速引起了全国的注意。像这样在全国范围内引起一种关注或唤醒觉醒意识,也是反抗剧院一个中心的政治主题。1973年秘鲁政府发起了一场扫盲运动,计划在四年内扫除全国的文盲,为配合这场运动,奥古斯都·保尔(Augusto Boal)创立了"人民剧院",认为巡回剧可以唤醒某种"人类的意识",试图在实践中表明这种戏剧可以怎样被置于为受压迫的人民服务的位置,使他们可以表达自己,并运用这一新的语言发现新的概念。

宣传鼓动剧的艺术性是被有意地削弱了,它更强调社会行动性。不同反抗剧院的实践者根据其所在的社会现实的特殊要求而突出某个方面的社会行动。剧院一定不能像艺术戏剧那样在一个静止的位置上上演,它较少地意识到美学问题,它是一种渗透的艺术,它的边界是无限制和极大地扩展的。它可以包括游行示威、政治集会、宗教节日和日常生活的庆典。这种戏剧作品比一种艺术意味着更多。在某些特定的时刻,宣传鼓动剧直接就是颠覆政府的一种工具,它寻求反抗并推翻一个政府或者建立新的秩序,它是一种对切实行动的呼唤。同时,宣传鼓动剧的制作和演出也有一定的规律和特征,一般具有两种类型:垂直的和水平的。垂直型是指剧中通常有一个中心的、领导式的人物,他通过各种言论和行动来影响普通民众。水平型指剧中人物形成一个团体,其中每个个体之间都是平等的,他们都是积极的宣传鼓动分子。从实际的实践活动来看,索因卡的反抗剧院基本上属于垂直型。不管是哪种类型,其革命性的、反抗的宗旨是相同的,即勇敢地面对、质疑现存的社会秩序,通过宣传和鼓动来实现某种社会变革。这也是索因卡对反抗剧院这种形式情有独钟的一个原因,在他那

---

① Erwin Piscator, *The Political Thratre*, London: Methuen, 1963, p. 54.
② 洪露:《戏剧列车在汉口街头》,《抗战文艺》1938年第2期。

第三章　文化反抗：理论与实践　　83

里，这种街头剧实在是作为戏剧家的他直接参与现实政治的极为便捷的介入方式。

讽刺、幽默、滑稽性的戏仿是反抗剧院作为一种颠覆和对抗的武器最常使用的手段。索因卡认为讽刺是达到最终的"革命性"目的的一种锐利武器，他说："在情绪方面，讽刺是一种必要的否定。它开始去破坏、去摧毁。讽刺本身是无用的：讽刺须和其他东西联合起来——我必须再一次取得这样的能力。激发人民对现存的情势产生一种否定的概念和否定的态度的行为，在政治化的社会中能够而且应该滋生一种需要，即影响积极的变革或者考虑创造一些东西的可能性的需要。"① 讽刺艺术手段是反抗剧院的有机组成部分，它所造成的"笑"的演出效果很有意义，在这种政治和激进的戏剧中，"笑"的因素可使反抗剧院产生挫败、感觉上的好奇、认知、超越以及各种形式的游戏感，从而达到最终的抨击目的。这种轻松然而蕴涵丰富的笑声在一些特定的时刻甚至可以唤醒人类的深层意识，产生一种认识社会的突变，是一种强烈的关注政治的回声，索因卡对这种效果是有着清醒的认识的，他要通过"含泪的拉紧喉咙和咬紧牙关的笑声"② 撕开非洲政治绷带下面的伤口，让民众看到汹涌而出的鲜血。

索因卡的反抗剧院的实验活动作为他备受批评的文化精英主义的一种补充，这也表现了索因卡始终存在的矛盾和悖论。索因卡最主要的目的是要与民众的直接对话，与底层人民的力量联合，使这种颠覆性使反抗剧院成为唤醒民众行动意识的武器。反抗剧院在世界各地的实践表明它始终与广大的、受压迫的民众的命运密切地联系在一起，始终关注着处于社会最底层的人民的生存处境："一种有效的、革命性的宣传必须直接地与人民群众对话，其首要的目标是关注他们的经济苦难。它必须诉诸他们的物质兴趣，说明他们是怎样一直被不公正的税收体系剥夺着，使他们从被压迫的经济状况中获得力量从而摆脱这一切，使贫困本身成为克服贫困的方式。"③

---

① Biodun Jeyifo, *Conversations with Wole Soyinka*, Jackson: University Press of Mississippi, 2001, p. 28.

② James Gibbs, *Wole Soyinka*, London: Macmillan Publishers LTD, 1986, p. 161.

③ Maurice B. Benn, *The Drama of Revolt*, Cambridge: Cambridge University Press, 1976, p. 11.

无疑，流动剧院这些早期的实验作为一种有效唤醒民众意识的工具是相当成功的，当索因卡在尼日利亚独立后的后殖民时期发现自己置身于一个十分相似的社会政治经济环境中时，使用同一种工具的想法便自然而然地产生了。索因卡注意到在尼日利亚独立之初，它便有了巨大的需要，因为政治的腐败势力正在开始吞没一切，这些要求进行急切的政治评述。

索因卡认为反抗剧院大众化的特点使观众对它能够充分地接受，而把一种革命性的情绪直接地诉诸每个个体的观众是索因卡向来所强调的，因为他认为像尼日利亚这样的社会，其政治强权是直接控制到社会每一个个体成员的，因而反抗剧院要达到"革命性"，就必须唤醒观众中的每一个个体。

作为反抗剧院这种具有强烈政治倾向的戏剧模式的积极倡导人，索因卡还有一个重要的思想需要提及，他说："一个无产阶级或者农民阶级文化的可能的宣传家，必须谦逊地把自己沉浸到这一文化中去，这种文化能够为新形势的出现奠基，确信一种外在的、可疑的宣传并不能达到他的这一目的。"[①] 在这段话中，索因卡警告一些宣传鼓动剧的倡导者不要把这种具有强烈社会使命感的剧种简单地划分为以下两种类型，一是高高在上的训诫式，二是想当然的自以为是式。这意味着这种宣传剧的实践者首先必须融入到他的社会环境中去，成为为之呐喊的普通民众的一部分，这样他才可能把民众的意识整体地提升到一个新的高度。当然，索因卡同时又强调，只是一味地迎合、迁就"无产阶级或者农民阶级文化"并不能达到唤醒民族意识的最终目的："关于革命剧院的一个相关的思想是不管在何种程度上都不能自我有意地去迎合无产阶级的幻觉，无论是精神的层次还是社会革命的层次，因为正如我们已经谈到的，创造的母体，尤其对于戏剧类型来说，不仅是对个体的而且对集体的影响力方面，在任何时候都拥抱着社会的再生的潜力。"[②]

从索因卡反抗剧院的实际情况来看，索因卡在尼日利亚实质上发起了一场政治反抗运动，作为发起人，索因卡此时更像一个政治家，而不再是高高在上的约鲁巴宇宙中构建"神话"体系的"空洞的形式主义者"，正

---

① Kaven Morell, *In Person Achebe, Awonoor and Soyinka*, Seattle: Washington UP, 1975, p. 86.

② Ibid., p. 87.

如法农所说:"政治家的行动置于当下的实际事物中,文化人则立身于历史领域。"①

1964年至1965年间的讽刺剧集《灯火管制之前》是索因卡反抗剧院的第一批作品,在此之前索因卡在英国除了学习艺术戏剧的创作,也曾直接地参与了一些激进戏剧的演出活动,接触了一些激进剧的倡导者和演员,这一经历使他积累了一定的经验。回到尼日利亚后,索因卡组建了"1960面具"(1960 Masks)剧组,上演了一些剧作家的作品,他自己也在此期间创作了《森林之舞》,但"1960面具"很快因经费原因面临破产的危机,索因卡被迫解散了它。1962年,索因卡组建了"奥利苏剧院"(Orisun Theatre),最初的目的只是想通过它训练一批专业性的演员,索因卡作为剧本作者也希望通过它摸索出某种"政治剧"可能的模式,因此,"奥利苏剧院"的尝试性是很明显的。《共和主义者》(The Republicans)和《新共和主义者》(The New Republicans)这两个系列短剧使"奥利苏剧院"获得了初步的成功,但遗憾的是它们都亡佚了,在后来刊印的《奥利苏行动》(Orisun Acting)中看不到这些短剧的原貌。

《灯火管制之前》是"奥利苏剧院"取得的主要成绩。这些讽刺短剧的抨击对象主要是尼日利亚的政治状况,索因卡运用多种手段进行政治评论,抨击的目标主要是"后独立时期"权力的迅速"异化"以及因此导致的社会公众道德的"失范"和"退化",希望使政客们在现实面前猛醒,意识到他们对选民虚伪的承诺和欺骗,或者直接表现这些政客邪恶的、反社会的行为。由于"奥利苏剧院"训练和练习的意图很明显,因此与后来的《爆发之前》相比,《灯火管制之前》的批判力度是相当温和的,有的和索因卡早期其他著名的剧作如《狮子与宝石》、《杰罗教士的磨难》一样,是一种幽默而讽刺的"轻喜剧"。

为了最大限度地发挥反抗剧院作为唤醒民众意识的一种工具的作用,它必须首先能够被观众理解和接受,包括受过较好教育的观众和大量文化程度较低的观众。索因卡尝试着赋予这些讽刺短剧以更多的"本土化"的因素。索因卡首先意识到语言是吸引观众的一个重要问题。伊巴丹(Ibadan)的观众主要说约鲁巴语,而拉格斯(Lagos)的观众则大多有着混

---

① [法]弗兰兹·法侬:《论民族文化》,载罗钢、刘象愚主编《后殖民主义文化理论》,中国社会科学出版社1999年版,第277页。

合的文化背景，为了适应这样一个多元文化形态的社会，索因卡在作品中运用了约鲁巴语、英语以及多种混合语，甚至人物的名字、神态当面对不同的观众时也随时予以更换。同时，索因卡尝试着把英语戏剧传统与约鲁巴民间戏曲传统融合起来，他发现约鲁巴部族那些古老的流动剧院的形式、类型繁多的假面戏有许多有用的因素值得发掘和利用，它们中不乏反映社会现实、具有政治讽刺意识的作品，其生动欢快的形式尤其使普通民众所喜闻乐见，索因卡认为应该"尝试着把'谈话歌剧'这种戏剧形式同更多的对白、多样的主题等结合起来……换句话说，这是一种平等地既诉诸，我们可以说，戏剧中的智慧和思想，也诉诸舞台上的视觉快感的剧种"。①

《灯火管制之前》的中心人物是各类政客，短剧往往把他们描绘成贪婪的人物形象并从道德上进行讽刺。《尼日利亚哲学小调》(*Ballad of Nigerrian Philosophy*)描绘了一个政客从事政治的真实意图完全是为了满足一己之私欲，他用一首约鲁巴民歌的曲调唱了一首"政治歌"，先用约鲁巴语，后用英语，极幽默而又具有讽刺意义。政客的自私和贪婪揭露了20世纪60年代广大选民被无情欺骗的事实，暴露了作为殖民主义遗产之一的选举政治的真面目：

  我要建六栋高耸入云的宅第
  我要掌管六所银行
  我要有六个情妇，再加一个正式的妻子
  我要买六部汽车，它们的宽度和车身一样长
  我要办理六笔政府贷款来应付日常费用
  我要拥有六个头衔，此外还是一个总头②

在《为了更好为了更遭》(*For Better For Worse*)中，索因卡抨击议会

---

① Kaven Morell, *In Person Achebe, Awonoor and Soyinka*, Seattle: Washington UP, 1975, p. 86.

② Cited in Ahmed Jerimah, "The Guerrilla Theatre as a Tool For National Re-Awakening: A Study of The Soyinka Experiments", *Literature and National Consciousness*, Calabar: University of Calabar, 1989, p. 190.

政治的乱象，该剧描写政客 A 和政客 B 参与了 1963—1965 年间在尼日利亚频繁发生的诸如"解散政府"、"解散议会"的"解散政治风潮"①，只要某个计划不符合他们的政党利益，他们便一律予以取消和解散。在这部短剧中，政客 A 和政客 B 筹划着如何打击那些拒绝投他们的票的人：

A　但是我已厌倦了有两个家，让我们把国家议会解散了吧。
B　不，我有一个更好的主意。我们应该保留议会。
A　（恼怒地）不！
B　摧毁人民！②

在《象征的和平，象征的礼物》（*Symbolic Peace, Symbolic Gifts*）中，索因卡描绘了两个政客失去选民支持时的丑态：

A　他们为什么扔石头？
B　那不是石头。只是哈马丹燥风使每件东西都变硬了。
A　那你认为那是什么？
B　也许是可乐果。他们可能觉得你喜欢可乐果。
A　他们真的应该扔一些不太危险的东西。
B　在旱季没有鲜花。
A　嘿，那是一个臭鸡蛋。
B　现在是旱季。③

《灯火管制之前》中也有部分作品讽刺尼日利亚独立后社会上普遍存在的崇洋媚外、以"欧化"为荣的病态社会风气。其中《国际贵公子》（*Childe International*）就是一部在当时引起很大反响的讽刺短剧④，但奇怪的是，很多评论家往往忽视该剧，大概是因为该剧的风格介乎索因卡的"反抗剧"和

---

① ［美］托因·法洛拉：《尼日利亚史》，沐涛译，东方出版中心 2015 年版，第 92 页。
② Cited in Ahmed Jerimah, "The Guerrilla Theatre as a Tool For National Re-Awakening: A Study of The Soyinka Experiments", *Literature and National Consciousness*, Calabar: University of Calabar, 1989, p. 190.
③ Ibid..
④ See James Gibbs, *Wole Soyinka*, London: Macmillan Publishers LTD, 1986, p. 77.

"艺术剧"之间。这部短剧根据发生在伊巴丹一所中学的真实故事改编而成。丈夫科顿的妻子外号"我去过"（Been-to），自诩见过世面，对世界无所不知，她曾留学伦敦，深受英国文化影响，日常生活中处处模仿英国人，甚至用英式发音来说约鲁巴语词，并以此来要求上中学的女儿。而丈夫科顿却是一个保守的人，刚愎自用地维护着"老约鲁巴"，坚决反对以妻子为代表的使用英美语言和习惯的所谓"国际化"，辛辣地讽刺这种拙劣模仿欧洲的"年轻文化"。该剧上演时的20世纪60年代中期，西化思潮在社会上大有占据主流之势，源于欧美的"披头士"音乐已开始在非洲流行，这引起了很多人的忧虑，因此《国际贵公子》切中时弊，广受欢迎。

《灯火管制之前》中的讽刺短剧大多与真实的政治事件有着直接的联系，它们以讽刺性的幽默抨击这些事件发生的可悲和愚蠢，这说明索因卡对20世纪60年代的尼日利亚政治失去了信任。他激烈地抨击控制着国家的政客们，认为他们无能、毫无政治魄力，对民众没有丝毫的理解和同情心，他们唯一感兴趣的是扩大自己的权势和利益，这些人逐渐地摧毁了民主共和制。尼日利亚随后不久即发生一系列军事政变和三年内战，政局陷入持续的动荡和混乱之中，索因卡的政治讽刺剧所揭露的政治腐败因此具有了准确的预言性质。

"奥利荪剧院"作为索因卡所倡导的政治反抗实践的第一次尝试，遭到了政府当局的厌恶和反对，其激进的政治立场导致很多作品都被政府禁演，一些参与者甚至被投入监狱，但20世纪60年代中期的这些讽刺短剧在当时尼日利亚全国范围内都引起了广泛的关注，除了伊巴丹和拉各斯这些大城市，其影响力也渗透到了其他地方，可以说对整个国家的社会政治生活产生了巨大的冲击，在普通民众的思想深处引起了思考和变革。与此同时，政府当局的恐惧和禁演在反面也说明它取得了成功，索因卡对此评论道："政府从来没有接受过我。但是它一直就没有选择。在1963年、1964年和1965年，政坛仿佛是一个激烈的角逐场，这一时期选举一直在欺骗着，人民在失踪着，所有的反政府组织都被课以重税而难以生存，他们的可可农场就是这样被摧毁的。暴徒似的军人差不多像海盗一样统治着全国。"①

---

① Kaven Morell, *In Person Achebe, Awonoor and Soyinka*, Seattle: Washington UP, 1975, p. 105.

索因卡"反抗剧院"的第二次实验发生在 1978 年至 1982 年之间，在此之前，索因卡经历了尼日利亚内战期间长达 27 个月的囚禁、出狱后在国外长达五年的"自我放逐"等一系列人生中最重要的经历。1975 年回国后，索因卡暂时与政府当局"合作"，参与第二届"黑人和非洲艺术文化节"以及负责公路安全的政府部门的工作，但他日益意识到处于"石油经济"时期的尼日利亚政局日益压抑和严峻，已发展到各级政府公然腐败的地步。1977 年的《歌剧翁约西》即是对"石油经济"时期的暴政和堕落的社会价值观的深刻批判。1978 年，尼日利亚掀起了敦促军事当局"还政于民"的政治运动，索因卡立即痛心地意识到他早在"奥利苏剧院"时期即已猛烈抨击过的政治现实又死灰复燃了，那一批老政客们如今又操着"帮会黑话"、怀着欺骗选民、自我扩权的卑劣目的重又返回了政坛。索因卡感到他必须重操旧业，再建立一个反抗剧院。

1978 年 6 月，索因卡正式启动了他的第二个反抗剧院，命名为"游击剧院"（Guerrilla Theatre），作品总题为《爆发之前》（Before the Blow-out），而闻名遐迩的"鸟枪剧"（shot-gun sketches）的提法也是索因卡在这一时期给这类作品新的命名，表明相比于"奥利苏剧院"，"游击剧院"讽刺批判的力度大为加强。在给剧组人员的说明中，索因卡要求剧本长 30 分钟，这比《灯火管制之前》一般为 40 分钟的演出时间缩短了，是为了更精炼和吸引观众的注意力。对演出实况和观众的反应都要录像，并在电视台播出。在这次实验中，索因卡特别强调观众的接受效应，希望作品能够与观众完全地融合起来，向观众描绘某一政治现象从而向他们提供关于现政府的可供选择的信息。索因卡认为观众的强烈反应才能说明剧院是真正具有生命力的。索因卡要求任何一个演出场地都应该成为获得颠覆性批判效果的舞台。

1978—1981 年，在"游击剧院"编导制作的系列短剧中，《恶有恶报》（Home to Roost）和《旅行大游戏》（Big Game Safari）取得了很大的成功，它们对当时的奥巴桑乔（Obasanjo）军政府发起的"解除禁令"前后的政治活动进行了讽刺和批判。《恶有恶报》描写政客尼库拉（Nikura）回国参加总统竞选在机场时的情景。这对政客夫妇以夸张的姿态一下飞机就亲吻大地，然而双腿禁不住地哆嗦颤抖，显示了他们的伪善和懦弱。尼库拉以前是一家慈善机构的头儿，索因卡希望通过尼库拉向民众揭示这些遍布全国的慈善机构的真实意图。戏一开始，尼库拉就用约鲁巴语和英语唱道：

> 我自己必须享乐
> 大选之年就要到了
> 我自己必须享乐
> 大选之年差不多已经到了
> 我要把自己沉浸到享乐中去①

尼库拉是现实中一大批政客的典型，他们在1966年发生政变后逃到了国外，如今以商人、慈善家的身份重又返回政坛。这些人的真实面目在"奥利苏剧院"时期即已被揭示，无非是自我攫取，毫无执政能力以及对选民贪得无厌的掠夺。索因卡向民众发出警告，正是这些老政客们的腐败才引发了1966年的政变。如果不进行变革，历史便会重演，第二共和国便会重蹈第一共和国的覆辙。索因卡在漫画尼库拉的脸谱时，充分运用了双关语的幽默效果，尼库拉自我介绍道：

> 我不是一个冷酷的人。我是斯奥费鲁斯·阿吉耶波罗利塔·尼库拉，索要财产的慈善机构的头儿，我们的机构名叫"挨家挨户，为了无家可归者"。我还是"爱国者俱乐部"的总裁。我准备做一个有才能（木头）的人，我很适合有才能（枪口）的人的地位。至于那些自称已从有才能有能力的人（枪口和木头）蜕变成一个贪心汉（毛虫）的家伙……②

索因卡用这种"语词幽默"来讽刺政客们说话时喜用"大词大语法"的吹嘘习惯，取得了很好的效果，但对很多不太熟悉英语的观众来说，这种语言手段反而成了理解作品的障碍。

《旅行大游戏》的讽刺对象仍然是尼库拉。该剧根据1978年尼日利

---

① Cited in Ahmed Jerimah, "The Guerrilla Theatre as a Tool For National Re-Awakening: A Study of The Soyinka Experiments", *Literature and National Consciousness*, Calabar: University of Calabar, 1989, p.194.

② Ibid..

亚的真实新闻报道改编,当时尼日利亚国内连续丢失汽车,一个月内竟达上百辆,索认为这是政客们幕后所为,为了巡回竞选时做交通工具。而同时向民众揭示普通民众买不起轿车的政治原因是奥巴森乔政府制定的所谓"低姿态"政策。为了显示廉洁,本届政府拒绝使用前任政府购买的高级轿车,而改用在中产阶层中十分流行的"标致"牌轿车。一时间尼库拉们竞起效尤,他们的党派、慈善机构、俱乐部也都纷纷购买这种轿车,该型车一时成了紧俏货。车商们为了抬高车价,甚至把存货藏在树丛里,以造成脱销的假象。尼库拉的妻子在剧中说道:

"低姿态"政策才是原因。你知道,政府刚刚决定了不买高级轿车,他们把已有的车都扔掉了,这意味着他们将要买完所有能搞到的中档车。他们甚至把还没有买主的车也预订完了。①

剧中有一个情节,尼库拉派他的党羽和军事顾问带着军用探测器去找车,希望发现车商把汽车藏到了哪里。索因卡称这一群人是沽名钓誉的"乞丐",他们不仅以慈善的名义乞讨为生,而且向整个社会溜须拍马以赢得好名声。索因卡还引入宗教意义来进行讽刺:

杰夫:正是在这儿我完全同意你。乞讨对灵魂来说是善行。它教你谦恭退让。耶稣不是自己说过吗?赐福保佑的是那些可怜的人,因为他们是高贵的。
埃哈迈德:《古兰经》也赞赏乞讨,乞丐们被保证可以直接进入天堂。②

《旅行大游戏》通过这些辛辣的讽刺和批判使"低姿态"政策迅速成为全民族所关注的政治问题,广大民众现在清醒地意识到正是政府的政策欺骗了他们,给他们带来了灾难。

---

① Cited in Ahmed Jerimah, "The Guerrilla Theatre as a Tool For National Re-Awakening: A Study of The Soyinka Experiments", *Literature and National Consciousness*, Calabar: University of Calabar, 1989, p. 195.

② Ibid., p. 196.

《大米无限公司》(*Rice Unlimited*) 揭露了1978年沙加里执政当局在进口和售卖大米时的丑闻。当时大米已逐渐成为尼日利亚城市居民的主食，但米价却居高不下。事实是38奈拉进口的大米却卖100奈拉，政府和不法商人勾结中饱私囊。这部戏剧上演时，演员亲自把米袋堆在立法院门口进行抗议，结果引来大批观众围观并引发交通堵塞[①]，民众知晓了真相，产生了巨大的社会效用。

从1981年后半年开始，索因卡的注意力转移到别的作品的写作上，但他仍然坚持为"游击剧院"写作篇幅为一至二页的讽刺剧，他称之为《优先项目1—4》。这些短剧具有很强的现实针对性，对频繁更替的尼日利亚政府的不同的政策进行了揭露和批判，诸如"廉价房工程"、"修路建桥工程"、"迁都计划"、"民族温饱计划"以及"绿色革命"等等，索因卡把这些政府计划戏称为"无底洞计划"。系列短剧有两个基本人物：挖洞人和外国参观者。深洞象征着国库，历届政府名目繁多的工程计划把它挖得越来越深，而这些工程计划对国计民生并无实际的用处，只是政客们用以实施其政治目的的借口。剧中的挖洞人与参观者对话道：

> 挖洞人：嘿，我是打——无底洞的专家，别的我一点也不擅长。我们有过很多政府，每个政府都需要无底洞，至少一个，也许两个或三个。没有无底洞政府就无法生存。政府去了又来，但是——参观者：无底洞却老是存在。[②]

在这些短剧中，除了基本的对话外，索因卡一般都辅以"大众化的手段"，配以舞蹈和歌曲，动作和乐调都适度地夸张以取得幽默效果，让观众更容易接受。

《优先项目1—4》可以说是索因卡为"游击剧院"创作的最后一批作品，这时索因卡开始意识到这种戏剧形式的局限性，并不是说反抗剧院没有收到预期的批判效果，而是因为学校的限制、政府的禁演以及经费等

[①] See James Gibbs, *Wole Soyinka*, London: Macmillan Publishers LTD, 1986, p. 140.
[②] Cited in Ahmed Jerimah, "The Guerrilla Theatre as a Tool For National Re-Awakening: A Study of The Soyinka Experiments", *Literature and National Consciousness*, Calabar: University of Calabar, 1989, p. 197.

因素往往使剧院不能顺利地运作。另一方面索因卡开始注意电影和唱片这些更易流行的大众艺术形式，认为电影和唱片可能对观众会有更强烈的影响力，因此开始尝试制作电影和灌制唱片。到1982年年底，索因卡编导的第一部影片《一个浪子的沮丧》（Blues for A Prodigal）已与观众见面，第一张唱片《无限责任公司》（Unlimited Liability Company）也开始投放市场。这一新的文化实验活动继承了反抗剧院的传统，腐败的政府仍然是其抨击的靶子。

索因卡始终生活在矛盾之中。如果说倡导复活神话非洲的索因卡与他的约鲁巴众神一起漂浮在虚幻的空中，那么此时的他又把双脚站在坚实的土地上。索因卡通过发起"反抗剧院"运动第一次与真实的现实联系在一起，他的系列"鸟枪剧"似乎正是法农所倡导的"第三阶段文学"，即"战斗的文学、革命的文学"。然而，这一反抗运动的局限性是十分明显的，这主要体现在这种反抗剧的形式特征上。这种反抗剧实际上是一种"问题剧"，一种讽刺性的戏剧小品，它辛辣、火药味浓并且及时回应现实政治腐败事件和丑闻，但难以获得深度和力度，它只致力于反政府的宣传和鼓动，只是提出了问题，却未能分析产生这些问题的深刻原因，更无法提出解决问题的方法。"反抗剧院"运动只是对殖民势力的代理人——本土政府进行了漫画式的丑化，而没有指出正是前者才是一系列政治灾难的深刻根源。这些缺憾使这些反抗剧不具有深刻的思想内涵和深厚的历史底蕴，而只是着眼于一时的政治现象，流于表面和肤浅是难免的。

第三节 "莫比乌斯之环"：悲观主义与"道德两难"

索因卡"反抗剧院"所创造的系列"鸟枪剧"的社会批评和抗议的效果是很明显的，其戏谑式的幽默讽刺风格在非洲社会风靡一时，这些与索因卡半个多世纪以来的"传奇式"的政治反抗活动一起构成了索因卡作为"激进的政治活动家"的方面，这时候的索因卡的确似乎收敛了孤独的"文化精英主义者"的姿态，而"屈尊"为大众而写作，与底层民众的力量联合起来反抗本土暴政的腐败。然而，这仅仅是索因卡的一个方面，在另一方面，索因卡始终无法克服其文化活动和写作中的"个人主义"和"精英意识"，他对进步和民主激情的追寻中始终存在着矛盾和悖论。我们可以看到，与阿契贝、恩古吉·佤·提昂戈等作家相比，对本土前殖民地的皇权和贵族势力以及作为全球权力中心的前殖民宗主国的批判，对劳工阶层的斗争等的表现方面，索因卡表现出了软弱和模糊性。尽管索因卡 50 多年来的写作始终坚持着他年轻时即已确立的理想的、浪漫的反抗精神，但他的特长是在玩笑的戏谑中进行质疑和讽刺，甚至是虚无主义地追求殖民社会的解放，一旦他试图积极、清晰地叙述解放时，就会出现美学上的缺陷和语言上的不足，1973 年的长篇小说《混乱季节》和1976 年的长诗《奥贡·阿比比曼》以及 1972 年的自传《此人已死：狱中手记》都暴露出这些问题。[1] 隐藏在索因卡作品和思想深处的这种悲观主义和虚无主义倾向构成了索因卡的悖论的复杂性，也必将削弱其作品的政治批判力量以及他作为"激进的政治家"的战斗性。

索因卡的悲观主义哲学有两大相互联系的支点，一是他一贯宣扬的"人性恶"的观点，一是他的历史循环论。他多次谈到历史只是一系列"人类兽性"的循环，"现在正如开始，并且将来也是一样"[2]，"传统思想不是在线形的而是在圆形的时间概念上运作"[3]。索因卡对"圆形"情有独钟，他神话的约鲁巴传统宇宙是圆形的，在死者—生者—未生者之间通过"转换的深渊"和"通道"完成了圆形的循环，周而复始，生生不息。而这一完美的循环世界面对现实和欧洲的"技术补偿"世界时，后者便变成"历史只是一系列'人类兽性'的循环"，索因卡为此有一个著名的"莫比乌斯之环"（Mobius Strip）之说，创造了一个"吞噬自己尾巴的蛇"的意象，他说："莫比乌斯之环是一个数学之圆，它在自我重建中无穷尽地成为独立而又相互联系的圆，因而对我而言是最自由的、可以想象的人性或神性（约鲁巴，奥林匹亚）关系的象征。因为它在那一圆中产生了一种'情结'的幻象，以及提供了从已然成为人类邪恶历史的业力的内在循环中得以逃脱的可能性，所以它也是乐观的象征。仅仅是一个幻象而不是一个诗意的形象，因为莫比乌斯之环是一个很简单的美学和科

---

[1] See Biodun Jeyifo, *Wole Soyinka: Politics, Poetics and Postcolonialism*, Cambridge: Cambridge University Press, 2004, p. 280.

[2] Wole Soyinka, *A Shuttle in the Crypt*, London: Rex Collings and Methuen, 1981, p. 12.

[3] Wole Soyinka, *Myth, Literature and the African World*, Cambridge: Cambridge University Press, 1976, p. 10.

学的真理和矛盾的形状。在这个意义上，它尤其是奥贡的象征，以及一条自吞其尾蛇的意象的进化，这条蛇绞缠着自己的脖子象征着重复的命运。"[1]

索因卡总体上相信自然物质和人性的二元对立性，他所创造的奥贡神原型实质上是索因卡的艺术守护神，本身就是创造与毁灭、恢复与破坏、正义与邪恶、神性与人性的矛盾统一体，索因卡在具有"创世神话"色彩的长诗《伊丹勒》中描写奥贡穿越巨大的蛮荒灌木丛林，成功地把神性与人性结合起来，它率领众人战败入侵的外敌，是族人的英雄，但却在酒后显露残暴的一面，大肆屠戮自己的战士。[2] 索因卡相信人性的二元混合，但尤其关注其暴力、毁灭和邪恶的方面，对恐怖和清洗式的血腥有着某种迷恋般的嗜好，并热衷最后通过血腥的、牺牲的仪式来净化这种邪恶带来的痛苦。

1967—1970 年，索因卡经历了两年多的被军政当局监禁的经历，这一个人的悲剧更加深了索因卡对整个人类处境的悲观看法，这种悲观主义思想在他的多部作品中清晰地表现了出来，虽然那场内战无疑地对整个民族的心理产生了深刻的影响，对索因卡的影响也是显而易见的，但要注意，索因卡悲观主义的根基在于他的思想深处，在于他的一个关于人类性的中心假设，即人性是永恒的邪恶和不公正。这一固执的信仰使索因卡总是在焦虑着人类的权力和社会的公正，但却很少有效地去探索解决，而把这一切当做世界本来的样子接受下来，仿佛严酷的现实是既定的和不可选择的，因而一味地在他的作品中展示邪恶。

《疯子和医生》被称为是"邪恶之花"，索因卡在剧中对人性之恶的展示达到了空前绝后的程度，几乎是某种"歇斯底里"式的虚无主义的揭露和展示。战争扭曲了所有人的人性，人类变成了"同类相食者"，剧中的军人们开始笃信一种"食人肉"哲学：既然战争的目的是消灭人的同类，那么吃掉他们的尸体也就是顺理成章的。他们因此对剧中人物"老人"给他们准备的人肉宴颇为享受。老人的儿子贝罗医生也成为食人肉的享受者，并最后开枪杀死自己的父亲，成为灭绝人性的"弑父者"。

---

[1] Wole Soyinka, "Note on Idanre", Wole Soyinka, *Selected Poems*, London: Methuen, 2001, pp. 90–91..

[2] See Wole Soyinka, *Selected Poems*, London: Methuen, 2001, pp. 63–64.

一般认为《疯子与医生》是索因卡对内战的"出离愤怒"的控诉，但它表现的主题远远超出了三年内战，表现永恒的邪恶才是该剧的主导思想。在全剧结束时，剧中的四个在战争中变得残缺不全的乞丐用基督教的荣耀颂歌的曲调唱道：

(用约卢巴语)
如同它过去的样子
所以现在还是这样
如同它过去的样子
它现在还是这样
如同它在开始时的样子。①

表面上看，这首颂歌是劝信徒完全接受基督教义，但索因卡在这里把歌咏的对象从上帝转移到了魔鬼，以这煌煌之声劝谕我们世界是不可改变的，我们唯一所能做的是"如同它过去的样子"把它完全地接受下来。虽然索因卡在作品中暗示性地描绘了还存在某种拯救现实的可能性，如象征"地母"力量的两个女性老者最后烧毁了医生贝罗邪恶的杀人"手术室"，但理想与现实交战的结果只有一个，那就是没有选择，没有选择地接受邪恶的现实。在《欧里庇得斯的酒神祭司》中，狄奥尼索斯被索因卡描绘成一个反抗暴君独裁者——彭透斯的"革命者"的形象，他在剧中高声命令道：

底比斯人诅咒着我，想让我充当上帝的替罪羊。现在是宣告我的传统的时候了——即使是在这底比斯城。我温柔妒忌地欢乐者，报复心重而又心地善良。一个本质的东西不能被排除，不能排除在外。如果你是男人或者女人，那么我就是狄奥尼索斯。
——接受。②

---

① ［尼日利亚］索因卡:《疯子和专家》，载索因卡《索因卡作品：狮子与宝石》，邵殿生等译，北京燕山出版社2015年版，第424页。

② Wole Soyinka, "The Bacchae of Euripides", Wole Soyinka, *Collected Plays*, *Vol*2., Oxford: Oxford University Press, 1974, p. 235.

勇武的狄奥尼索斯似乎在警告我们，一个人最终必须接受他的世界，因为不管怎么说它都是真实的现实。拒绝接受就要大祸临头，同狄奥尼索斯一样，索因卡没有给我们别的机会。索因卡作品中的世界和人物的命运都是预先注定而不可改变的。《沼泽地的居民》中伊格维祖仿佛生来就是为了经历灾难，家乡凯迪叶永远是繁荣富庶的，别的地方则永远是不可阻挡的洪水和干旱，《强种》中艾芒则不管怎样试图逃避最终也得实现他作为"涤罪"仪式的牺牲祭品的悲剧命运，《死亡和国王的侍从》中白人行政官尽管进行了干涉，但伊雷森·奥巴和他的儿子怎么都逃脱不掉死亡的结局。

索因卡早期的作品即已表现出这种悲观主义和冷嘲热讽的犬儒主义倾向，并以各种不同的形式和变体继续着。人们可以看到像《森林之舞》、《路》、《孔吉的收获》这些作品的结局总是设置某种"不平衡"的悬置状态，似乎有意要把观众不安地丢弃在半空中。重要的问题被提了出来，然而它们却不是在决定解决方式的框架中提出来的。对这些问题的解决正是悲剧行为和生活得以区分的常规之所在。而索因卡总要超越这些具体的常规和界限，像是一个荒诞派的剧作家，喜欢在纯粹的道德伦理学意义上的、非人类的境界中表述问题。人们发现索因卡的许多戏剧作品的结局总是一个道德的两难，进入一种"非人类"的境界，让人在含混中看不到解决问题的方法和途径。且不说这样的处理表现出索因卡与欧洲现代派艺术之间有何关联，但从非洲急切的现实问题的角度出发，对此可称之为"玩世不恭的现实主义"。这好比一个艺术家表现不尽如人意的社会现实时总是喜欢说：世界就是这个样子！比如在《森林之舞》中，索因卡坚持认为人性不仅是邪恶的，而且是不可改变的，所以当整个大陆都在欢庆民族国家的独立、展望后独立时期的美好远景时，索因卡基于对人类邪恶本质的认识，预见性地认为远景不会那么美好，历史必将循环。剧中怀孕三百年的女亡灵宣称：

> 三百年啦，什么变化都没有，一切照旧。
> 我太傻了，真不该来。①

---

① ［尼日利亚］索因卡：《森林之舞》，载索因卡《索因卡作品：狮子与宝石》，邵殿生等译，北京燕山出版社2015年版，第169页。

该剧中有一个"戏中戏"的场景，闪回到几百年前的宫廷，其中有一个武士也像亡灵一样断言道：

> 最尊敬的医生，未出生的子孙后代们将会成为同类相残的食人者，像我们一样，未出生的后代们将会互相食用、互相残杀。也许你能开出一个药方来治愈这种病症。我带领军队保卫我的国家，但那些我给予力量的人却控制了我的生命，亵渎了我对他们的信任。①

的确，《森林之舞》的基本结构建立在一个中心假设的基础上：人性是邪恶的并且是不可改变的。这样，索因卡便陷入一个矛盾的怪圈中而不可自拔：一方面清醒地意识到人类是邪恶的，另一方面却又一直渴望着人类能违反他的本性而行事。这个希望显然是不切实际的幻想，而索因卡悲观的虚无主义才是真实的。

索因卡戏剧作品"道德之谜"式的结局可以信手拈来。《狮子与宝石》塑造的一个人物形象——酋长巴洛卡，他是传统的压迫势力的象征，他为了显示自己的权力以及对肤浅的欧化文化的鄙视，用计谋制服了天真滑稽的"西化者"——教师拉昆莱和头脑简单的美女西迪。剧作虽然没有明确地揭示，但当酋长正妻萨迪库从后宫出来时，她悲喜交加的表情清楚地暗示读者，这些后宫嫔妃们一直在受到巴洛卡的虐待，尽管巴洛卡已经年老而且相当地性无能。然而剧中西迪的行为耐人寻味，她没有一个被奴役者应有的反抗与愤怒，相反却充满了对威权的虚荣和屈服，对巴洛卡的"征服"感激涕零，她得意扬扬地对拉昆莱说她不再是处女：

> 在我已经感受到
> 丛林之豹的力量
> 和无穷的青春之火以后
> ……
> 让开，毫不足道的书呆子。
> 难道你没看见他给了我什么样的力量吗？

---

① ［尼日利亚］索因卡：《森林之舞》，载索因卡《索因卡作品：狮子与宝石》，邵殿生等译，北京燕山出版社 2015 年版，第 197 页。

> 那不太坏。对一个 60 岁的人来说，
> 那可算得上是上帝才知道的秘密，
> 一个值得用鼓乐和民谣小调庆贺的功绩。
> 但是你，60 岁的时候恐怕已经死了 10 年了！
> 事实上，你连蜜月也活不过。[①]

西迪这一番尖酸刻薄可谓是对拉昆莱不合时宜的"欧化"理想主义的绝妙讽刺，但问题在于作品的价值取向究竟是什么？似乎索因卡在告诉人们拉昆莱仰慕西化的肤浅毫无用处，巴洛卡及其所代表的残暴的传统压迫势力是值得称道的。仔细品读作品，全剧整体的轻松幽默的风格对拉昆莱和巴洛卡都有讽刺，但对老酋长的世故、奸诈不乏欣赏，显示了索因卡对业已腐朽的传统"非洲力量"的叹惜之情。西迪把拉昆莱和巴洛卡放在一起比较，固然表现了她幼稚的虚荣心，而真正的原因是索因卡，他设置了一个道德价值观的两难选择，反映了他一贯妥协折中的思想倾向。西迪对巴洛卡的赞美并不意味着索因卡的价值取向完全倾向于传统，事实上索因卡把巴洛卡塑造成一个腐败的传统酋长，他贿赂白人道路测试官，让新修的公路远离村落，为的是让传统的生活方式尽可能长地保持下去。拉昆莱说他是贪恋酒色的畜生，太爱奢靡的酋长生活了，以至于一刻也离不开它，他好色到每五个月就要换一个新女人的程度。尽管这个"传统"是如此的不堪，但出人意料的是，索因卡在结局中还是给巴洛卡献了一份礼物：玫瑰簇拥着的床上横躺着一块闪光的宝石（美女西迪）。这个结局也许是为了出人意料而有意为之的戏剧化手段，也许是为了与题目中的"狮子"相呼应而表现一种男性崇拜的主题，或者是为了表现一种现代派艺术的含混朦胧美……不管是哪种可能，这个结局仍然令人感到矛盾和困惑，它所表现出的思想显然是反进步的。随着时间的推移，困惑的人们终于有所醒悟，索因卡的作品的确有这么一种"风格"，那仿佛是一种天才的、受过良好教育的模棱两可和含糊其辞。巴洛卡的宫殿的确散发着腐败的气息，但另一方面却保留着富有潜力的传统智慧的资源。现实原本如此，世界原本如此。

[①] ［尼日利亚］索因卡：《狮子与宝石》，载索因卡《索因卡作品：狮子与宝石》，邵殿生译，北京燕山出版社 2015 年版，第 107 页。

关于杰罗教士的两部戏剧的结局同样创造了一个道德的两难,所收到的效果同样是具有讽刺意义的。像许多其他作品一样,《杰罗教士的磨难》描绘了一个现实与超验的神灵交相混杂世界。这部戏剧的道德矛盾在于,与其说索因卡是在抨击杰罗的恶行,不如说是在颂扬这样的人物,因为杰罗在索因卡的笔下是一个很有魅力的人物,该剧的成功很大程度上取决于此,杰罗姊妹剧也使杰罗成为英语非洲最成功的、流行一时的戏剧人物形象。① 这使人想起弥尔顿的《失落园》,对魔鬼撒旦的描绘比所有的天使加起来还要富有魅力。戏一开场,索因卡就把炫目的光环戴在杰罗的头上:

> 聚光灯使这个先知神形毕肖,这是一个胡须浓密而整齐的男人;他的头发厚而高,但梳理得很整齐,这不同于大多数的先知。"温和"这个字眼对他再适合不过。他手提一个帆布口袋,拿着一根圣杖,以习以为常的傲慢姿态直接对观众说话。②

索因卡在该剧中似乎一直在恶作剧地攻击人们内心深处的道德良知,该剧上演时,杰罗的甜言蜜语和他温和的风度使各地的观众颇为着迷,人们饶有兴趣地观赏着杰罗极富魅力的罪恶行为。如果说杰罗的各种用心险恶的预言和他对议员的阴谋人们还能忍受的话,那么最后他对他忠实的随从丘姆(Chume)的陷害则超出了人类良知所能忍受的限度,似乎在剧作的最后一幕索因卡才让观众意识到魔鬼的真面目,把他们留在矛盾的困惑中。在姊妹篇《杰罗的变形》中,这种拷问和攻击更加变本加厉。杰罗在该剧中变得疯狂而阴险,他只有一个目标,就是掌握产生暴力的符咒,使他的占卜事业能够控制一切,而暴力是军队所喜欢的,他与军队联合,成立一个所谓的"联合教堂",完全掌控了酒吧海滩的"精神控制权"。杰罗的彻底堕落使他成为当时尼日利亚戈翁政权的象征。他为了清除障碍,动用了一切无所不用其极的腐败手段,不奏效时就诉诸暴力。在剧作的结尾,杰罗培植起来的由国会议员、将军、强奸犯、酗酒的知识者组成

---

① See James Gibbs, *Wole Soyinka*, London: Macmillan Publishers LTD, 1986, p.59.
② [尼日利亚]索因卡:《裘罗教士的磨难》,载索因卡《索因卡作品:狮子与宝石》,邵殿生等译,北京燕山出版社 2015 年版,第 111 页。

的犯罪团伙像军队一样倾巢出动，举行盛大的聚会。杰罗在自己的巨幅画像下得意扬扬地说："不管怎样，成为一个'桌子将军'是这些日子以来的时尚。"① 索因卡一方面称杰罗是小丑、傻瓜、混蛋、集体谋杀者等的展示，杰罗是侍奉上帝的祭司，但实际上是一个恶棍，他说话的腔调又像一个地地道道的军阀，在他成功的背后是一整部非洲人民苦难的历史，是民众遭受掠夺、毫无社会安全感、战乱瘟疫频仍的惨景，而这一切都直接源于当政者的腐败，这种腐败如杰罗所说的已成为一种时尚、一种文化，最令人感到痛楚的是杰罗的成功并不是一个神话，而正是非洲反复上演的历史现实。另一方面，从剧本的实际情况来看，索因卡似乎不是在惩戒这样的人物，倒像是在狡黠地赞美他们，似乎在对邪恶的欣赏中得到了一种隐秘的快感。在索因卡的这两部作品发表之后，现实中更多的杰罗式的人物涌现出来，它们循着杰罗成功的足迹发迹，更多的将军从熠熠闪光的桌子后面涌现出来，在民众中推行着他们的暴力文化。可以说，索因卡通过他对邪恶、暴力的沉迷式、欣赏式的关注创造了杰罗这样一个富有魅力的戏剧流行人物，但从解决现实腐败的角度来看，索因卡浓厚的、悲观的虚无主义无法达到拯救的可能，相反倒是助推了杰罗式腐败的流行。

《孔吉的收获》也建立在对人类的前景悲观失望的基础之上。索因卡自认为此剧是对"孔吉主义"的批判，即他对以加纳黑人解放运动的先驱——恩克鲁玛在非洲的政治实践活动的负面因素的否定和批判，但索因卡在该剧中设置了两个方面力量的悲剧结局，传达了他对非洲前景的悲观思想，是他关于邪恶的教义的逻辑延伸。剧中象征传统的人物——国王奥巴·丹劳拉在第一幕中就表达了这种完全绝望的思想，这一场景的题目叫做"毒芹"，奥巴唱道：

> 这是最后一次
> 我们的脚将踏在一起
> 我们认为那曲调
> 违背了我们的灵魂
> ……
> 所以

---

① Wole Soyinka, *Six Plays*. London: Methuen, 1984, p. 86.

> 用左脚掘挖吧
> 为了倒霉；再用左脚吧
> 为了不幸；再一次单独用
> 左脚；因为灾难
> 是我们唯一知道的东西。①

  整部作品的主旨通过国王丹劳拉的话清楚地告诉了我们，那就是他与道都（Daodu）们联合起来与孔吉的对抗是必然要失败的。剧作最后的一部分"残余物"描述了国王悲剧性的结局："铁栅栏的监狱牢笼把丹劳拉和萨卢米分割开来，其他的来访者也被狱卒挡了开来，退了回去。"② 该剧结尾部分是令人眩惑的皇家音乐和国歌声，"当铁门落下来，撞击在地上，发出沉重的、最终的铿锵声时，（皇家音乐和国歌声）猝然停止了"③。铁门的铿锵声结束了"残余物"这一幕，也结束了全剧，但却余音未尽，它暗示着忧郁、阴沉的孔吉将带来恐怖的统治，道都和赛姬（Segi）这些反抗者们的灾难就要降临了。但这一结局也是对孔吉命运的暗示，虽然他的许多图谋都实现了，但他的统治却没有使他感到欢乐和鼓舞，喧嚣的国歌声只使他感到困惑和深深的失望，他只是象征性地获得了薯蓣的品尝权，反对者们仍然在放逐中或在国内继续策划叛乱。这样，在索因卡的眼中，代表传统统治势力的国王奥巴和代表新生政权的孔吉都获得了悲剧的结局，无论在谁的身上都看不到希望的光亮，哪怕是那"一抹亮色"索因卡也没有留给未来。

  当索因卡由于政治立场的含混和矛盾而削弱了其作品的政治批判力量时，他便转向道德、伦理方面的评判。20世纪70年代初期，索因卡在他所谓的"意识形态"时期创作了《歌剧沃翁约西》，但却遭到激进的左翼批评家的批评，认为这部作品没有从阶级的观念出发来表现现实。索因卡予以反驳，他列举了这部作品在奥都都瓦大厅上演时从军政首脑到饭厅厨师的不同反应，以证明该剧收到了明显的讽刺现实的艺术效果，因而是一部具有鲜明意识形态倾向的作品。索因卡在剧本的前言中说艺术应该揭

---

① Wole Soyinka, *Kong's Havest*, Oxford: Oxford University Press, 1967, p.10.
② Ibid..
③ Ibid., p.90.

露、反映以及切实地放大社会的腐败,而这个"社会已经堕落、腐烂到肚腹,迷失了它的方向,抛弃了所有的价值感,正沿着悬崖疾驰而下,速度之快正如近期的虚假繁荣"①。

索因卡在这里发出了这样的讯息:他仍然避开对整体的社会和经济结构的抨击,而紧紧抓住社会的"道德观念",这些观念已经"堕落"和"腐烂",从而导致"社会失去了它的方向"、"坠入了危险的深渊"。然而遗憾的是,索因卡所承当的"社会责任"只能说完成了一半,因为一个后殖民地作家最根本的"社会责任"是对社会实行根本的变革,索因卡揭露了社会道德的沦丧,却没有意识到这种沦丧只是非洲社会"后殖民性"的一个表面化的现象,其本质的原因在于殖民主义文化侵略导致了本土文化传统和民族精神的衰落,取而代之的是本土的新殖民主义代理人所继承的经济利益至上的帝国主义文化思想。最糟的是,即使对道德、伦理的批判,索因卡最终也陷入了悲观主义,认为混乱的现实已经无可挽救和改变,只能在无奈和愤怒中接受下来。

索因卡的自传体作品《此人已死:狱中手记》记述了索因卡与尼日利亚第一个军人执政者法吉依(Fajuyi)的短暂交往。可以说,《此人已死》是一把钥匙,借此我们可以深入地考察隐藏在索因卡许多作品背后的政治动机以及这些政治动机之后更为深层的思想倾向。仔细阅读《此人已死》,人们会产生一个感觉,即索因卡在这部作品中表现出一种"易怒"的"情绪化的暴力"倾向,以及对现实残酷政治状态的颇有些自暴自弃的意味的"顿悟"。在与法吉依的交往中,索因卡逐渐意识到在这个世界上并不是每一件公正合理的事情最终都能战胜邪恶。统治一个国家或是发动一场革命并不像他先前想象得那样神圣,其实只是一种危险而富有刺激性的游戏而已,既然是游戏,也就没有一成不变的游戏规则,正义和公正似乎更沾不上边。书中只要一谈到法吉依这个军事独裁者,索因卡便平静下来,似乎他与法吉依颇富浪漫味道的短暂交往能使他的愤怒平息下来。索因卡在书中所表现出的这一"顿悟"极具"个性化"的色彩,但的确是《此人已死》贯穿始终的思想和风格,由此,索因卡给尼日利亚频繁爆发的政治动乱找到了一个合理的解释,并把自己被囚禁的遭际与之联系起来。在这里,正是一个军人的政治游戏规则安抚了索因卡的灵魂,

---

① Wole Soyinka, *Opera Wonyosi*, London: Rex Collings, 1981, p. 3.

使他停止了愤怒的追寻和质问。

索因卡在《此人已死》中回忆了 1966 年 1 月 15 日发生的军事政变，当时一些支持政变的人联名签署了一份请愿书为政变摇旗呐喊。索因卡对这些人的行动评论道：

> 首先，签署那份请愿书的每个人的决定只能这样产生，即合理地接受了导致政变产生的应受惩罚的行为。我对这种愚蠢的行为和病态的动机感到暴怒；我意识到少数人将把继续欺骗、基地、游击队以及卑劣的精神剥夺的状况继续下去；当许多老同志整体地误解了新形势并贪婪地沉溺于短期的物质和精神的剥夺时，我感到很不光彩。……但现在是有责任心的人必须问一声的时候了：我把这一行动当做最终的目标的基础接受下来？抑或我拒绝它？①

我们看到，当 1966 年的政变发生时，索因卡对激进分子的反应是否定和"暴怒"，他自己的选择是"接受抑或拒绝"，除了像往常一样用艰深晦涩的语言表达出愤世嫉俗并对新情况做出自己的最终裁决外，索因卡做出了一个模棱两可的含混选择。以革命者自居的索因卡为了革命的利益必须做出选择，哪怕是一个临时的选择。面对政治变革，索因卡已经被迫做出了很多选择，并且似乎还要继续做出这样的选择。然而索因卡的选择的实质内容究竟是什么？对一个真正的革命者来说，其实是没有选择的，最终的目标只有一个。因此，已被投入监牢的英雄索因卡看起来并不要改变什么，他唯一的选择是把情况继续下去，因为这种情况是业已确立了的世界。尽管既定秩序是令人愤怒的，但新的情况又怎么样呢？恐怕只能使人"暴怒"，看来倒是那个业已确立了的世界让人满意些。

《此人已死》是索因卡的一部具有强烈政治性的作品，尽管书中表现了索因卡鲜明的"平等主义"的意识，对导致尼日利亚残酷内战的原因以及权力、暴政得以运作的机制和思想基础也做了深入的思考和批

---

① Wole Soyinka, *The Man Died: Prison Notes*, London: Rex Collings, 1972, p. 160.

判，甚至有评论认为此作品是后殖民非洲第一部"反法西斯文件"[①]，但如上所述，作品所表现出的"接受哲学"也是明显的，即索因卡对人性矛盾复杂以及邪恶的本质一如既往地不抱幻想，认为对复杂的人性作出简单的道德和理性的判断是很困难的。这样，当索因卡把人性的冲突作为艺术主题来表现时，不管具体的情势如何不同，他总是提供一个最终的、也是最安全的解决方式，那就是折中和妥协。当然，只有理论上的革命家或者缺乏远见的空想家才会对人类的困境提出一个最终的、绝对的答案，然而在另一方面，如果像索因卡那样，似乎总是一贯地强调公正而实质上是妥协折中地提供出答案，则丝毫也不能强化人们对美好未来的希望。正是在这个意义上，索因卡的历史循环论和悲观主义哲学使他对人类固有的困境，尤其是当代后殖民非洲的困境完全持一种悲观绝望的看法。从政治经济的角度而言，从非洲社会后殖民的现实处境而言，这种接受哲学使索因卡所谓的非洲内部的新的"殖民贵族"[②]以及国际帝国主义对广大民众实行严酷的经济掠夺时更加轻松自如，更加自信甚至更加傲慢，军事集团势力对人民实行高压统治时会更加有恃无恐，因为他们认为人民已经完全地习惯于逆来顺受，不会有丝毫的反抗。

索因卡在作品中把当代非洲的后殖民生存困境充分地戏剧化，他的社会观本质上是悲观主义的，正是这种关于人类的悲剧性观念才使他创作出像《森林之舞》、《疯子和医生》这样的作品。并不是说索因卡的思想深处不存在某种社会理想，只是他的社会理想与他对社会现实的总体理解存在着深刻的矛盾，并最终被后者完全地淹没了，这就解释了为什么索因卡的作品中总是存在着两种矛盾的生活模式以及一直到最后的结局这种矛盾仍然得不到解决，总设置成一个"道德的两难"。因为悲观，看不到希望，才使索因卡把世界"如同它原先的样子"全盘地接受下来，才使他对现实的不满和批判最终变成一种玩世不恭的愤世嫉俗。索因卡以一种自由和奢华的想象描绘了大众的苦难和那么多赎罪的人物形象，但最后总是那些掠夺者、那些政客、那些酋长决定着关键性的行为，他们是既定的秩

[①] Biodun Jeyifo, *Wole Soyinka: Politics, Poetics and Postcolonialism*, Cambridge: Cambridge University Press, 2004, p. 188.

[②] Biodun, Jeyifo. ed. *Conversations with Wole Soyinka*. Jackson: Mississippi UP, 2001, p. 56.

序,决定着权力,裁决着一切。的确,索因卡的作品是真正的"玩世不恭的现实主义",在这里艺术一点也不高于生活,艺术和生活之间的障碍完全消除了,这样的艺术因此对未来没有留下一点希望。索因卡多次说公正是人类生活的第一条件,但他的作品只向人们痛楚地展示了一个事实,即对那些在严酷的社会环境中只考虑如何才能生存下去的人们来说,公正并不是生活的第一要义,而只是不可企及的奢侈品。

第四章 "泛非语言"：挣脱语言殖民

第一节 英语语言：无奈的文学表述

1986年10月10日，瑞典诺贝尔文学奖评奖委员会评价索因卡时说道："在语言的运用上，索因卡也以其非凡的才华鹤立鸡群。他掌握了大量的词汇和表现手法，并把这些充分运用于机智的对话、讽刺和怪诞的描述、素雅的诗歌和闪现生命力的散文之中。"① 索因卡，这位最好的、一直用英语写作的、诗人式的剧作家，之后登上了领奖台，委员会的先生们以为这位登上荣誉顶峰的黑人艺术家一定是感恩戴德，在这个重大的历史时刻一定会把他们称颂上一番，不料索因卡开口就对辉煌的欧洲文化传统进行了痛斥，认为从黑格尔、休谟一直到弗鲁贝纽斯、卡恩特，无不代表着欧洲的种族主义的传统精神，他们"是一些毫无羞耻心的鼓吹种族主义的理论家和玷污非洲人的历史和存在的抹黑者"。② 他说道：

> ……在这样的一个时刻，我不需要向我的黑人同胞说什么……利用黑人第一次获奖的先例抓住这个良机进行演说的听众对象应该是白人，也包括那些具备少许和根本没有道德良心的白人在内……一些玷污科学解释的复古的幽灵正在起作用，它迟早会阻碍人性的进化发展，它使所有的人类知识阅历都成为严重的问题！……我们冒昧而自信地对那些人说："请你们看一看；请你们作出回答。你们不是急于想证实这样一个神圣而庄严的时刻（黑人获诺贝尔文学奖）不可能

---

① [美]伦纳德·S. 克莱因主编：《20世纪非洲文学》，李永彩译，北京语言学院出版社1991年版，第7页。

② 转引自张京媛主编《后殖民理论与文化批评》，北京大学出版社1999年版，第179页。

到来吗？"正是你们的这种种族偏见扼杀、损伤、压制、打击、放逐、贬低、野蛮地对待着无数与获奖者拥有一样的皮肤、一样卷曲的头发、一样地对自己的生存感到自豪的人。[①]

索因卡的演说使委员会的先生们坐卧不安，认为索因卡是在敲砸一扇已经敞开的大门。这些白人先生们不能理解索因卡此时的心情，他们想当然地认为把诺贝尔文学奖授予一个黑人是一种赐予，是对整个黑人种族的恩赐，就连评价索因卡的那句简短的话也具有丰富的暗示性：索因卡虽然是最好的"诗人式的剧作家"，但却"一直用英语写作着"，这意味着索因卡本人同这个奖项一样也是白人文化最直接的产物，是欧洲的精神文明在非洲大陆的延伸。根据这一逻辑，主人对奴仆、对被赐予者，或者对"属下"自然会要求感激和报答。

虽然索因卡激烈地控诉了西方种族优越和文化歧视的传统，但一个事实却无法改变，那就是他的确是在"一直用英语写作着"，而且是一种连欧洲正统的知识精英也佩服不已、自愧不如的、精致的、"豪华"的英语，这使他否定了早在一百多年前即已出现的一种种族主义的断言，即认为"黑人不具备人的特质，不属于人类"、"黑人是不同于白人的一个物种"，除非他能掌握精妙的希腊文或者其他某种欧洲语言的文法。现在，索因卡以他一流的英语文学作品回击了这一种族主义的谬见，证明黑人不仅是一个人种，而且可以是优秀的人种。但又出现了新的断言，好吧，你是掌握了那种语言，但那是"我们"的语言，而不是你们的。现在，索因卡无言以对了，因为这是无可改变的事实，这一事实之所以无法改变，因为它是历史，殖民主义的历史。

语言和宗教可以说是殖民主义给它的征服地留下的最显著、力量最强大的两大遗产，在广袤的非洲大陆，上至衣着光鲜的总统，下到赤脚的贫民，周末都要到教堂去礼拜，对耶稣高唱颂歌已成为人们内在的生活习惯，而大量的非洲传统宗教几乎已经阒然无闻。至于语言，则更是一个人地位、身份乃至财富的象征，虽然大多数的非洲国家都实行本土语言和某种殖民者的语言并行的双语制，但如果能说一口流利的英语或者法语，则标志着你受过良好的教育，你有着美好的前途似乎也是无疑问的，而那些

---

① 转引自张京媛主编《后殖民理论与文化批评》，北京大学出版社1999年版，第180页。

只会说约鲁巴（Yoruba）、伊格博（Igbo）阿坎（Akan）、吉库优（Kikuvu）、斯瓦希里（kswahili）等本土语言的人恐怕连穿西装打领带的资格都失去了，因为你说的语言注定了你只属于下层的社会地位，穿着褴褛的衣衫去打小工才是你的本分，这些人的处境是很尴尬的，仅仅因为他们不会说殖民者的语言。语言作为殖民统治的一种强有力的工具所具有的霸权由此可见一斑。对非洲的知识分子们来说，他们一直在西方文化的强势中寻求着自身文化的"主体性"、"个性"、"独立性"，但他们的追寻却运用着霸权文化的最直接的表述工具——语言，无论他们怎样找到了自身文化的差异和个性，他们所运用的语言都与他们所反抗的文化有着无法改变的趋同性，在语言这种强大的同化力量面前，他们的一切努力似乎都付之东流了。

事实上，早在殖民化运动开始之初，用英语写作即遭到非洲知识分子的激烈抵制和反抗，英语被指责为精英语言和欧化的产物，是对非洲文化的束缚，是殖民主义的残余，导致了本土文化的异化，割断了非洲与传统的联系，对非洲进行了心理上的截肢术……许多英语取消主义者都主张使用非洲本土语言，认为使用殖民语言只能进入文化的死胡同，甚至有非洲作家认为"除非使用非洲本土语言，否则就不是非洲文学"。[①]

在20世纪60年代，兴起于20世纪初期以争取民族国家独立为政治目标、席卷整个非洲大陆的"泛非运动"在非洲各国余波犹存，仍然有着巨大影响力，在此运动的大纛下，出现了"泛非语言"（Pan-African Language）的倡议，1959年，第二届"黑人作家和艺术家协会"（the SecondCongress of Negro Writers and Artists）在罗马通过了一项议案，议案作出如下倡议：

（1）自由、解放的黑非洲不应采用任何欧洲或其他语言作为民族语。

（2）一种非洲语言应该被选择……所有的非洲人将学习这一民族语言以及他们自己的地区语言。

（3）一批语言学家将被委派来尽快地丰富这一语言在现代哲学、

---

① Kole Omotoso, *Achebe or Soyinka? A Study in Contrasts*, London: Zell Publishers, 1996, p. 114.

科学和技术方面的表达术语。①

进入 70 年代以后,随着"后独立幻灭"的加深,非洲知识精英对非洲国家对西方议会政治模式的模仿和照搬产生深刻的怀疑,马克思主义思潮和走社会主义道路的探索一度流行,在此背景下,关于用什么语言进行写作的问题再次得到广泛关注,语言问题已不仅仅是文学文化领域的问题,而已成为去殖民化和人权、政治的重大问题。索因卡作为现代非洲的重要作家,这时也成为"泛非语言"的支持者,认为这是一个重大的民族问题,他说:

> 我认为这对大多数的非洲作家、大多数的说英国英语的作家来说是真的,而对说法语的作家却不一定是事实,因为他们被同化了,而我们从来没有,对包括我在内的很多作家而言,一直存在着不满,一种根本性的不满,因为我得用另外一种语言表达自己和进行创造,尤其是一种属于征服者的语言。……所有的尼日利亚人包括我都必须特别地面对一个问题,一个政治问题,即我们对语言的民族态度应该是什么?哪一种语言应该成为官方语言?现在,我知道在尼日利亚如果有人致力于推行一种新的主要语言就会引发另一场内战;这一点很清楚。我不希望有另一场内战。作为一个用语言工具进行思考的作家,我的职责是从战略的高度考虑创造一种民族的感觉,一种民族自我属性的意义,确保它们不成为文化殖民的另一种形式。②

接下来,索因卡谈到他很羡慕阿拉伯文化,甚至有些嫉妒,因为阿拉伯世界同非洲一样是存在着丰富的多样性的社会,但却保存了文化的同质性,索因卡把这一现象归因于宗教的力量,认为穆斯林的经典教义《可兰经》是沟通整个阿拉伯世界的通用语言,正是这一"语言"的存在,才使阿拉伯文化的主体性历经千年而仍然保留了下来。而在非洲情况却不同,殖民主义者用耶稣把宗教的神圣领地牢牢地占领了起来,一件增强民

---

① Wole Soyinka, "Language as Boundary", Wole Soyinka, *Art, Dialogue, and Outrage*. New York: Pantheon Books, 1993, pp. 88–89..

② Jane Wilkinson, *Talking with Africa Writers*, James London: Curry LTD., 1990, p. 95.

族凝聚力的最有效的武器业已失去了,现在只有试试语言这种工具了。索因卡说道:"我也一直把黑非洲人民视为一个民族——这包括散居在世界其他地区的黑人——我一直有这样的整体统一和归属的意识。另外,我怨恨着一个事实,即同这个大陆上的其余黑人交流时要通过一道殖民主义的筛子。我们总是先学习欧洲文学,然后才开始了解和发掘非洲大陆的文学遗产,这一问题很大程度上归因于我们使用的语言。……这就符合逻辑地获得一个立场,就是我认为黑非洲人民应该有他们自己的语言……"① 在索因卡的眼中,这一"泛非语言"就是斯瓦希里语,这是目前非洲使用人口(超过5500万)最多的一种语言,是坦桑尼亚、肯尼亚等国家的官方语言之一,也是赞比亚、马拉维等十多个东非国家通用的一种语言,吸收了大量的阿拉伯语汇。索因卡说:

> 我们倡导所有的非洲作家都应具有战略眼光,个人和集体共同努力,在各民族和整个非洲大陆使用并丰富斯瓦希里语,无论现在还是将来,这都是非洲的现实要求。文化的、政治的、社会的……从很多方面考虑,黑非洲人民都应该有一种通用的交流工具。我不说斯瓦希里语,但我了解它的历史,我对它的结构很熟悉,我知道它不属于某个单一的民族,东非各国已经把它作为通用语言,为什么不能更进一步?它解决了像尼日利亚这样的反复多变的国家的民族语言的问题。它也是一个体现政治意志的行为,即使我们还不能把非洲各民族统一起来,但我们至少应该有一种通用的语言。②

索因卡可以说是从文化独立、民族统一的角度阐发了建立"泛非语言"的意义,有的非洲作家则从别的角度对用英语写作发出诘难,其中如肯尼亚作家恩古吉·佤·提昂戈,恩古吉接受了马克思主义思想,认为殖民者在新的历史时期所采用的殖民手段是"文化炸弹",借此继续压迫、掠夺、盗窃殖民地的人民,他说:"帝国主义对抗集体反抗而手持的以及在日常生活中释放的最大的武器是文化炸弹,文化炸弹的影响是毁灭人民的信仰,在他们的名字中,在他们的语言中……反对帝国主义的阶级

---

① Jane Wilkinson, *Talking with Africa Writers*, James London: Curry LTD., 1990, p. 95.
② Ibid..

斗争在新的殖民阶段和形式中，必须通过更高和更多的坚决斗争的创造性文化来面对这一威胁……他们必须说包含在他们各自语言中的斗争的、统一的语言。"[1] 恩古吉不仅不遗余力地进行倡导，同时还身体力行，他于1972 年把自己的英文名字"詹姆斯·恩古吉"改为现在的更能体现民族性和本土化的名字，并于 1986 年正式宣布放弃用英语写作，而改用他的民族语——肯尼亚吉库优语（Gikuyu）或斯瓦希里语。此举在非洲文化界引起极大的关注和反响。

然而，同其他许多根本的问题一样，"泛非语言"一开始就成为一个两难选择，除了支持者外，有相当多的作家则对使用英语持赞成态度，他们强调英语在非洲的现实应用情况，认为废弃英语会带来作品出版的困难，将会丧失大多数国际读者，因为从现代非洲文学短暂的发展史来看，英语作为一种交流媒介，是促使其赢得世界声誉的重要因素。其中有少数人甚至激进地认为应把英语作为"泛非语言"，这样才能取得"泛非洲运动"和"语言解放"的最终胜利，这一观点在南非有相当多的支持者，他们特意引用了莎士比亚的作品《暴风雨》中半人半兽人物凯利班的话："你们教会了我语言；而我得到的好处是，我知道了怎么去诅咒。"[2] 凯利班所说的话成为殖民者与被殖民者之间关系的语言政治的象征。殖民地非洲的现代的"凯利班"们主张把英语作为历史事实在非洲接受下来，用业已学到的殖民者的语言去"诅咒"殖民者，在语言政治中实现"去殖民化"。

在世界文坛有重要影响的尼日利亚作家钦努阿·阿契贝（Chinua Achebe）也是接受殖民者语言的支持者，他在其所著的论文《非洲作家和英语语言》中说："我既然被赋予了这种语言，那么我就应该运用它"[3]，"尼日利亚以及很多其他非洲国家的文学是，或将是用英语写作的文学"[4] 在他看来，英语已然是尼日利亚独立以后的统一语言，具有不

---

[1] Ngugi Wa Thiong'o, *Decolonizing the Mind*: *The Politiccs of Language in African Literature*, London: James Currey, 1986, p. 3.

[2] Kole Omotoso, *Achebe or Soyinka? A Study in Contrasts*, London: Zell Publishers, 1996, p. 119.

[3] Chinua Achebe, "English and the African Writer", Ali A. Mazrui, *The Political Sociology of the English Language*: *An African Perspective*, The Hague: Mouton, 1975, p. 223.

[4] Ibid., 218.

可低估的便利性，非洲作家改用本土语言写作不是切实可行的，因为"在今日非洲没有很多国家在废除往昔殖民势力的语言后还能继续维持彼此交流的机制"。[1] 在他看来，非洲作家应该把"非种族主义的英语"与自己本民族的语言融合起来，是可以成功地用欧洲语言表达非洲经验的。而名满天下的阿契贝确实做到了这一点，他通过一种融合了伊格博部族语言因素的相对"简明"的英语成功地表达了一位非洲作家的非洲经验和思想，激烈地抨击了欧洲殖民者（尤其是教会其英语的前殖民宗主国——大英帝国）对非洲文化的抹黑和诋毁，成为"现代非洲文学之父"，是很多非洲作家竞相学习和模仿的对象。从运用殖民者的语言批判殖民者的意义上来讲，阿契贝很好地诠释了"凯利班寓言"。

对索因卡来说，虽然他在20世纪70年代激进的"意识形态时期"积极倡导"泛非语言"，但人们一般都认为这是他对马克思主义思潮流行的一种"适应性"的反应，更多的是一种姿态而非实际的行动，因为他从未像恩古吉那样身体力行，放弃英语，用约鲁巴语进行创作，而仅仅是有时把自己的作品亲自或请他人翻译成约鲁巴语，以期获得更多的读者。看起来似乎英语才是他的第一母语而非本民族语言——约鲁巴语。事实上，关于"用什么语言写作"的问题，索因卡最先的反应是坚持认为作家应该选择"感觉足够舒服的语言"写作[2]，而这种让他感觉"舒服"的语言就是英语，索因卡始终用英语"炫耀"似的写作着，他掌握了大量英语词汇和表现形式，他的有些作品特别是诗歌和论文素以艰深晦涩著称，意义所指达到了语词所能指涉的极限，完全依赖阅读者的素质和语言修养，连英国的文化精英也抱怨其作品的晦涩。索因卡因此赢得了"非洲的莎士比亚"的美誉，但也招致本土的激烈批评，这种以艰深晦涩为美、恣意张扬个性的"精英主义"到底是在为谁写作？当本土知识分子质疑索因卡的"精英英语"而认为阿契贝式的"简明英语"更值得倡导时，索因卡反驳说这种"简化"的语言观恰恰迎合了欧洲殖民者的种族主义谬见，似乎非洲人只能用简单的英语来表达自己，是非洲作家和批评

---

[1] Chinua Achebe, "English and the African Writer", Ali A. Mazrui, *The Political Sociology of the English Language: An African Perspective*, The Hague: Mouton, 1975, p. 218.

[2] Kole Omotoso, *Achebe or Soyinka? A Study in Contrasts*, London: Zell Publishers, 1996, p. 115.

家们长期纵容欧美读者和批评家的结果，使后者以为非洲文学就是一种简单的无法复杂的文学。①

看起来，"凯利班寓言"无法从根本上解决殖民者与被殖民者之间的语言政治问题，赞赏用英语写作的人们无法掩饰他们接受这一殖民遗产时的无奈与尴尬，毕竟，这一遗产并非"自然的赋予"，无论如何，"驯服"殖民者的语言来表达非洲的自我想象都存在着有害的因素，比如对阿契贝来说，他虽然对英语持有宽容的态度，但他却有一种"私生子"的感觉。他曾谈道："我总以为英联邦对一个作家而言，是一笔巨大的意外收入；讲英语的国家之间可以相互容纳，彼此满意。但是，那个晚上，与 A. D. 霍普的交谈，我觉得自己就像一个私生子，在跟某个亲生儿子面对面交流。而这个儿子正在抱怨他喜欢冒险、放纵的父亲，责备他不该在每个港口都留下一个情妇……"② 这个比喻是绝妙的，一个私生子是有权接受父亲的遗产的，但却无时无刻不被指责和怀着怨恨。

对"泛非语言"的倡导者们来说，同样处于具有讽刺意义的处境，首先是非洲的政治家和教育家出于国际交流的便利考虑是绝不会赞同他们的立场的，为了独立后的民族国家保持统一，非洲各国都无一例外地宣布以一种欧洲语言作为官方语言，如 1990 年才正式宣布独立的南部非洲的纳米比亚，并没有把使用广泛的民族语作为通用语言，而是宣布英语为官方语言。索因卡也曾经发出质疑：为什么非洲的政变者在政变成功之后总是宣布英语为通用语言？总之，这一普遍的状况使"泛非语言"的呼吁始终处于"民间"的边缘性地位；其次对这些人自身而言，虽然他们呼吁放弃使用英语，但他们的作品都得用英语写成。如果让索因卡放弃使用英语，几乎等于结束了他的文学生命，正是他精致的、一流的英语写作才使他赢得了瑞典文学院白人先生们的敬佩，而他的作品在非洲的普通民众中恐怕是曲高和寡。上面提到的肯尼亚作家恩古吉虽然其近期作品最先用非洲本土语言写作，但最后都要再转译成英文，这才使他在英语世界中赢得了声名，而他的许多激进言行使他为肯尼亚前总统莫伊（Moi）先生所

---

① Kole Omotoso, *Achebe or Soyinka? A Study in Contrasts*, London: Zell Publishers, 1996, p. 126

② ［尼日利亚］阿契贝：《殖民主义批评》，载罗钢、刘象愚主编《后殖民主义文化理论》，中国社会科学出版社 1999 年版，第 299 页。

深深不喜，最后只好跑到美国去，过一种寄人篱下的流放生活。索因卡们的尴尬之处在于，当用英语写作的他们宣布自己为尼日利亚作家或者为约鲁巴作家时，他们的国籍和民族身份究竟是什么仍然会受到质疑，只有当把他们纳入"非洲英语文学"这一边界模糊的范畴时，才显得更为自然些。如今，自20世纪50、60年代非洲各国相继取得独立以来，尽管不断地遭到攻击，非洲英语文学还是取得了极大的繁荣和发展，已成为英联邦文学中的一支重要力量。"泛非语言"作为一个充满了悖论的矛盾命题，看来只能无限期地悬置起来。

第二节 创造、变异和"地方英语文学"

尽管非洲作家对用英语或其他殖民者的语言写作存在着两种截然相反的态度，但却达到了一个共识，即在目前的条件下，他们只能无奈地接受这一文化现实，但这种接受并不是完全被动的，他们要对殖民者的语言在需要时进行某种程度的"反抗"和变异，力图在同一种语言表述工具的条件下体现出非洲文化的"差异性"和"主体性"。这一共识是客观的要求，因为非洲英语文学首先必须与非洲的社会文化背景相适应。但由于使用着外来语，使这一任务存在两大障碍：一方面，英语是白人的语言，对黑人作家来说，这种语言中有大量"不受欢迎的"因素或者如阿契贝所说的"种族主义的因素"。肯尼亚作家和政治评论家阿里·马兹吕（Ali Mazrui）给了我们一个生动的说明："在英语语言的隐喻中，黑色一直反复地以及在各种语境的变体中存在着强烈的否定性的含义。"[1]马兹吕列举了一些"不受欢迎的"和具有贬损意义的英语词汇：黑市（black market）、敲诈（blackmail）、骗子（blackleg）、黑名单（blacklist）、害群之马（blacksheep）、恶魔（blackmagic）、黑色幽默（b lackhumour）、黑心肠（blackhearted）、黑洞（blachhole）……这些"黑"字与其他语词的搭配在英语中可以说不胜枚举。消除这一障碍，必须对这些语词进行文化转换。另一方面，非洲作家用英语写作时必然会丧失许多非洲传统文化的重要信息，当他们需要表现非洲社会的一些特有的事物和现象时，会发现英

---

[1] Ali A. Mazrui. *The Political Sociology of the English Language: An African Perspective*, The Hague: Mouton, 1975, p. 81.

语或其他欧洲语言中没有意义接近的"对等"语汇，比如"chi"和"ozo"在尼日利亚伊格博语（Igbo）中分别是"私人神"和"爵位"的意思，如果用英语词汇"personal god"和"title"来描述这两个词的意思，读者只能得到欧式的领会和理解，而无法与伊格博部族的文化背景联系起来。流行于索因卡的部族约鲁巴的"艾贡贡"（egungun）假面游行仪式极富当地传统特色，其他国家的读者单看到 egungun 这一词汇时无法理解其丰富的含义，更无法把这一语词与约鲁巴部族的奥贡神信仰联系起来。一个非洲作家面对这样的障碍时，必须寻求一个妥协的方案，阿契贝曾建议道："非洲作家的目标应该是使用英语时，他呈现出了自己的信息，而最好在改变英语时又没有到了使英语作为国际交流媒介的价值丧失的程度。他应该对英语进行精雕细刻，使其具有普遍意义的同时而能够携带自己独特的经验。"[①] 这些障碍的存在并非只局限于非洲作家，对世界上其他与非洲具有相同的殖民主义经历的国家和地区（比如加勒比地区）来说，它们的作家面临着同样的问题。

可以说，自现代非洲文学发轫以来，非洲作家们就一直在对标准英语进行着有意的反抗和变异，他们时刻提醒着读者他正在欣赏的文学场景并非以英语为母语的世界，而是一个非洲语境。这一现象本质上也是"文化去殖民"的过程，正如后殖民批评所指出的："文化解殖民的过程涉及对欧洲语符的彻底消解以及对支配性欧洲话语的后殖民颠覆和挪用"，[②]后殖民理论同时还认为，殖民地英语文学产生了一种"地方英语"，而"各种地方英语的存在推翻了标准英国英语的概念"，[③]"后殖民文学以同样的方式再次表明，正如表现就是语言，地方英语的书写以及这种书写所引入的丰富多样的结构和词汇，对所谓的'英国英语文学'不断进行着再建构，使之现在更为恰当地被构想为'地方英语文学'"。[④] 在这方面，索因卡的作品可以说给我们提供了一个典范的例证，他对英语的反抗和背离实质上是一种"创造性的变异"，他和阿契贝等非洲作家创造了一种

---

① Chinua, Achebe, "English and the African Writer", Ali A. Mazrui, *The Political Sociology of the English Language: An African Perspective*, The Hague: Mouton, 1975, p. 222.

② ［澳］比尔·阿希克洛夫特、格瑞斯·格里菲斯、海伦·蒂芬：《逆写帝国》，任一鸣译，北京大学出版社 2014 年版，第 208 页。

③ 同上书，第 209 页。

④ 同上书，第 42 页。

"地方英语文学",这种文学已然建立了自己的"主体性",有自己独特的标准和评价准则,而不能仅仅认为欧洲殖民者的英语文学是其单一的文化来源,并因此用欧洲文学的标准来评价它。

大致说来,这种"地方英语文学"对标准英语的"创造性的变异"有以下几种类型:

第一种方式可以称作"双语混用"。在索因卡的作品中,英语是基本性的语言,随着表现环境的变化,约鲁巴语及其与英语混合成的"洋泾浜"则会得到相应的应用。"双语混用"现象在索因卡的戏剧作品中表现得最为明显,这是由舞台艺术的特性所决定的。戏剧不同于小说,只有尽可能多地使用多种语言,舞台场景才更具有真实性,才能创造出更真实的戏剧氛围,同时因为有当地的语言背景,剧作更容易为当地观众接受。比如,索因卡在20世纪80年代以前在尼日利亚进行的两次"反抗剧院"的实验,就使用了大量的本土语言,只有这样,这种流动剧院才能为广大的普通民众所接受,从而最大限度地发挥其宣传鼓动的作用。我们看到,这些反抗剧中有许多讽刺性歌曲,一般都先用约鲁巴语演唱,然后才使用英语。

在索因卡众多的"艺术戏剧"中,英语为主体的文本也吸收了大量的约鲁巴语汇,更为重要的是,这种吸收不仅仅局限于词汇层面的"挪用",对本土语言的诗歌、韵文、谚语、节奏等的"转换"体现了对民族语言更深层次的运用。"诗化的戏剧和戏剧的诗化"是索因卡戏剧作品的一大特点,即在戏剧叙事和对话中融入大量的诗歌和韵文,突破了西方以对话为主的戏剧传统,而这些诗歌和韵文虽用英语写成,但其表现形式、体现内容、使用语汇以及内在节奏和韵律都有着约鲁巴口头艺术传统的来源。这一特征在《森林之舞》、《路》、《疯子与医生》、《死亡与国王的侍从》等作品中表现得尤为明显。如在《森林之舞》的第一幕中,"唱挽歌者"每次出现都是诗歌式的韵文,这些韵文又都似一种节奏鲜明、合于舞蹈的歌声,与"唱挽歌者"反复劝大家腾出地方让亡灵舞蹈的内容相得益彰。第二幕"森林聚会"的高潮中,奥贡神和各种森林精灵的台词也都是诗歌吟咏式的韵文。《疯子与医生》中"老人"的大段独白,《死亡与国王的侍从》中"走唱说书人"和伊雷森的台词,也都鲜明体现了这一特征。

尽管是这样,由于英语是作品的语言主体,当直接面对观众演出时,许多人理解起来仍有障碍，有人对索因卡的反抗短剧曾提出批评，认为这些讽刺短剧虽然都针对国内的暴政，但实际效果受到一个关键性因素的限制，就是它们主要用英语写成，却在主要是说约鲁巴语的观众面前上演，这些观众如果来自首都拉各斯这些已经文化混合的地区，障碍尚少些，但如他们来自古老的约鲁巴城镇——依费（Ife），则难以获得预期的讽刺效果。其实，最主要的问题是这些本土语言是否能表达民众的"内在生命"，而不是仅仅流于一种表面的形式。法侬曾指出："有时他会毫不犹豫地使用方言，以表明自己愿意尽量贴近人民……他期望依附人民，但他只抓住了人民的外套。这些外套仅仅是内在生命的反应，而内在生命是丰富复杂的，永远运动的。"①

"双语混用"有时会使作品更富有文学表现力，在用于人物对话描写时，以暗示说话人的身份和性格特征，或者为了说明一个人物如何有意地改变他的语言以强调他的性格特征中的不同方面。以戏剧《路》为例，该剧塑造了各式人物，有教授、政客，也有司机、奴仆和流氓恶棍，索因卡对他们的语言描写各不相同，教授说一口标准的英国英语，当他进行哲人式的冥思时，所讲的英语更是艰深晦涩，他的仆人穆拉诺听起来如同巫师的咒语，而姆拉诺和司机科土奴则说着一种夹杂着大量土语词汇的"破碎"的英语。警察乔依的声口则不断地变化，当他同司机和恶棍谈话时，使用的是同后者一样简单的、混合式的英语，而面对教授时，连忙换成标准的英语，以向教授表明他是受过良好教育的人。大量的土语词汇和"洋泾浜"的使用也带来一些麻烦，为使英语读者能够理解，索因卡往往要在作品中进行逐一的翻译，比如《路》的末尾就有一个"约鲁巴和洋泾浜语汇列表"②，对正文中的每一非英语词汇和语句都作了详细的解释和说明。这也是其他非洲作家需要解决的一个"额外"的问题。

对英语进行变异的第二种方式可以称为"语言重置"（Re-placing Language）。"语言重置"是后殖民主义理论提出的概念，是后殖民文学写作的中心要素，通过"挪用"、"弃用"等语言策略，将帝国主义的中心

---

① ［法］弗兰兹·法侬：《论民族文化》，载罗钢、刘象愚主编《后殖民主义文化理论》，中国社会科学出版社 1999 年版，第 283 页。

② See Wole Soyinka, *The Road*, Oxford University Press, 1965, pp. 97–101.

语言重置于适应于殖民地的语境中，从而实现对帝国语言的重构和非殖民化。① 非洲作家要表达非洲的观念和思想，就不可避免地要使用本土语言中那些鲜活的成语、俗语、谚语、民谣，如果他用英语翻译的对等语汇，往往会发现得到的是英国式的表达方式，这时候他需要通过对标准英语的词法和句法进行改变，使其最大限度地体现非洲本土语言的特点，尽可能地贴近本土语言的表述方式，但又要使其不至于达到让人不可理解的程度。"语言重置"是"地方英语文学"的策略之一，这使标准英语具有了新的面貌，正如阿契贝所说："我感觉英语语言将能够承受我的非洲经验之重。但它将成为一种新的英语，它仍然可以同它祖先的家园实现完全的交流，但却已经改变以适应新的非洲环境。"② 后殖民理论也指出："无论是源自单语、双语还是多语文化，后殖民写作通过运用语言，既表示差异性又保留便于理解的相似性，对'英国英语'的优势中心性进行弃用。它是凭借语言变型，即一种更为宽泛的文化整体的局部，来达到这一效果的。语言变型有助于在占有语言的同时，又不被它改变或覆灭。"③

索因卡的作品有很多"语词重置"的例子，比如，很多常用词汇与英语的原意有联系，但却不尽相同，如"fit"一词意为"适合"，如"这件衣服很适合我"（This dress fits me well），但不能说某人适合、能够做某件事，可非洲作家却有意打破了这一意义规范，我们可以摘录索因卡作品的几句简短对话：

SAMSON［wistful ly］: Sometimes I think, what will I do with all that money if I am am a millionaire?（萨默逊：（沉思地）有时我想，如果我是百万富翁，我用那些钱做什么？）

SALUBI: First l will marry ten wives.（萨鲁比：首先我要娶十个老婆。）

SAMSON: Why ten?（萨鲁比：为什么十个？）

---

① 参见［澳］比尔·阿希克洛夫特、格瑞斯·格里菲斯、海伦·蒂芬《逆写帝国》，任一鸣译，北京大学出版社2014年版，第34页。

② Chinua Achebe, "English and the African Writer", Ali A. Mazrui, *The Political Sociology of the English Language: An African Perspective*, The Hague: Mouton, 1975. p. 223.

③ ［澳］比尔·阿希克洛夫特、格瑞斯·格里菲斯、海伦·蒂芬：《逆写帝国》，任一鸣译，北京大学出版社2014年版，第47页。

SALUBI: I no fit count pass ten. （萨鲁比：我数不过十。）①

在这段对话中，文化程度不高的司机萨鲁比说的最后一句话就很不符合英语的语法规范，"fit"一词在这里相当于"be able to"（能够）的意思，这句话"count"与"pass"两词之间还缺少一个连动词"to"，另外，否定词也用得不对，"no"在英语中只用于作否定的回答和对名词进行否定，而不用于对动词的否定，但在索因卡的作品中，特定身份的人物说英语时，"no"取代了"not"、"don't"、"didn't"等否定词。在有些特定语境中，句法结构也灵活多变而不同于标准英语，如"动宾倒装"（he must to his village return; he would the masses ask.）等。

"语言重置"如果运用得得当，会一改标准英语陈腐、冗赘的面貌，给作品增添非洲本土语言所具有的野性和活力，但在非洲文学发展早期，有些作家为对英语语言进行"颠覆性的破坏"，把"语词置换"发展到了极致，结果导致语义发生严重的混乱而使作品难以理解，这就违反了非洲作家的初衷，这个教训是值得吸取的。另外，"语词重置"引起评论家们不同的反应，有人说这是迄今为止在试图用英语创造一种非洲文学语言风格方面最大胆、最富想象力、最具系统性并且最成功的经验，但有的评论家却认为这种尝试是失败的，因为这样的文学本文过多地强调了语言媒介的因素而忽略了与语言密切相关的社会因素。忽略与语言密切相关的社会因素的确是"语词重置"的不足，"语词重置"对英语的变异终究只局限于语法的层次，而要对英语进行真正的"创造性变异"则必须与非洲的思想文化背景紧密地结合起来，这就是我们要探讨的第三种类型——"语义的文化扩展"。

第三节　语义的文化扩展

语义的扩展是指使一个语词在使用时在其母文化的基础上携带附加意义，对于前殖民地尼日利亚作家来说，对英语的使用必然会出现诸多的变化，一个语词保留了其原初的意义，但同时又获得了来源于本土的附加意

---

① Wole Soyinka, *The Road*, Oxford: Oxford University Press, 1965, p. 5.

义，英语必然要受到殖民地作家自身部族语言和文化传统的影响，这就使英语语义大大超过了其原初的内涵和外延，虽然任何一种语言内部都存在着广泛的语义扩展的现象，但作为殖民地作家的写作语言，这种"附加的意义"往往是源于殖民者的语言本身所没有的，而是直接地来源于使用者的母族的文化语境。索因卡和其他作家对语言所进行的变化不啻是一种"革命性变革"。

索因卡对英语的"革命性变革"可以说一直在追寻着一个目标，试图对英语语言在语义层面上进行深层的扩展，而这一"扩展"的来源和基础在于本土语言的特征和那些最富于文化内涵的方面，使外来语言的特征与本土资源在碰撞中完成聚合，并打破这些语言在标准和规范使用中的单调乏味。索因卡曾说："我使用洋泾浜（英语），我使用约鲁巴语，我使用哑剧，我使用歌曲和舞蹈，我感觉它们是一个整体。"[1] 阿契贝在考察了用这种"新的英语"写成的非洲文学作品后认为："任何地方我都没有看见枯燥乏味的迹象。我看到的是一种来自非洲的新的声音，它正用一种世界性的语言诉说着非洲经验。"[2]

1965 年创作的《路》是索因卡所创作的最晦涩难解的戏剧之一，被称为"神秘的讽刺剧"，该剧在展现非洲本土的原创性特点时，在风格上体现出极大的弹性，融合了象征主义、自然主义、荒诞派以及莎士比亚戏剧的特征，存在着多重意义阐释的含混性，被认为是一部"用来体验而不能进行解释"[3] 的戏剧。剧中"教授"的人物形象及其所追寻的"The Word"的复杂意义一直是该剧引起争论的焦点。教授经常把"The Word"挂在嘴边，在冥思中探求它的"启示"意义：

> 事事都充满了奥秘。每个小时都有新的发现——这在我已是常事，但想不到的是我竟被引到了它隐藏的地方，天知道在那儿秘密地发芽生长经过了多长时间……因为这是无可怀疑的：这"启示"

---

[1] Biodun Jeyifo, *Conversation with Wole Soyinka*, Jackson: University Press of Mississippi, 2001, p. 173.

[2] Chinua Achebe, "English and the African Writer", Ali A. Mazrui, *The Political Sociology of the English Language: An African Perspective*, The Hague: Mouton, 1975, pp. 221-22.

[3] James Gibbs, *Wole Soyinka*, London: Macmillan Publishers LTD, 1986, p. 80.

（The Word）就在那儿长大，它从那地里长出来，直到我采下它……如果这是阴谋诡计，我发誓，他们别想从我手里夺走它。即使我的眼睛受到蒙蔽，我的身体被符咒勾引来到这里，我也绝不交出我彻夜不眠的收获。谁也别想从我手里把它夺去！①

  我的确是个拾"落穗儿"的人，不敢让奇迹动摇我的决心，总是走在空旷的大地上，踏着早晨的露水，在路上仔细搜寻散落的"启示"……我早晨采的那"启示"饱满、茁壮，又软和，又厚实。我一时兴奋，昏了头，把它连根拔起，当做战利品拿了就走。由于瞎了眼睛，所以迷了路。我想该请你们原谅，因为我居然高攀，和那些超越我身份的"启示"结盟。我本应该和那些落在地上的死者为伍，而这个"启示"却高高地矗立在长穗状花的灌木丛上面，我们大家都应该团结在一起。只有堕落的、死亡的才需要复原。②

  "word"一词在西方基督教传统中有时可指"福音"以及《圣经》中所指的"道"，或者在具体的语境中直接指圣经。但在《路》中，"The Word"被赋予了复杂而具有神秘色彩的复杂含义。教授在剧中是一个怪异的矛盾人物，处于智慧和庸俗、虔诚和邪恶、世俗庸常和形而上学的悖论和模糊的地带。教授形象奇异，虽西装革履但却样式陈旧，他最初在天主教堂中作福音布道，却因贪污教堂欠款而被赶出教堂。他聪明睿智，知识丰富，却与社会底层的流浪汉、恶棍为伍，给他们伪造驾照，挪动路标蓄意制造车祸，并与人合伙劫掠车祸死者的财物，在自己开的商店中出售。他时刻在探寻着生命、生活、生与死的意义，那条破败不堪、车祸不断的路恰如生活的象征，在此意义上，"The Word"似乎为一种神秘力量的象征，它超越庸常世界而进入教授的形而上学世界，发出对生命和一切现象的"启示"。这"启示"已超越了其英文原意以及所蕴含的与基督教教义有关的意义，而是与教授的神秘、玄奥、形而上的某种宇宙关联起来。因为教授被逐出教堂后，他似乎改而信奉本土的奥贡神，或者至少试

---

  ① ［尼日利亚］索因卡：《路》，载索因卡《索因卡作品：狮子与宝石》，邵殿生等译，北京燕山出版社2015年版，第271页。

  ② 同上书，第340页。

图从传统神祇那里汲取到一种神秘而恐怖的力量,从而在精神上控制在公路上讨生活的一干人,包括司机科托努和毒贩"小东京"。他每周在固定时间给这些人进行"布道",宣讲"word"的启示,他让自己的奴仆穆拉诺假扮艾贡贡,在司机节时进行假面舞蹈,引起众人的恐惧和惊慌。教授在剧中颇有装神弄鬼的意味,随处都可见出"The Word"的寓意,路上的一片废纸,随风刮来的一张报纸,他都要从其中发现"word"的深意。"word"这一简单的语词在这里得到极大语义的文化扩展,从英语和基督教转换到本土传统的仪式信仰,但同时又渗入了教授的神秘哲学、巫术通灵、数字迷信等思想,它为《路》添加了"邪恶戏剧"的意味,提出了"生活的本质就是邪恶"、"人类的生活荒诞地处于无法自我控制的灾难的边缘"等哲学命题。

1971年创作的《疯子和专家》是索因卡在尼日利亚内战期间被监禁经历之后对痛苦的一种"极度的宣泄",并通过对邪恶的极力渲染进而达到"自我净化"的目的。剧中四个因战争而致残的畸形乞丐反复举行着冷嘲热讽的、绝望而虚无主义气息浓厚的唱诵仪式,制造杀戮和战争的国家机器们享用突破人类道德伦理底线的"人肉宴",这些令人窒息的情结使这部作品成为名副其实的"恶之花"。与《路》类似,剧中人物"老人"在疯言疯语中反复念诵着一个词——as,这一再普通不过的英文词汇在老人疯狂的思想里获得了某种神秘的意义:

  贝罗:新的神也是古老的神——As。
  贝大姐:你想成为什么,贝罗——恶魔?
  贝罗:有那么坏吗?它不是我脑袋的产物。我们当时都以为他(指老人)在开玩笑。"我要为这肉祝福祝福!"他说。接着他就念祷告词——"开天辟地的As神,现在是,将来始终是……直到永远……"我们板着脸说完"阿门"就坐下来吃。……①

  老头儿:……一切聪明的动物都只为了事物互相残杀,你们是知道的,而你们正是聪明的动物。吃——吃——吃——吃——吃——

---

① [尼日利亚]索因卡:《疯子与专家》,载索因卡《索因卡作品:狮子与宝石》,邵殿生等译,北京燕山出版社2015年版,第381页。

吃——。

　　贝罗：（举起手臂）住嘴！

　　老头儿：（转身盯住他）哦，是的，你一下子冲出门去，马上就吐了。你，还有别人。不过事后你说我帮了你的忙。记得吗？（贝罗慢慢放下手臂）我很高兴，你还记得。一旦你尝过这 As 最喜欢吃的东西，你可千万别不承认你是个惯犯。

　　……

　　阿发：（一下子冲到放食物的托盘旁边，揭开盖子，吸气）啊，灵感！C, Contentment（满足）。一个吃得饱饱的肚子。（他开始用手指尖儿从老人的饭菜里挑东西吃。其他人也一起参加，抓起大块大块的肉狼吞虎咽地吃起来。阿发啃着一根老大的骨头）。H——Humanity（人类）！人类，这奉献给 As 的第一牺牲品，这 As 祭坛上的永恒的贡品……①

　　As 作为英语中的一个使用广泛的虚词，其意义和用法不下几十种，但并没有实词那样有确定的意义所指，在《疯子和专家》中的具体语境中，可以看出这一词语与它的谐音词 Ass（屁股、笨蛋等）有一定的关联，除此之外与英语中的用法没有直接的联系，而是在该剧中被老人拿来用以指一个他所信奉的神秘新神祇，这是一个邪神，它似乎是一个"开天辟地"的新神，但又自古就存在，掌管着宇宙和世俗中一切邪恶的力量。在老人看来，因为 As 的存在，现实中的战争、杀戮、人性灭绝、同类相食才有合理存在的理由。人类因为信奉这一邪神，才导致灭绝人性，泯灭道德和伦理。老人在剧中试图通过在战争期间制作人肉宴让军人们食用，从而引起他们的生理厌恶而恢复良知，但事与愿违，连他的儿子贝罗医生也爱上了这一新胃口。在 As 的魔力下，剧中的牧师甚至认为既然战争是消灭同类的手段，那么同类相食（食人肉）就具有相同的性质，从而应该合法化。As 神似乎是老人在神经错乱中的无意"发明"，但实质是索因卡始终笃信人性恶的价值观的一种极致的反映，是他所创造的复杂的、矛盾和悖论的神性相融合的神祇——奥贡的邪恶一面的投射。同时，

---

　　① ［尼日利亚］索因卡：《疯子与专家》，载索因卡《索因卡作品：狮子与宝石》，邵殿生等译，北京燕山出版社 2015 年版，第 397 页。

As 神还与索因卡虚无主义的历史循环论密切相关，As 神"过去是怎样，将来还是怎样"，人类的历史在邪恶的"圆环"中周而复始、反复循环。可以看出，As 一词在《疯子与专家》中的语义扩展不仅超越了其英文来源，也超越了它对非洲暴政所导致的现实惨景的象征，而是上升到了隐喻整个人类历史生存状况的高度。

创作于 1975 年的《死亡和国王的侍从》是索因卡一部重要的代表作品，索因卡自己认为这部作品"因为神话创造的丰富资源而开辟了历史新纪元"。[①] "死亡"是该"神话诗学"的主题，古奥约国国王阿拉芬死去了一个月，国王的马夫侍从伊雷森·奥巴按照约鲁巴代代相传的传统习俗，在国王的葬礼之夜，也必须为国王殉葬而死去，按要求，他要举行一个隆重的自杀仪式。伊雷森早已做好了准备，因为他知道这一死亡是约鲁巴部族的荣耀，他将进入祖先居住的天堂，把生者与死者接续起来，从而使整个约鲁巴部族及其神秘的文化传统延续下去。然而，伊雷森的死亡仪式被一个"小插曲"打断了，奥约王国处于大英帝国的殖民统治之下，白人执政官皮尔金斯认为用活人殉葬是不人道的，因此把伊雷森"逮捕"起来以保护他。这样，死亡的人成为伊雷森的儿子、在欧洲留学的奥伦德，他为挽救家族的声誉和维护整个部族的传统最后代父自杀，而伊雷森迫以良心的自责和道德的压力最后也自杀身亡。

"死亡"一词最基本的内含是指生命的终结，与此相关，人们会联想到"灵魂"、"眼泪"、"悲伤"以及"哀悼"等意义，这些可以说是该词在自身语境中的扩展意义，然而在《死亡和国王的骑师》中，"死亡"却获得了"职责"、"荣耀"、"通道"等意义，同时与"舞蹈"和"集市"这样一些看似毫不相关的事物密切相关，而这些事物只有在约鲁巴或者说非洲的本土传统和语境中才能与"死亡"联系起来，并使死亡的意义得到延伸和扩展。

首先，死亡是一种职责。剧中人物唱颂歌者说道："他是那个必须，必须向前航行的人，世界不能倒退回来，正是他，必须大步地赶到世界的

[①] Wole Soyinka, "Who Is Afraid of Elesin Oba?", Wole Soyinka, *Art*, *Dialogue*, *and Outrage*. New York: Pantheon Books, 1993, p. 76.

前面去。"① 当白人执政官把依伊雷森保护起来时，集市上的女主人依雅洛佳说："还有你？是谁给你的权力来阻止我们的首领去履行他的职责？"② 这些对白说明伊雷森作为国王的侍从，一出生即被赋予了一个神圣的职责：当他的主人阿拉芬国王进入先辈们居住的天国时，一个月天后他必须紧随而去，否则，不但他来世将不能再生，而且整个奥约王国将不会有新的生命降临。伊雷森只有进行自杀仪式才能完成生与死的往复循环。这是伊雷森的家族、社会乃至某个超验的神灵世界赋予他的神圣职责，是不可更改的约鲁巴传统，这个传统使他必须"向前航行"。

其次，死亡是一种荣誉。在剧作第一幕中，唱颂歌者吟唱道："伊雷森奥巴！你不正是那个人吗？……我说你是那个碰巧拾获葫芦的人，葫芦里盛着荣誉，你以为那是棕榈酒，把它喝到一滴不剩。"③ 但伊雷森因为被捕、软弱、迷恋而自杀仪式失败时，人们是通过对背叛的谴责来表述这一巨大的传统荣誉的：

> 依雅洛佳：你背叛了我们。我们站在一旁，让你吃最香甜的肉汁。但是你说不，我必须吃些世界上的残羹剩饭。我们说你是征服猎物的猎手，是围猎场上的英雄和核心。不，你说，我只是猎手的走狗，我只配吃猎物的内脏和猎手的粪便。我们说你是凯旋的猎手，脖颈上扛着令人目眩的野牛。你说等等，我首先必须用我的脚趾掏开这个蟋蟀洞。……我们说你的身体里满是美酒琼酿，它的重量摇晃着啄木鸟，就像在它的栖木上刮起一阵风。你说，不，我愿意在酒客们走后舔食酒葫芦里的残滓。我们说，大地上的露水是用来洗涤你满是荣誉的脚趾的。你说不，我应该站在野猫的呕吐物和老鼠的遗失里；我应该和它们去争夺残渣剩饭。④
>
> ……
>
> 伊雅洛佳：那儿躺着你们家族的、当然也是我们整个族人的荣

---

① [尼日利亚]索因卡：《死亡与国王的侍从》，蔡宜刚译，载索因卡《索因卡作品：狮子与宝石》，邵殿生等译，北京燕山出版社2015年版，第439页。

② 同上书，第460页。

③ 同上书，第436页。

④ 同上书，第494页。

誉。因为他不能容忍让荣誉从门槛上飞走,这才用他的生命留住了它。儿子已经证明了父亲,伊雷森,你的嘴里什么也咀嚼不到,只能去咬婴儿般的牙床。①

《死亡和国王的侍从》是最能体现索因卡"诗化的戏剧和戏剧的诗化"风格的作品之一,作品中很多人物的对白都是诗歌化的韵文,这些韵文对白有的直接来源于约鲁巴语中的诗歌、谚语、格言,上面伊雅洛佳的这两段对白可以看成是用英语写成或"翻译"的约鲁巴语的表达方式,词法和句法的显著特征是对比和反复。伊雅洛佳一连用了十几个比喻进行荣耀和耻辱的对比,"肉汁"和"残羹剩饭"、"猎手"和"走狗"、"野牛"和"蟋蟀洞"等。第二段独白进一步强化了这一对比,儿子充当了父亲的角色,而父亲却"只能去咬婴儿般的牙床"。同时我们注意到,这两段话除了在语词层次上体现了明显的本土语言特征外,在语义上也显然是约鲁巴传统文化的表述方式,尤其是第一段引文,令人想到原始质朴、自然率真的约鲁巴民间文化,在正统的现代英语中,很难见到如此天真鲜活的表达方式。

再次,死亡是一个通道。索因卡在自注中强调,要避免从西非文化对抗的"简化"的思维来理解该剧,而应关注剧作所要传达的约鲁巴形而上的精神宇宙,说这里的"通道"(passage)是一种"转型",这与他经常谈到的"转型的深渊"(abyss of transition)意思是一致的,死者的灵魂正是通过这一"转型的深渊"而到达先辈们灵魂所在的精神世界,这一"通道"是他所构建的约鲁巴精神世界的重要部分,意即死亡是生命的自然延续,是一种形而上的精神"通道",由此约鲁巴传统的"三位一体"式的精神宇宙得以接续和循环。在《死亡和国王的侍从》中,伊雷森预期的死亡正是这样的一个通道。第三幕中伊雷森有一段很长的对白:

伊雷森:……拿去吧。上头不仅染有处女的血渍,还结合了生命与通道里的种子。维系我生命的涌流,最后一次从这具肉身奔泻而出,它和未来生命的希望相互融混在一起。……是的,吉时良辰已

---

① [尼日利亚]索因卡:《死亡与国王的侍从》,蔡宜刚译,载索因卡《索因卡作品:狮子与宝石》,邵殿生等译,北京燕山出版社 2015 年版,第 501 页。

到。国王的爱犬已被宰杀。国王的爱驹即将追随主人而去。……我们的婚礼还没有整个的完成,当泥土和神圣的通道结合,只有当泥土的颗粒撒落在眼睑的通道上才算是一个终结。……我们的精神应该沿着那个巨大的通道落下脚步……亲爱的妈妈,当我在你的屋檐下还活着的时候,让我跳着舞进入那个通道。①

这里"泥土和通道的结合"意指伊雷森在进行自杀仪式之前,在踟蹰彷徨中仍对生命有着迷恋,提出要与一位已经和别人订婚的姑娘举行一次婚礼,以满足他在这生者世界的最后一次欲望,伊雅洛佳答应了他,并表明这是部族对这位殉葬者的一个恩惠。"泥土和通道的结合"同时也指世俗的世界与先人们所在神灵的世界的结合,即死亡,因为"泥土的颗粒撒落在眼睑的通道上"是约鲁巴特有的葬礼仪式(剧中伊雷森的儿子奥伦德死后即举行了这一仪式)。我们看到,索因卡在剧中创造了独特的语境,使英语词汇"通道"负载了丰富的约鲁巴部族文化内容。

此外,"死亡"在与"集市"和"舞蹈"的紧密关联中也获得了语义的扩展。"集市"在《死亡利国王的侍从》中是具有重要意义的场景,以女主人伊雅洛佳为主的妇女是其中的主要人物,"集市"在这里象征着约鲁巴部族带有原始意味的女性崇拜的文化传统,它是生活的中心,其中的妇女们是整个部族的母亲,象征着生殖繁衍和整个种族的延续。剧中有几段对白:

妇女们:我们都应该在那个大集市上见面,我们都应该在那个大集市上见面。谁先到谁就能讨个好价钱,但我们先要碰头,并继续我们的逗乐。

……

伊雷森:我选择在生活的中心开始航行,就是这个地方。它虽然不大却聚集着芸芸众生。正是在这里让我懂得了爱和来自乐园的笑声。食物再多,末了总要吃腻,但在集市上,从来没有什么东西让人厌腻。……航行者不应该在白天航行吗?让谨慎小心的旅行者泄掉他

---

① [尼日利亚]索因卡:《死亡与国王的侍从》,蔡宜刚译,载索因卡《索因卡作品:狮子与宝石》,邵殿生等译,北京燕山出版社 2015 年版,第 466 页。

过重的负担，所有那些对生命也许会有好处。①

　　这几段话蕴含着丰富的隐喻。人们最终都要在那里见面的"大集市"暗指伊雷森"向前航行"的目的地——祖先们居住的天国，同时，这个"生活的中心"也象征着世俗生活的乐园，爱与新生命都在这里诞生，伊雷森正是在这里懂得了这一切。第二段引文中"航行"和"旅行"除了指死亡之旅外还具有明显的性的暗示，旅行者伊雷森泄掉的是他"最后的肉欲"，而地点是在"生活的中心"，这意味着伊雷森在离开世俗世界之前，把他生命的种子播撒在他的来源之地，以完成他个人的生命循环。这就强化了"集市"作为部族母性繁衍中心的蕴含意义。

　　最后，死亡通过舞蹈获得了语义的文化扩展。舞蹈在这里喻指死亡是一种欢愉、一种解脱，对伊雷森来说，只有死亡才能消除他由于依恋俗世的欢乐而逃避和怯懦，同时也产生深深的负罪感。因此，死亡也是对业已失去的荣誉的补偿。伊雷森在决定自杀之前说道：

　　　　伊雷森：今晚我将把我的头放在她们的膝上，然后沉沉睡去。今晚在舞蹈中我将用我的脚去抚摸她们的脚，这将是这个世界上最后的舞蹈。但是她们衣服上的靛青气味，这是当我前去见我的先辈们时希望呼吸到的最后的空气。
　　　　唱颂歌者：假如以前你在鼓乐的召唤下鼓起勇气切断了生命之丝，那我们就不会说你的单薄的影子落在了门口上，占取了它的主人在欢宴上的位置。②

　　从以上本章内容所作的分析可以看出，索因卡和其他殖民地作家在使用殖民者的语言进行写作时，无疑扩展了这些语言的边界。时至今日，随着后殖民理论对相关问题讨论的深入，人们越来越认识到后殖民作家在"用不属于自己的语言来传达自己的心灵"的过程中"重构"了英语等其他语言，今日非洲的后殖民地作家应该摆脱20世纪60年代关于用殖民者

---

　　① ［尼日利亚］索因卡：《死亡与国王的侍从》，蔡宜刚译，载索因卡《索因卡作品：狮子与宝石》，邵殿生等译，北京燕山出版社2015年版，第439页。
　　② 同上书，第430页。

语言写作时的拒斥、无奈和尴尬的心理，因为他们所创造的"地方英语"本身也是一个"语言去殖民化"的行为，他们把外来语言拿来承载自己的文化，通过"变异"、"弃用"、"挪用"等各种方法来表现与殖民者差异的文化，从而建立起文化的主体性，正如后殖民理论所指出的："语言作为权力媒介，其关键作用就是要求后殖民写作通过掌握帝国中心的语言，并且将它重置于一种完全适应于殖民地的话语中，从而实现自我界定……挪用和重构帝国中心的语言，这是一个获得并重塑语言新用途的过程，它标志着这一语言脱离了殖民优势地位。"[①]

[①] ［澳］比尔·阿希克洛夫特、格瑞斯·格里菲斯、海伦·蒂芬：《逆写帝国》，任一鸣译，北京大学出版社2014年版，第34页。

第五章　文本研究:"奴隶叙事"与"反话语"

后殖民主义理论对殖民地文化形态有一共识,即后殖民地作家对文化的自我认可及对其本原民族性的追求已不可能,也就是说,一切恢复前殖民时代文化的纯洁性和单一性的企图都将是徒劳的。后殖民社会的文化现实是原殖民宗主国文化与殖民地文化处于一种相互作用的关系之中,这一关系虽有"中心"与"边缘、主导"与"从属"之分,但却是水乳交融、难分难解的。基于这样一种"杂糅"的文化现实,所以"由于不可能创造和再创造脱离于欧洲殖民事实的历史含义的民族或区域构形,所以后殖民的写作目标已经转向在这两个世界之内(和之间)的有利位置去质疑欧洲话语和话语策略"[1]。海伦·蒂芬的这段话指明了后殖民文化和文学所采取的立场和策略,她把这一策略称为"反话语"(counter-discursive),她说:"颠覆性的策略不是根本性的民族或地区建构,而是后殖民文本的特征,因为颠覆性是后殖民话语总的特征。因此,后殖民文学/文化由反话语的实践构成,而不是由同构的(homologous)实践构成,它们为对支配话语实施反话语策略提供了'场'。"[2] 赛义德则用了"逆写"(write back,也译作"溯写")的概念:"逆写宗主国文化,打破欧洲撰写的东方和非洲叙事,用一种更具游戏性质的或更强大的新叙事风格取代它们,是这个过程的主要构成部分……有意识地介入欧洲和西方话语的努力,与之搅和在一起,对其进行改造,使其承认边缘化的或被压抑、被忘

---

[1] [澳]海伦·蒂芬:《后殖民主义文学与反话语》,载罗钢、刘象愚主编《后殖民主义文化理论》,中国社会科学出版社1999年版,第313页。

[2] 同上。

却的历史。"① 近年来,后殖民理论家又提出了"文本重置"等一些概念:"在后殖民话语中最具有深刻意义的挪用却在于写作本身。通过对写作权力的挪用,后殖民话语抓住了强加于己的边缘性,使杂糅性和融合性成为再定文化和文化意义的依据。通过写出'他性'的状态,后殖民文本提出交叉'边界'的复合体是经验的真正实体。但这一主张所意味的抗争——后殖民文本的重置——关注的是对写作的掌控。"②

从总体上讲,不同时期的后殖民作家都在有意无意地使用着"反话语"、"文本重置"的策略,尤其是近年来,这一话语实践在许多后殖民作家那里有了更为清醒的认识。在索因卡以旺盛的精力进行写作的年代,后殖民理论尚处于发轫初期,认识上难免有局限性,对"反话语"等策略在理论上还缺乏清晰的认知,但这并不是说索因卡采取了完全不同的叙事模式。索因卡是矛盾的,一方面作为一个思想家,他主要是采取了构建一种"根本性的民族文化"的立场,即海伦·蒂芬所说的"同构性实践";另一方面,作为一个作家,非洲社会的后殖民特征又使他不得不在文化杂糅和融合现实基础上采用了符合"逆写"、"反话语"、"文本重置"等的叙写模式。从总体上看,他写作文本的特征仍可以用这些话语实践来概括。前几章曾论及索因卡被"非洲中心"派攻击为"空洞的形式主义者",甚至被称为在欧洲中心主义模式下写作的"伪传统主义者",这些激烈的批评指出了索因卡与殖民者的文化联系,即认为索因卡的文化思想很多方面来源于宗主国的文化,并极大地影响了他的写作。应该说这些批评有中肯的一面,但只是指出了问题的一个方面,从另一个角度来看,这恰好说明了索因卡写作的"后殖民性"。海伦·蒂芬认为:"被殖民化的人民每日生活的真实性,在很大程度上来源于欧洲话语的影响。但是,后殖民社会所产生的当代艺术、哲学和文学,却不是对欧洲模式的简单继续和接收。艺术和文学的去殖民化进程涉及对欧洲符码的一种激进的消解/掩盖,涉及对欧洲主导话语的一种后殖民式的颠覆和挪用。"③

---

① [美] 赛义德:《赛义德自选集》,谢少波等译,中国社会科学出版社1999年版,第275页。

② [澳] 比尔·阿希克洛夫特、格瑞斯·格里菲斯、海伦·蒂芬:《逆写帝国》,任一鸣译,北京大学出版社2014年版,第76页。

③ [澳] 海伦·蒂芬:《后殖民主义文学与反话语》,载罗钢、刘象愚主编《后殖民主义文化理论》,中国社会科学出版社1999年版,第312页。

而事实上，索因卡和世界其他后殖民地区的作家的作品文本一直是后殖民批评家们进行研究考察和理论概括的范例，认为他们的作品文本是后殖民实践的经典案例："将后殖民理论和后殖民实践分开常常是不可能的。正如威尔逊·哈里斯，沃列·索因卡和爱德华·布拉斯维特的作品所表明的，作家往往提供了有关后殖民状态的最感性、最有影响力的叙述。"① 在《文化与帝国主义》中，赛义德对法农、索因卡、叶兹等作家作了文本解读，概括出一系列"反抗文化的主题"，指出后殖民作家在文化领域里使用着一些共同的反殖民文本写作策略，它们包括：重写都市经典（如法农重写了黑格尔）、恢复社团组织、重新占有文化和自我表现的方法、意识到自己所属的民族、在反抗的环境中想象过去、重新收回命名的权力等。赛义德写道："局部性的奴隶叙事、精神自传、监狱回忆录与西方列强的里程碑式的历史巨著、官方话语和显示全貌的准科学观针锋相对。"② 赛义德的观点具有高度的理论概括性，简明而深刻地阐明了索因卡等后殖民作家文本写作的"反话语"特征。如果对索因卡半个多世纪以来所创作的大量作品作全面的考察，我们会发现他的几十部剧作、大量的诗歌作品都深深地镌刻着重写（或逆写）西方经典、重新恢复和占有自身文化、在反抗中想象过去等去殖民化的痕迹，他的很多作品在本质上都可视为一种"奴隶叙事"（如长诗《曼德拉的土地》），他的六七部自传体作品和两部长篇小说记述了尼日利亚几代知识精英在民族获得独立前和独立后不同时期的心路历程，而他的《此人已死：狱中札记》是一部典型的"监狱回忆录"，是后殖民非洲最早的一部"狱中写作"，是"20世纪后期世界重要的反法西斯的政治遗嘱式的作品之一"③。

"反话语"、"文本重置"作为后殖民文学文本的一个"根本性特征"，具有巨大的潜力，后殖民作家以此为武器，在"两个世界之间"、在中心与边缘之间、在宗主国和殖民地文化之间选择一个适当的位置，从殖民文化体系内部对其进行颠覆性的破坏和解构，模糊中心与边缘的边

---

① ［澳］比尔·阿希克洛夫特、格瑞斯·格里菲斯、海伦·蒂芬：《逆写帝国》，任一鸣译，北京大学出版社：2014年版，第80页。

② ［美］赛义德：《赛义德自选集》，谢少波等译，中国社会科学出版社1999年版，第275页。

③ Biodun Jeyifo, *Wole Soyinka: Politics, Poetics and Postcolonialism*, Cambridge: Cambridge University Press, 2004, p.183.

界，动摇其作为支配话语表述体系的权威性和稳固性，最终使其不能支持自己作为支配中心存在。然而应该指出，"反话语"等策略虽然具有极强的政治性，但它终究属于一种"文化革命"的范畴，理查德·特迪曼（Richard Terdiman）认为"反话语"最终不能对真正的革命产生影响，因为对于支配话语来说，它们最终仍然是一种处于边缘地位的话语。[①] 从这个意义上来说，法农、加布雷尔、恩古吉·提昂戈等人去殖民化最终要诉诸暴力革命的观点也并不过时，或许历史的发展最终会揭示出全人类如何才能从帝国主义思想和行为里彻底解放出来。

第一节 戏剧：仪式戏剧和欧洲戏剧传统

一 仪式戏剧

索因卡最主要的创作成就体现在戏剧方面，到 2001 年，索因卡正式出版并被广泛讨论的剧作达 18 部之多，[②] 而根据维基百科的最新统计，到 2011 年，索因卡已出版的剧作包括广播剧有 29 部，其中还不包括他在 20 世纪 60 年代和 70 年代末至 80 年代初在"反抗剧院"的活动中所创作的大量讽刺短剧。而在索因卡漫长的戏剧生涯中，有些作品如一些试验性演出的作品片段，由于种种原因未能及时整理出版而散佚的也不少。国外索因卡的研究者如加纳学者詹姆斯·吉比斯、尼日利亚裔美国学者拜奥顿·吉耶佛等当年等曾作为演员或观众直接参与了索因卡的戏剧演出活动，他们的回忆对那些散佚作品的搜集和研究很有意义。

作为"非洲的莎士比亚"，索因卡所取得的戏剧艺术成就和他在非洲的地位是毋庸置疑的，他同时是第一位在世界范围内产生重大影响的非欧美的戏剧作家，有人认为他的《死亡与国王的侍从》等作品堪与奥尼尔、布莱希特等西方戏剧大师比肩。[③] 从西方戏剧传统的角度来看，把"仪

[①] 罗钢、刘象愚主编：《后殖民主义文化理论》，中国社会科学出版社 1999 年版，第 313 页。

[②] Biodun Jeyifo, *Wole Soyinka: Politics, Poetics and Postcolonialism*, Cambridge: Cambridge University Press, 2004, p. xii.

[③] Ibid., p. 158.

式"引入戏剧，创造出一种"仪式化的戏剧"是索因卡对当代世界戏剧艺术的主要贡献，他在戏剧创作方面充分显示了自己的艺术冒险精神，把来源于非洲本土的神话、宗教、民俗信仰、节日庆典的仪式作为作品的中心结构运用于戏剧表演中，他把约鲁巴部族古老的"旅行剧场"融道白、唱诵、舞蹈和音乐为一体的舞台艺术与西方戏剧传统结合起来，创造了自己独特的"戏剧独白"风格，拓展了长期以来以对白为主的西方戏剧传统的边界。如果说索因卡所创造的"剧院化"的、以奥贡为中心的约鲁巴神话体系是其艺术创造的巨大的来源和母体，那么仪式就是这一艺术母体和美学体系的中轴，其重要性不言而喻。

对索因卡戏剧作品的研究有多种不同的视角，如从时间的角度考察，可以把其作品划分为前、中、后三个时期，前期作品主要创作于20世纪50年代末和60年代，包括《沼泽地的居民》、《森林之舞》、《狮子和宝石》、《杰罗教士的磨难》、《强种》、《孔吉的收获》、《路》等，这一时期索因卡基本上把全部精力都投入到了戏剧创作之中，是其创作生涯中最辉煌的时期。这些作品也有反抗暴政和腐败的主题，也表现"后独立幻灭"，但总的来说，其矛盾、悖论和悲观主义不及中后期那么绝望而深厚，时时闪现着轻松、幽默、戏谑的色彩。1972年索因卡经历三年内战的监禁之后，作为痛苦经历的一种宣泄，所创作的"恶之花"剧作《疯子和专家》是他作品进入中期的转折点，之后陆续创作了《欧里皮德斯的酒神祭司》、《落叶上的紫木》、《杰罗的变形》、《死亡与国王的侍从》、《歌剧翁约西》、《未来学家的安魂曲》、《巨人的戏剧》等，尽管也表现出不同的风格和主题，但这一时期索因卡深深地卷入了尼日利亚的政治，作品常常针对现实中频发的腐败政治事件而创作，作家的情绪也因囚禁、放逐、行动的失败而达到悲观的顶点，因而作品弥漫着浓厚的虚无主义倾向，甚至成为一个失败者绝望的发泄。

以1986年索因卡获得诺贝尔文学奖为契机，他的创作进入后期，即所谓的作品"贫乏"期。这一时期的剧作较少，有1992年创作的《爱你的兹雅敬上》、1996年的《街头小子的授福》等四五部作品。戏剧作品的"贫乏"并不是因为此时的索因卡功成名就，对戏剧创作的兴趣开始衰减，而是因为20世纪90年代以后他更加激烈地卷入尼日利亚和非洲的政治危机之中，言论和思想更加的意识形态化和政治化，写作了大量的文化和政治评论文章，奠定了他作为成熟的文化理论家的地位。

第二个考察视角以"仪式—主题"为标准，这样索因卡主要的剧作就可壁垒分明地划分为两大类："仪式戏剧"和"权力戏剧"。《森林之舞》、《强种》、《路》、《疯子与专家》、《死亡与国王的侍从》等都是典型的"仪式戏剧"，其中《死亡和国王的侍从》被誉为最成功的、"技艺高超"的仪式剧，[①] 打破了仪式和戏剧的界限，消弭了仪式和戏剧之间的分野，达到了"仪式即戏剧，戏剧即仪式"的艺术高度。而"权力戏剧"体现了索因卡一以贯之的"在非洲，文学即政治"的主张，这些权力剧及时回应现实政治事件，批判政治腐败和暴政，抨击无人道的政治独裁者和暴君，呼吁人权的自由和政治的解放。权力戏剧可以说是索因卡创作时间最长、贯穿其前、中、后三个时期的作品类型，其中两个不同时期的"反抗剧院"所创作的大量的宣传鼓动短剧也可以说是另一种形式的权力剧。《孔吉的收获》、《疯子与专家》、《歌剧翁约西》、《巨人的戏剧》、《爱你的兹雅敬上》等是比较有代表性的权力戏剧。当然，"仪式剧"和"权力剧"只是在剧作所表现出的突出特征的基础上做了大致划分，事实上他们之间的界限有时是模糊的，特别是权力剧，作品在总体上主要是在揭露暴政，但仪式作为戏剧的结构因素或者艺术手段也经常贯穿其中，如前期的作品《孔吉的收获》是索因卡的第一部权力剧，剧作一开始时就渲染庆祝收获的传统的"薯蓣节"的气氛，人们沉浸在歌舞和仪式之中。第二幕中，反对孔吉权威和统治的国王丹罗拉一方密谋在节日庆典仪式上行刺孔吉，赛姬在歌舞中把自己的父亲（因反叛孔吉而被囚禁，出逃时被射杀）的头颅在歌舞中献给孔吉，意在迷惑孔吉，表示他已获得新收获的薯蓣，他战胜了国王奥巴，获得了权威，以便在他被滴血的头颅吸引时刺杀他。这一剧情令人震惊，是一种高度仪式化的、以雷同的形式多次出现于索因卡剧作中的情节，而这显然是来源于传统的、当国王或其他统治者取得权力时举行的原始血腥的"人牲献祭"仪式。通过这一"食人"性质的仪式，剧作告诉观众孔吉是一个残忍的独裁者。

关于仪式的意义，索因卡曾说："艺术家通过仪式、牺牲以及理性意识对当手指和声音与宇宙的象征性语言相关联的时刻的忍耐的屈服，从而

[①] Biodun Jeyifo, *Wole Soyinka: Politics, Poetics and Postcolonialism*, Cambridge: Cambridge University Press, 2004, p. 156.

实现对转换的神圣而神秘领域的稍纵即逝的一瞥。"① 这段"索氏风格"的晦涩语言传达的信息是：仪式是一种手段，一种索因卡常常提及的"通道"，通过仪式，人类的精神或灵魂进入"转换的深渊"，并最终进入神秘而神圣的形而上学的约鲁巴宇宙，生者、死者以及未生者的三维世界因此完成循环。仪式因此是索因卡所创造的约鲁巴神话世界和神话美学体系中重要的一环，艺术家通过仪式窥见了那一神秘的转换过程。

同时，这段话还指明"仪式"与"牺牲"是相互关联的。事实上，"牺牲仪式"是索因卡仪式戏剧中最为重要的一种仪式内容，它通过某种痛苦的情感损失或者生命的奉献，从而达到对自身的罪恶、污秽实现净化的目的，是一种"净化仪式"、"涤罪仪式"。如果说索剧中各种庆典仪式，如收获仪式、司机节仪式、艾贡贡假面游行仪式多为直接的描写和呈现，观众和读者可以通过剧本和表演直接感知它们的形式和意义，是一种显然的存在，那么"涤罪仪式"在索剧中则常常是一种"隐性"的存在，它往往作为"暗线"前后联结剧情的发展，作为一种隐含的线索结构整个剧作，并对作品的整体意义的升华具有重要意义。

1964年创作的《强种》是索因卡对"涤罪仪式"最为形象的阐释。主人公埃芒和他的父亲是村中世代相袭的"负罪者"的角色，即在一年一度的新年净化仪式中要身负船型器皿，沿街走过，挨家挨户收集过去一年每家所犯的"罪恶"，村民们往他身上的容器中投掷象征着罪恶、疾病等秽物，最后负罪者把承载着全村的"罪恶"的船型容器放到河流中，让它随着洁净的水流随波而去，这样集体的罪恶就被洗涤干净，新的一年才可以开始。涤罪仪式虽然净化邪恶的目的是相同的，但在不同的村镇可能形式上会有差异，埃芒后来所在的加骨纳的村子就很血腥，他们要寻找村子里的残障人或者外乡人等"怪异者"来充当替罪羊，在新年的涤罪仪式中，负罪者要被好好地"收拾齐备"，脸上身体上涂上彩色的泥污，并灌服麻醉药剂使其丧失意识，② 仪式举行时，他只能行尸走肉般地走在街上，任人唾骂、侮辱、投掷石块，最后惨死，随波逐流而去或暴尸荒野。

---

① Wole Soyinka, *Art, Dialogue and Outrage*, New York: Pantheon, 1994, p.35.
② ［尼日利亚］索因卡:《强种》，载索因卡《索因卡作品：狮子与宝石》，邵殿生等译，北京燕山出版社2015年版，第243页。

埃芒在《强种》中是一个孤独的救赎者，一个拯救式的英雄人物形象，是一个自愿的"牺牲"。他避祸逃离了自己的村庄，作为外乡人来到加骨纳的村子，还收获到爱情，当得知被选为负罪者时，他本可以和来通知他的恋人逃走，但他不愿让村里的傻瓜孩子伊法达作为替罪羔羊而惨死，认为集体强迫弱者做替罪者是对新年神灵的愚弄，也出于对自己作为"强种"血缘的家族荣誉感，最后代伊法达成为负罪者，但他还希望在自己的村子那样温和地结束仪式，保留生命，逃跑时误中林中捕兽的机关陷阱而死。当村民们看到他像耶稣受难一样悬挂在树上的尸体时，受到良心的自责而悔恨，残忍的巫师加骨纳受到孤立。索因卡在这里肯定了埃芒道德选择的正确性和他作为"强种"的责任的意义，埃芒以孤独而决绝的舞步进入了鬼府冥界，他自愿的牺牲是对集体的救赎，他的英雄行为换取了社群集体新的开始。

1960年上演的《森林之舞》充分体现了索因卡在戏剧艺术形式上的创新精神，他把仪式、舞蹈、音乐等传统艺术资源与诗人的激情完美地融合起来，创造出一个奇瑰、壮丽的舞台场景。在第二幕剧情的高潮部分，森林大聚会正式开始，人类与神灵、亡灵共处，他们在歌舞中融合、冲突、对话。索因卡在这里创造了一个场面宏大的"舞蹈仪式"，蕴含着丰富的象征与隐喻。剧作的意义在于不仅回应了欧洲19世纪以来对自然的歌颂以及宣扬了本土"万物有灵"的传统信仰，同时也超越了这些思想，表达了当前社会对本土引入西方经济生产方式的疑虑以及人类开始对抗自然的异化行为，剧中人类惧怕亡灵在森林之王前揭露几个世纪以来的暴政、剥夺、贩奴、杀婴等罪恶，燃烧汽油驱赶他们，汽油在这里显然象征着从殖民者那里舶来的新的经济方式。剧中蚁王和他的蚁族合唱队的场景尤为壮观，他们仪式化地列队前行，在重复、叠进的韵律中唱诵着诗一般的长篇独白，象征着在历史的进程中被压迫的千千万万的劳动者，他们在泥土中前进，建造了经济发展和民族独立的纪念碑，最后却被本土的统治者和入侵者用巨大的脚掌踩踏。在歌舞仪式中，还有一个情节耐人寻味，人们抢夺着女幽灵怀孕三百年才生下来的孩子，[①] 这是一个半人半鬼的"半人孩童"，多数研究者都认为这个"半孩儿"象征者几百年来饱受痛

[①] ［尼日利亚］索因卡：《森林之舞》，邵殿生译，载索因卡《索因卡作品：狮子与宝石》，邵殿生等译，北京燕山出版社2015年版，第221页。

苦和殖民掠夺的尼日利亚的灵魂，他最后在抢夺中落入人类之手，是民族得以再生的、希望的象征。但也有学者认为此情结的寓意是含混的，有人和神对立的意义，幽灵孩童落入人手，说明神的一方已在仪式的宣泄中被清除，人的愿望有实现的可能。[1]

1965 年的《路》是索因卡最晦涩、怪诞和神秘的戏剧之一。这部"神秘的讽刺剧"存在一明一暗两条仪式线索。"显性"存在的仪式是司机节举行的"艾贡贡"假面游行仪式，游行队伍随着一种鞭舞前行，人们互相鞭打，并杀狗在"艾贡贡"的扮演者面前祭祀，因为约鲁巴有路神奥贡嗜吃狗肉为牺牲的信仰。剧作通过剧中人物的对话不断渲染这一仪式的恐怖气氛，教授让哑仆穆拉诺假扮艾贡贡，并随即把他隐藏起来造成死亡的假象，以便在需要的时候让他出现，从而使人们相信他有使死人复活的魔力，以加强对科托努、小东京一干底层人物的精神控制。然而剧终教授举行例行的神秘布道时，由穆拉努假扮的艾贡贡突然出现，在其近似疯狂的仪式表演中，小东京恐惧、怀疑、情绪失控而杀死教授。

贯穿《路》始终的则是暗中一直存在的"牺牲仪式"，它"隐性"地贯穿了全剧，是剧作内在的因果联系和逻辑驱动力量，从而使《路》这样的不以时间和线形情节的发展为线索的非传统戏剧具有了完整的意义蕴含，把各种纷繁复杂的人物、情节、事件、思想串联成一个整体。剧作中的"路"仿佛就是一个巨大的祭坛，路神奥贡和死亡之神阿盖莫游荡其间，不断地制造惨烈的车祸以获取牺牲，因此迷信的司机们时常在路上抛杀活狗献祭奥贡。教授也因此感受到存在的邪恶和死亡，沉迷于神秘主义冥想中，探求"The word"（启示）的意义，不想最终自己也成为祭坛上牺牲。从这个意义上讲，《路》实质上是"神话—仪式"结构，融合了玄学、融尸、神秘犯罪、恐怖小说等西方因素。整个作品隐喻后殖民非洲正处于灾难和毁灭的边缘，而人类也必须为自身的邪恶而付出牺牲和代价。

1970 年的《疯子与专家》与《路》在风格上有些类似，在含混、晦涩和多重意义阐释的可能中指向人的罪恶，不同的是，此剧没有显性地呈现某种仪式，然而仪式却始终存在。四个残疾乞丐贯穿始终的冷嘲热讽，

---

[1] See Biodun Jeyifo, *Wole Soyinka: Politics, Poetics and Postcolonialism*, Cambridge: Cambridge University Press, 2004, p. 141.

是对基督教托钵修士仪式的滑稽模仿,他们四人乐队合唱似的揭露、讽刺、挖苦了战争和权力滥用的灭绝人性,他们从老人那里学会了撕碎语言的技能,在碎片化的语词中洞见腐败和邪恶,幽默滑稽,悲观虚无,令人毛骨悚然地揭露了人类在同类相食中疯狂攫取权力的本性。四乞丐仪式化的滑稽模仿是索因卡在该剧中的一大贡献。

与此同时,《疯子和专家》也"隐含"着牺牲仪式。老人的儿子、军医贝罗在地下室密设了手术室,他在这里解剖战争遗留的尸体,用药剂做各种实验,剧作暗示他在战争中已培养了食人肉的嗜好,而且对某种人体器官特别有胃口。① 阴暗地下室里的贝罗,有着令人作呕的食欲的贝罗,是那些嗜血的战争发动者和权力迷狂者的代表,是令人发指的恶魔的象征,而他的手术台则是祭坛的象征。在剧作快结束时,贝罗把父亲——老人弄到手术台上,老人在癫狂的疯言疯语中想象了心脏被挖出的滴血的情景,而四个乞丐则抢食托盘中的人肉。索因卡在这部被称为"恶之花"的作品中极致化地讽刺了人类的邪恶和罪行,是他对在尼日利亚内战时期监禁经历中所体验到的极度痛苦的宣泄。同时他要告诉人们,剧中良知未泯的老人是祭坛上最后的血祭,人类必须通过这样的牺牲仪式来净化自身的罪恶。

《死亡与国王的侍从》中伊雷森精心准备了他的死亡仪式,因为这是他的荣誉和职责,因此表面上看他是自愿的牺牲羔羊,他也受到了族人英雄般的赞美,但仪式却最终失败了,原因是殖民统治者的强行"介入",但这只是表象,深层的原因还在于伊雷森个人意志的矛盾和分离,他在无意识中仍然依恋生者的世界,欲望仍使他沉迷。索因卡精心塑造了这个人物形象,有研究者指出,他的名字伊雷森(Elesin)是英语词语"elision"(元音省略)的谐音,根据剧中开头部分关于"不死鸟"(当地对报丧鸟的称呼)的描绘,伊雷森的名字是约鲁巴语"看见报丧鸟的不是我"的省略,这暗示读者伊雷森内心深处实际上对死亡充满了恐惧。② 这样他自愿做牺牲羔羊就成为一句谎言,他玷污了整个部族的荣誉,最后只能满怀

---

① 参见 [尼日利亚] 索因卡《疯子与专家》,邵殿生译,载索因卡《索因卡作品:狮子与宝石》,邵殿生等译,北京燕山出版社 2015 年版,第 379 页。

② See Biodun Jeyifo, *Wole Soyinka: Politics, Poetics and Postcolonialism*, Cambridge: Cambridge University Press, 2004, p. 155.

羞耻地自缢而亡。

如果说《路》和《疯子与专家》是索因卡最精心构建的仪式戏剧，那么《死亡和国王的侍从》则是索因卡最完美的仪式戏剧，该剧实现了仪式与戏剧的融合，达到了"仪式即戏剧，戏剧即仪式"的艺术新高度，是索因卡把传统仪式文化融入现代戏剧实践，从而拓展了现代戏剧艺术的边界，为世界戏剧艺术作出突出贡献的标志性作品。该剧从头到尾都围绕着伊雷森即将举行自杀仪式这一中轴展开，祛除了《森林之舞》、《路》等作品枝节芜杂、情节松散、隐喻复杂的弊端，全剧结构紧凑，进展流畅，首尾连贯，人物对白极富诗意，的确是"20 世纪世界戏剧的主要成就"[1]。

二 "悲剧的神话美学"与欧洲戏剧传统

在索因卡所构建的以奥贡神为中心的约鲁巴神话美学体系中，仪式起着至关重要的作用，是这个美学母体中的中轴，而与此相关的，是与"神话—仪式"密切联系着的悲剧因素。我们看到，在索因卡的戏剧作品中，无论是冷酷、残忍的新年"净化"和"涤罪"仪式，还是巫灵宗法气息弥漫的活人殉葬仪式，抑或各种祭坛上的血腥的人牲献祭，无不具有浓厚的悲剧色彩。这些悲剧因素与传统宗教信仰紧密相连，体现了索因卡戏剧作品的本土色彩。与此同时，这些悲剧因素也来源于欧洲自古希腊以来的戏剧传统，是索因卡戏剧作品文化构成的另一个维度。

诺奖授辞说索因卡以"广阔的文化视野"和诗意般的联想影响了当代世界戏剧，"广阔的文化视野"强调的即其作品的文化来源的多样性。的确，索因卡的戏剧作品给人的印象是越极为强烈的，这首先表现在文化视野的广博上。这些剧作是真正的多元文化"合成"和"杂糅"的文本，如果说野性、鲜活的西非传统文化使这些作品首先抓住了读者的感官和灵魂，那么掩卷之余，欧洲传统，这一"异质性"的文化，这一业已定型了的、无时无刻不在影响着当代每一位作家写作的"经典"话语便会作为一个巨大的实体，阴影般顽强地显现出来。这两大文化传统和它们众多的因素奇妙地呈现在索因卡的戏剧文本中，它们相互杂糅、融合、并行、对峙、碰撞在一起，有时使人难以分辨这些文化"基因"究竟来源于前

---

[1] James Gibbs, *Wole Soyinka*, London: Macmillan Publishers LTD, 1986, p. 126.

者还是后者。这正像当看到一个黑人和白人的混血儿时，人们可以从他基本的面貌外观上看出他是两个人种的结合，然而当面对他的心灵时，那种混杂的特征便难以分辨了，因为它们在这一层面上已经完全地融为一体，浑然难辨了。这不仅是索因卡的写作现实，而且是所有"文化两栖人"的后殖民写作现实。

索因卡的许多戏剧作品都可以视为悲剧，如《强种》、《落叶上的紫木》、《欧里庇得斯的酒神祭司》、《死亡与国王的骑师》等。这些作品与古希腊古典悲剧、莎士比亚戏剧等欧洲戏剧传统有着明显的"血缘"关系。20世纪60年代初期的《落叶上的紫木》是索因卡创作的一部罕见的、几乎不涉及意识形态和政治主题，而关注人的无意识精神世界的"另类"作品。该剧副标题为"童年的仪式"，是一部表现在父亲权威下年轻生命成长的悲剧。主人公伊索拉与村里最有权势家庭的女儿相悦并使其怀孕，这让脾气暴躁、极力维护父权威严的父亲极为震怒，父子俩爆发了激烈的冲突。伊索拉在睡梦中梦见一条恐怖的巨蟒，认为是父亲的化身，在惊惧和懊丧中把刚好到来的父亲杀死，这似乎是在无意识中发生的意外，但却反映了青春期的任性和无意识精神世界里儿子对父亲的反抗。这一因"弑父情结"而导致的悲剧显然与古希腊悲剧有着渊源关系，弗洛伊德有关梦的精神分析的影响也很明显。索因卡在这部作品中试图跨越两大戏剧传统，融入了很多约鲁巴民谣和舞蹈。索因卡认为此剧"是艾贡贡假面舞剧的听觉上的等同品"①，然而此剧上演后并未引起太多的关注，他让观众对比本土和欧洲两大文化传统并从而意识到本土文化的悲剧较西方更为深刻的意图并没有达到，而对欧洲读者来说，他的这一"弑父悲剧"看起来如此司空见惯，未表现出更多的新意。

《强种》实际讲述了一个在涤罪仪式基础上的以个体牺牲行为换取集体获得拯救的故事。剧作的主人公埃芒被描述为一个具有"先天倾向"的牺牲者，流淌在血液中的"强种"的基因使他自愿充当了新的部落的替罪者。通过完成这一血淋淋的、带有原始宗教性质的杀人仪式，埃芒继承了颇具英雄主义色彩的家族遗风，而索因卡因此表达了自己对社会的拯救、社会的延续和再生问题的思考。这种家族遗风不无神秘主义色彩，它本质上是一种神秘的命运，一种神的力量在起作用。这与希腊古典悲剧

---

① James Gibbs, *Wole Soyinka*, London: Macmillan Publishers LTD, 1986, p. 61.

《俄狄浦斯王》何等的相像？俄狄浦斯王最终难以逃脱"杀父娶母"的预言，一个神秘的命运始终牢牢地控制着他，并驱使他走向悲剧的终点。而在结构上，这部剧作也借鉴了美国现代戏剧家尤金·奥尼尔在20年代创作的歌剧《琼斯皇帝》。

神话是希腊和罗马古典悲剧的基石，在那个时代，神话与戏剧艺术之所以能达到完美的融合，是因为那个时代本身就像一部神话，那是一个本身就像是一种创造性的文学，一种想象性的经历的时代。然而到了20世纪，以神话为题材是否还能产生真正意义上的悲剧，人们多表示怀疑。人们普遍认为，在当代世界，理性和科学早已战胜了神性和命运，因此不可能产生像《俄狄浦斯王》那样的人被神的命运所控制的悲剧作品，在20世纪的剧坛上，悲剧的主人公无法证明自己是一个悲剧性的英雄人物，因为古典悲剧一个基本逻辑是：某个人之所以在某个地方是因为上帝让他在那儿，他之所以是悲剧是因为上帝要让他成为悲剧。而在当代的戏剧作家那里，上帝要么不存在，要么是一种矫揉造作的虚假产物，决定悲剧结果的命运在作品中所扮演的角色因而也变得黯然失色。持这种观点的人显然是把希腊古典悲剧作为不可逾越的经典范例，让人不得越雷池一步，这未免有些偏激和食古不化。其实，争论的焦点无非是有没有命运，是神还是人决定了这种命运。在当代，剧作家们出于各种原因采用某种神话主题，最终目的无非是象征性地表现现代人类的某种困境而已。如果必须从命运的观点上才能显出悲剧的意义，那么也不一定必须从神性的角度去解释，不可知的客观环境就是关于命运的一种可能的解释，弗洛伊德就把俄狄浦斯的杀父恋母解释为一种人类深层的无意识行为，而不是神的意志。

索因卡的悲剧在很大程度上消除了人们的疑虑，他卓越地继承了希腊古典悲剧的传统。这是因为索因卡是得天独厚的，他成长在非洲这块某种意义上来说远离现代理性世界的大陆上，关于神性的各种原始信仰在这里仍保持着鲜活的生命力。这样，当他的欧洲同行绞尽脑汁地寻找现实世界与古老神话世界之间的连接点时，非洲大陆原始、素朴的文化现实却使索因卡毫不费力地找到了。在他看来，非洲的文化哲学在神话与现实之间的巨大鸿沟上架起了一座桥梁，神话与现实之间并没有发生断裂，神性与人性、虚幻与现实似乎浑然一体，神性并没有消失，它仍然主宰着约鲁巴的日常生活。这个连接点就是索因卡所构建的神话美学体系的中轴——

"仪式原型"（Ritual Archetype）①，在索因卡看来，这个仪式原型有着重要的作用，即仪式和神话在保持文化的连续性和社会的稳定性方面起着一种调和的作用，它对约鲁巴文化的进化有着至关重要的意义，在历史的演进中它为集体和个人的生活提供了一种稳定的文化规范和精神基石，尤其在近代当西方殖民主义文化给非洲社会带来一种紧张的因素时，这种仪式原型的存在阻止了历史与现实的迅速断裂，这使非洲远古的神话时代与现代文明没有像欧洲那样发生激烈的冲突，而是保持着适度的和谐。

然而，索因卡对希腊古典悲剧的吸收和借鉴并不是被动的、"屈服的"，而是富有创造性和战斗性的，从而体现出"反话语"的叙写特征。这个叙写过程正如赛义德所说的，是"逆写宗主国文化"的过程，是用一种更具游戏性质的或更强大的新的叙事风格取代它们的过程。这首先表现在索因卡在引入欧洲的神性时，总不忘记突出本土的神性，总是强调后者具有更强大的文化力量。作为索因卡艺术"守护神"的奥贡是约鲁巴神话宇宙中的战争、创造和金属之神，他不仅是索因卡用以创作的悲剧原型，而且还被赋予了众神主宰者的地位，他像希腊神话中的宙斯一样是诸神之王。索因卡说："……我很高兴你提到奥贡经验和希腊神神话之间的那种平行对应……当奥贡，比如，保留了他的特有性时，事实是一个人通过发现普罗米修斯、冉尔加玛释以及其他社会的其他神话，东方的、西方的等等的平行对应体，从而提高了他的一种迷惑、好奇的感觉"②，"一旦我们意识到，恢复到他的希腊的对等物，奥贡的狄奥尼索斯－阿波罗－普罗米修斯的本质，一种可以引以为傲的、内在于他的悲剧性的存在的本质就可以显现出来"③。

索因卡在这里虽然使用了"平行对应"这个概念，但却突出了奥贡的"特有性"，他只不过对普罗米修斯、吉尔加玛释这些"异质"的神产生了"一种迷惑、好奇的感觉"而已。尼采用日神和酒神精神概括了欧洲文化传统的两大特征，然而在索因卡这里，奥贡却不单单具有日神和酒神的神性，他具有更强大的"兼容性"。索因卡认为在戏剧化的过程中，

---

① Jane Wilkinson, *Talking with Africa Writers*, London: James Curry LTD, 1990, p.101.

② Ibid..

③ Wole Soyinka, *Myth, Literature and the African World*, Cambridge: Cambridge University Press, 1976, p.157.

奥贡"召唤着尼采的日神精神,具有想象的大量的直觉的天性,宣扬着伦理的学说及同情的教义"①,奥贡最重要的艺术价值在于他负荷着关于人类死亡和毁灭的悲剧意义。奥贡与酒神和日神一样有着善与恶的双重性格,索因卡把它们调和了起来:"戏剧行为因而是悲剧精神的冲突,然而也是它自身特征的补充。在行动中,普罗米修斯反叛的个性最终变成一种创造性目的,即把人类从毁灭的绝望中解救出来,他因此释放出最大能量的、斗志旺盛的战斗性,但并没有因此而滑向变成恶魔的深渊,而是始终与希望维系着。"②

我们看到,索因卡赋予奥贡强大的神性时,正是"有意识地介入欧洲和西方话语的努力与之搅和在一起,对其进行改造"③。索因卡显然在提醒人们,不只是欧洲文化能够创造如此众多的具有象征意义的神,在非洲,在殖民地非洲,同样可以创造出更具文化力量的神祇这表明殖民地也有着灿烂辉煌的文化传统,只不过长期以来被殖民主义文化"边缘化"了,"被压抑"、"被忘却"、"被遮蔽"了而已。

另外,关于悲剧冲突,古希腊悲剧主要表现为人与神秘命运的冲突,即所谓的"命运悲剧",它所象征的是早期人类在那个"不可重复的时代"对自身与自然的关系的理解。然而在索因卡的戏剧本文中,悲剧冲突具有多样性,并主要地象征了非洲悲剧性的社会现实。虽然索因卡在其思想发展的中后期日益倾向于"文化融合"而反对简单的文化冲突论,但客观上他关于悲剧冲突的概念并不能脱离现实的基础,即本土的弱势文化对殖民主义强势文化的抵制和反抗,他的很多戏剧文本都有意无意地把悲剧冲突的主题用于文化冲突和文化解放的斗争中,如《狮子与宝石》、《欧里皮德斯的酒神祭司》,《死亡和国王的骑师》则更为明显,虽然索因卡一再声明应从约鲁巴形而上学的传统文化的角度理解该剧,但也并没有完全否认此剧表现了两种文明的冲突,他说:"在《死亡和国王的侍从》

---

① Wole Soyinka, *Myth, Literature and the African World*, Cambridge: Cambridge University Press, 1976, p. 157.

② Ibid., p. 146.

③ [美]赛义德:《赛义德自选集》,谢少波等译,中国社会科学出版社 1999 年版,第 275 页。

中当然有政治,有殖民的政治。"① 剧中伊雷森的儿子奥伦德虽然并不是最主要的人物,但却具有重要的象征意义。在他身上存在着两种文化基因,一是从父亲那里继承下来的"种族"基因,一是欧洲殖民文化基因(他代父自杀前一直在欧洲学习)。奥伦德最终战胜了怯懦与恐惧,完成了自杀仪式。挽救了家族的荣誉。奥伦德的死象征了两种文化交战的结果是本土的"自我"战胜了另一个异化的自我,即代表西方的自我。

事实上,非洲许多文化精英反"欧洲中心主义"的态度和方式都是极为猛烈的,他们并不像索因卡那样把古希腊文明视为本土文化的"平行对应体",而是视为"欧洲中心主义"所赖以形成的基础,认为希腊古典悲剧实际上早已形成了"欧洲中心主义"的雏形——"俄狄浦斯中心主义",因此也应该彻底地予以颠覆和解构。有人甚至从古希腊悲剧中读出了喜剧的意味,认为从整体上来说俄狄浦斯的悲剧和伟大的古希腊"悲剧之父"埃斯库罗斯的奥瑞斯特恩悲剧三部曲实质上都有一个欢乐的结局,正所谓矫枉必须过正。相比之下,索因卡是温和多了,他引进、"介入"希腊古典悲剧的叙述模式,只是试图建立一种更为强大的、基于本土文化传统的新的叙事风格,最终实现对前者的逐步的"消解与掩盖"(海伦·蒂芬语)。比如在《落叶上的紫木》中,索因卡表现了儿子对父亲权威的反抗,但这一"弑父情结"并没有被完全地描述为弗洛伊德式的、纯粹的无意识精神原则,而是建立在真实的现实基础上。剧中伊萨拉像仇恨蟒蛇一样仇恨他的父亲伊林觉比,并最终产生了杀父行为。剧情暗示伊萨拉弑父基于两个因素,一是父亲对他长期实行压制性的虐待教育,一是家境的极度贫困。这两个因素显然与社会现实有着紧密的联系,隐隐约约地象征了殖民主义者在非洲所实施的父权般的殖民统治及由此造成的社会贫困。

索因卡戏剧本文与欧洲现代派戏剧的"亲缘"关系也是十分明显的,这主要表现在他整体性地"介入"了欧洲现代存在主义哲学思想及其衍生的荒诞派戏剧。非洲的去殖民化运动与欧洲存在主义思潮有着深厚的渊源关系,反殖民主义思想先驱弗兰兹·法农在20世纪60年代初期曾与萨

---

① Biodun Jeyifo, *Conversation with Wole Soyinka*, Jackson: University Press of Mississippi, 2001, p. 133.

特在罗马会晤，这两位思想巨人在那里长谈了三日三夜，① 法农去世后，萨特为法农的《地球上不幸的人们》一书的出版作了长篇序言，高度评价了法农为第三世界的解放所作出的贡献，萨特说："通过他的声音，第三世界发现了它自己，对它自己说话"，② 并号召人们"鼓起勇气"去读法农的书。萨特所奠基的存在主义哲学思想之所以能在众多的后殖民主义思想家那里引起共鸣，是因为它提出了"自由选择"和"介入现实"等思想原则。萨特在激烈批判欧洲文明的堕落时，对现代人所处的政治境况予以强烈关注，强调"介入"，倡导"反抗"。虽然萨特是针对欧洲内部的法西斯统治提出这一思想的，但到了20世纪60年代，他的思想对非洲人民的反殖民主义斗争仍有着积极意义。

索因卡多次强调文学创作应当进行"自由选择"，虽然具体含义不尽相同，但与萨特的思想是有联系的。索因卡的"自由选择"意在突出作家写作的自由性，他应该不受任何限制地对所要写作的东西进行选择，这样写作便会在"社会视野"的基础上具有"无限可能性的选择"③。萨特则从哲学的角度思考了人的"自由选择"的本质，认为人的本质比自由更进一步，说自由是人的本质是不够的，而应该说人就是自由。他在《存在与虚无》中说："自由先于人的本质，并使人的本质成为可能"，④ 萨特进一步把人的"自由选择"引入与他人的关系中，认为自我的自由只有在他人的自由中才能获得意义，并最终把这一命题引入欧洲异化的政治现实中，强调人在这样的环境中必须进行自由的选择、自由的行动，从而对纳粹法西斯对人民的政治迫害进行了深刻的批判。索因卡的"自由选择"也是针对政治、针对意识形态提出来的，在他看来，任何一种意识形态话语对作家都是一种压制性的因素，妨碍了作家自由的"社会视野"，因而应该对其进行某种疏离或拒绝，殖民主义话语固然是一种意识形态而应该予以拒斥和批判，但马克思主义理论话语也是一种意识形态，所以也不在他提出的"社会视野"的选择之中。应该说，索因卡的观点

---

① 参见刘象愚《法侬与后殖民主义》，《外国文学》1999年第1期。
② 同上。
③ Wole Soyinka, "Who's Afraid of Elesin Oba?", in Wole Soyinka, *Art, Dialogue, and Outrage*. New York: Pantheon Books, 1993, p. 76.
④ 丁子春主编：《欧美现代主义文艺思潮新论》，杭州大学出版社1992年版，第218页。

在"自由"和"政治现实"这两个方面与萨特的存在主义思想找到了契合点。

萨特除了是一位卓越的小说家外,还是一位优秀的剧作家,他的剧作多选取敏感的政治性题材,启发人们去思考现实,正确面对现实。他说:"我想探讨的是与命运悲剧相对立的自由悲剧",① 像《苍蝇》、《禁闭》、《毕恭毕敬的妓女》、《肮脏的手》等都可算作"自由悲剧"的类型,萨特让剧作的主人公们都处于某种政治处境中,告谕观众必须作出选择、付诸行动、介入生活。在《毕恭毕敬的妓女》中,萨特抨击了美国政府对黑人的种族歧视和政治迫害。1943 年创作的《苍蝇》则是对希腊古典悲剧的改写,通过俄瑞斯忒斯回城、驱逐苍蝇、杀死篡位的叔父、解放被罚作奴隶的妹妹等一系列行动,鼓励欧洲人民起来反抗德国法西斯统治。

对非洲的去殖民化运动来说,萨特"自由悲剧"强烈的政治性和反抗性无疑是一笔宝贵的遗产。进入 20 世纪 70 年代以来,索因卡对非洲文化政治现状的思考更加成熟,对文化民族主义者对自己是"欧洲中心主义者"和殖民者文化的追随者的批评不再惶惑和犹疑,对欧洲文学的借鉴和吸收显得更为自信。这一时期,他对多个欧洲戏剧经典加以改编,在保持原剧本基本结构的基础上,融入非洲元素,使之适应于非洲的社会现实,进行道德批判或进行政治抨击,揭露非洲陷入恶性循环而无力自拔的、近乎疯狂与"荒诞"的政治生存现状。这些创造性的"改写剧"包括改编自古希腊的《欧里庇得斯的酒神祭司》以及根据英国 18 世纪的剧作家约翰·盖伊的《乞丐歌剧》和布莱希特 1928 年创作的《三便士歌剧》改编的《歌剧翁约西》等,在索因卡的剧作中占有重要的地位,这说明索因卡的"自由选择"不局限于本土的视野,合适的欧洲模式可以对特定的非洲观众诉说特定的问题,这与萨特的"自由悲剧"观念和艺术精神的追求一脉相承。

1973 年,作为内战期间被囚禁近三年在戏剧方面"愤怒宣泄"的出口,索因卡创作了《欧里庇得斯的酒神祭司》,这部"非洲版"的古希腊悲剧,仍然采用原作的结构和框架,有些人物台词甚至直接从原剧直译,但它是"逆写"的欧洲经典文本,最大的创造性改编是索因卡加入了自己关于政治和权力的思想和观念,因此此剧也是一部"权力剧"。同时剧

---

① 丁子春主编:《欧美现代主义文艺思潮新论》,杭州大学出版社 1992 年版,第 228 页。

中狄奥尼索斯这个人物形象有本质的改变,索因卡甚至从自己早期描绘奥贡神的"创世纪"式的长诗《伊丹勒》中直接引用诗句来赞美狄奥尼索斯。这一人物在原作中是一个复仇的角色,而在索因卡这里被赋予了奥贡的创造、毁灭、反抗的精神,主题转换为对政治压迫的反抗和对新秩序的恢复,影射了尼日利亚军政府当局的独裁统治,号召对这种非人道的暴政进行颠覆。戏一开场,狄奥尼索斯就发誓要同国王彭透斯的专制统治斗争到底,他说道:

> 底比斯城诬蔑我是私生子,我被弄得仿佛是外来的陌生人,然而外来者常常蔑视习以为常的暴政。我的追随者因为对我的忠诚,每天都失去财产和生命。底比斯人诅咒着我,想让我充当上帝的替罪羊。现在是宣布我的传统的时候了——即使在这底比斯城。①

而国王彭透斯则被塑造成一个残暴的统治者,他在剧中喊道:

> 我要拥有秩序!让整个城市立刻知道,我彭透斯这里正恢复着秩序和理智。如果各处传来的报告是真的,事实会立即把它们变成一堆无用的废纸。这真是讨厌!我只是离开了一会,去国家的边疆征讨叛乱,然而就发生这么多事情。要让每个人都知道,我已经返回,我的强力将恢复秩序,秩序!我要亲自教训他们。我已编制了一副铁网去抓捕他们。我将结束这种狡诈的颠覆活动……②

《欧里庇得斯的酒神祭司》是索因卡"意识形态"时期的作品,这一时期索因卡与"左翼"思想流派有联系,同时也进行着激烈的论争,因此此剧融入了一些激进的、左翼的、马克思主义式的思想。底比斯城一年一度的庆典即将举行,这意味着一大批奴隶又要被屠杀以活祭上帝,这使紧张和反叛的气氛笼罩着全城,充当替罪羊的奴隶们都把愤怒的矛头指向国王彭透斯,对他们而言,当现实无法容忍的时候,无名的港湾就不再是冒险,这成了他们反抗暴政的理论基础。剧中蒂利希阿斯神乔装成一个老

---

① Wole Soyinka, *Collected Plays*1, Oxford: Oxford University Press, 1973, p. 235.
② Ibid., p. 256.

人，准备充当替罪羊。狄奥尼索斯和他联合起来，鼓励奴隶们起而抗争，最终狄奥尼索斯拯救了底比斯城。有研究者认为这说明索因卡尝试着把"革命性"的马克思主义的阶级观念引入剧作。[①] 狄奥尼索斯不仅是业已砸开铁链的自由的象征，似乎也有底层被压迫者的联合者和拯救者的色彩。从这个角度而言，《欧里庇得斯的酒宴》是一部如赛义德所说的，在"逆写"宗主国文化经典的过程中所创造的"奴隶叙事"，抨击的矛头直指本土的后殖民社会政治现实。

索因卡的戏剧与欧洲现代派戏剧的联系也是很明显的，首先是荒诞派戏剧。荒诞感是存在主义对世界的基本态度，对存在的荒诞性的思考和描述构成了存在主义文学的基本命题。萨特主要是在现代资本主义异化的世界背景中思考人类荒诞的现实处境，认为正是资本主义以物质利益为基础的理性文化导致了人与世界的裂痕，现实因而变得无法理解；而人与自身的意识也发生了分裂，人类渴求统一、渴求永生，但现实的存在却是"虚无"的和有限的，人类渴望征服真理从而真正认识构成自我的本质，但一切都是"西西弗斯神话"式的徒劳无功。在存在主义哲学思想的影响下，荒诞派戏剧的创作在欧洲勃然兴起。荒诞派戏剧大师贝克特的《等待戈多》揭示出人类在悲剧性的境遇中所做的一切都是毫无意义的，都是一种无望的、虚无缥缈的等待。

索因卡的很多戏剧都表现出一种荒诞性，《路》、《疯子与医生》在这方面最具代表性。《疯子和医生》与《等待戈多》在很多细节上有着相似性，简直就是对后者的一种"反讽性叙写"。如两部作品都有一个瞎子的人物形象，所不同的是，如果说《等待戈多》中的瞎子的胡言乱语极为抽象地象征了二战之后欧洲社会处于一种荒诞的现实之中，那么《疯子与医生》中的瞎子则宣称了非洲的悲剧性社会政治处境永远无法拯救和避免。除了说明战争与灾难永远无可逃避之外，该剧还试图表明世界本身就是永恒的邪恶。罪恶是如此的真实和不可改变，使索因卡对基督徒对上帝的忠诚信仰也产生了怀疑，瞎子和其他三个残缺不全的乞丐自始至终都在"戏仿"着托钵修士的基督教仪式，他们讥讽地把基督教的荣耀颂歌反其意而用之，使之成为邪恶的颂歌。基督徒关于圣父、圣子及圣灵的永恒信仰被邪恶的坚韧和永恒性取代了。这首"邪恶颂歌"前文已引用过，

[①] James Gibbs, *Wole Soyinka*, London：Macmillan Publishers LTD, 1986, p.115.

它实际上就是该剧的主题歌，似乎是为了强调这一点，索因卡用它结束了全剧：

> （用约卢巴语）
> 如同它过去的样子
> 所以现在还是这样
> 如同它过去的样子
> 它现存还是这样
> 如同它在开始时的样子。①

索因卡在该剧中所表现的主题远远超越了对尼日利亚内战和暴政的揭露和批判，它同时表现索因卡对人类历史的演进和人性的邪恶本质的深刻思考，是其一贯坚持的历史循环论和悲观主义思想的反映。与此同时，四个乞丐的戏仿式的仪式具有十分突出的"反话语"的后殖民文本特性，索因卡在这里有意无意地对殖民主义的遗产——基督教的荣耀颂歌进行了反话语叙写，是对这种虚伪信仰的基础的一种动摇，它所具有的颠覆性和破坏性是不容忽视的。这个戏剧文本委婉地告诉人们，导致非洲政治社会荒诞现实的深刻根源正在于殖民主义的文化侵略。

《路》是索因卡获得诺贝尔文学奖最重要的入选作品之一，该剧也展示出浓厚的荒诞因素。崎岖不平、坑坑洼洼的公路上四散着"车身歪斜、轮子短缺"的破烂卡车以及那些待运的"穷光蛋"、"麻风病人"和散发着臭味的垃圾和腐烂食品。贪杯醉酒的司机、寻衅滋闹事的流氓团伙、政客的保镖打手、专吃白食的流浪汉以及毒品贩子、专门捞油水的巡警，都出没在这条公路上。这条公路是一条死亡之路，车祸不断发生，人们莫名其妙地死去，但它同时又是一条象征着生命延续之路。剧中人物之一科托奴是他父亲在这条公路上无意间风流快活的结果。这条残缺的公路所展示的滑稽、荒诞的场景与欧洲荒诞派戏剧十分相似，都象征着现实的极度混乱和虚无。但也有不同之处，欧洲的荒诞派戏剧往往把人物和场景设置为"单向度"的，他们活动于其中的具体的时间、环境等现实背景被最大限

---

① ［尼日利亚］索因卡：《疯子与专家》，载索因卡《索因卡作品：狮子与宝石》，邵殿生等译，北京燕山出版社2015年版，第424页。

度地淡化了，从而突出了剧作的超时空性，强化了戏剧抽象的象征意义。但作为一个后殖民文本，索因卡不会忘记赋予剧本真实的本土文化因素。剧中写到，人们似乎看到约鲁巴创造与毁灭之神奥贡经常在公路上显灵，每次显灵都必然带来死亡或者新生。这就使剧本超越了欧洲剧作的叙事模式，而具有了显著的本土特性。剧中的主要人物"教授"则更带有反讽性的"戏仿"性质。戏一开场，破屋的高处就悬挂着十字架，表明教授是一个基督徒，他无时无刻不在探索着生与死的哲理，他常去勘察车祸现场，欲从那些血肉模糊的尸体和支离破碎的车骸上寻找象征人生真谛的圣神"启示"（The word），他甚至常去空荡荡的大街上拣拾破报纸以期找到生与死的奥秘，最终教授认识到"启示"常同死神作伴，而不是和有生命的东西待在一起。但索因卡同时把教授作为"恭敬的上帝的仆人"的形象滑稽化了，他后来抛弃了基督教信仰而转向传统的宗教，他有时更像一个行为怪诞的约鲁巴巫师，他白天对着天空喃喃自语，似乎诵念着不可理瑜的咒语，晚间则装神弄鬼，吓唬他的仆人穆拉诺和一干底层的无家可归者。教授还是一个残酷的人，为了探寻死亡的奥妙，竟然帮人伪造驾照，有时还有意挪动路标，人为制造车祸。索因卡把教授塑造成这样一个滑稽荒诞的、带有邪教意味的人物绝不是偶然的，其含混复杂具有多重意义阐释的可能性，除了要展现社会现实多种文化、信仰、思想混杂、混乱的境况，也体现了一种后殖民文本的"反话语"特性。

除了存在主义哲学思想和荒诞派戏剧，在索因卡的戏剧文本中还可以看到表现主义、超现实主义等欧洲现代派戏剧的影子，这些戏剧流派所主张的强调主观感受和直觉思维、表现心灵的幻觉以及倡导变形的戏剧艺术表现手法等都被索因卡有意识地"介入"了。索因卡的许多戏剧都有这些特征。如《森林之舞》，这是一部在艺术形式上极具"冒险"的创新性、令观众激动、震惊甚至恐惧的作品，它在仪式戏剧的总体框架中融合了欧洲古典戏剧、莎士比亚传统以及现代派的象征主义、表现主义、自然主义等因素。舞台上不仅出现了活人和已死去三百年的亡灵，还出现了树神、蚂蚁神、大象精、太阳神等神灵。在"世界现代戏剧之父"、瑞典表现主义戏剧大师斯特林堡的《鬼魂奏鸣曲》等作品中，死尸、亡魂和活人同时登场，人世间的倾轧和痛苦与噩梦般的境界混合起来。《森林之舞》显然从这里获取了灵感，但与《鬼魂奏鸣曲》相比，《森林之舞》中的超验世界显得自然而真实，因为它是黑非洲具有原始意味的巫灵信仰和多神崇拜宗教传统的直接体现,即使在当代非洲,这些也真实地出现在人们的舞蹈、各种各样富有象征意义的仪式以及随处可见的民间舞蹈剧中。因此说,索因卡戏剧中的超自然场景是西非传统民俗文化真实的戏剧化,与现实是接近的,而并非欧洲现代派戏剧那样属于一种心灵精神的幻觉。另外,有研究者指出,剧中令人称奇的蚁族合唱队、三胞胎情节是索因卡从欧洲戏剧获得的启示,蚁族的情节来源于欧洲卡佩克(Kapek)兄弟的《昆虫的戏剧》(*The Insect Play*)。[1] 索因卡曾说西方不同时期的戏剧艺术形式在他那里只是一种"借用"的"框架"和"材料",这是正确的,充溢在他戏剧本文中的传统文化是如此的绚丽多彩,如此的深刻和富有象征意义,以至于那些众多的"框架"和"材料"显得黯然无光,被迫退居到"边缘"地位。也就是说,索因卡在许多方面成功地运用了"反话语"的"逆写"策略,通过对传统文化的创造性运用,对欧洲叙事话语卓有成效地实施了"颠覆"、"消解"和"掩盖"。

第二节　诗歌：黑非洲的战神奥贡

一　几种原型

在半个多世纪的创作生涯中,索因卡创作了大量的诗歌作品,截至2000年,共出版了五部诗集,包括《艾丹勒和其他诗作》(*Idanre and other poems*)(1967年)、《地穴之梭》(*A Shuttle in the Crypt*)(1971年)、《奥贡·阿比比曼》(*Ogun Abibiman*)(1976年)、《曼德拉的土地和其他诗作》(*Mandela's Earth and other poems*)(1988年)以及《外来者》(*Outsiders*)(1999年)。这些作品奠定了索因卡在世界文坛除了是一位杰出的戏剧家外还是一位著名诗人的地位。

自20世纪60年代以来,索因卡的诗作广受赞誉,但也一直承受着批评,主要原因是索因卡的诗作大都艰深晦涩,与20世纪以来一些欧洲现代派诗歌有着"类似"的面貌。索因卡诗作的复杂难懂和剧作的欧洲因素都成为批评者的口实,本土的批评家如钦维祖以及国际上如美国评论家古吉尔伯格等人攻击索因卡为"形式主义者"、"帝国主义文化刻苦的模

---

[1] See James Gibbs, *Wole Soyinka*, London: Macmillan Publishers LTD, 1986, p.30.

仿者"、"在欧洲现代主义传统中写作的伪传统主义者"。不少人把索因卡同艾略特、庞德等人联系起来，认为他追求静止、永恒的神话世界，以及他含混晦涩的诗风正是欧洲现代主义在非洲的最新版本。索因卡对这些指责给予了猛烈的回击，他首先对自己如此"可疑"的身份进行了辩白，他说："令人好奇的是我不是非常喜欢艾略特。……我不同意大多数评论家的看法，他们认为他完全地吸收或融合了他的一种折中的异教领域。我发现隐喻、宗教是作为一种强迫性的外在的东西被插入了《荒原》。还是学生的时候，我就发现自己与他诗作的那一方面格格不入。"① 在否认了西方现代诗歌传统对自己的主导影响之后，索因卡强调本土传统与自己的亲缘关系："……我发现一种紧密的亲缘关系，我认为这是由于约鲁巴诗歌传统，一些人坚持认为它非常简单和直白，但对我来说它非常富于张力、隐喻和暗示，也很聪慧和顽皮；它不是庄严的颂诗……我一直欣赏简明、洗练地运用意象，那些意象主义者，比如，而且当然我非常、非常地亲近于约鲁巴诗歌：伊珈拉（Ijala）、伊维（Ewi）……"② 索因卡同时强调他的"奥贡主义"具有特殊性："……当奥贡，比如，得到他的唯一性时，事实是一个人思想的感觉通过发现了他的对应体而提高了，这一对应体是在普罗米修斯、吉尔伽美什以及其他社会的其他神话中发现的，东方的、西方的等等……"③ 索因卡的辩解是可以理解的，他是在维护"自我"主体文化的纯洁性，这与他的思想在某些方面具有同质性的民族主义文化倾向是一致的。尽管如此，一个基本的事实必须承认，即索因卡诗歌本文的主体风格的确与西方现代主义有着亲近的"亲缘"关系，无论是语言、结构还是意象，都不像他所说的那样简明可感，而是相当地含混复杂，艾略特、叶兹、庞德的确隐隐约约地站在幕后。

索因卡与批评者进行了旷日持久的论争，涉及一些殖民地非洲文学的根本性的、方向性的问题，以及使用殖民者语言等复杂的问题。孰是孰非，一时难有定论。索因卡素来崇尚独立自由的个性，以政治的"激进"、"冒险"和艺术风格的"先锋"、"实验"而闻名于世，即使在他最孤立的年代，也不曾妥协过。早在剧作《森林之舞》上演时，就有人批

---

① Jane Wilkinson, *Talking with Africa Writers*, London: James Curry LTD, 1990, p. 102.
② Ibid., p. 99.
③ Ibid..

评此剧有晦涩不明之处，索因卡回应说他不认可戏剧必须可以被理解的观念，自己的义务是给观众创造"令人激动"的戏剧，并且乐于在剧中"设置谜语"促使观众去思考。[①] 这一观念同样也适用于他的诗歌。

索因卡的诗歌语言的确含混、多义，有时达到了英语表达语义的极限，超出可感知的功能和意义所指，意义的体现常常完全依赖读者先有的素质和感觉。索因卡在这里表现出某种个性的"任性"和"执拗"，他似乎是在以炫耀的姿态向殖民者宣示：被殖民者不是只能掌握简单的英语，而是也可以用复杂的、连殖民者自己都佩服不已的"华丽"英语进行写作。虽然这招致了很多批评，也因此丧失了众多的读者，但总的来说，索因卡的诗作如同他的戏剧一样创造了殖民地文学"地方英语"的典范，其诗风更接近于民族传统文化而非殖民主义者的欧洲传统，约鲁巴传统信仰和习俗、神话和仪式、歌谣和传说组成了其内在的结构，本土文化赋予了这些诗歌以新奇的魅力和活力。这些作品虽然都是用英语写成，但属于"盎格鲁撒克逊"式英语，有着"克里奥尔"语的混杂特征，而非正统的英国英语，有时甚至可以视为是约鲁巴语的英语翻译。

1967 年创作的《艾丹勒及其他诗作》和1971 年的《地穴之梭》两部诗集，使索因卡作为一个诗人开始赢得世界性的声誉。这两部诗集表明索因卡在写作含混而深刻的诗句，以及营造复杂的诗歌结构和意象方面有着非凡的才能。《艾丹勒及其他诗作》由于创造性地运用了非洲约鲁巴民族神话而尤其引人注目，它因此成为索因卡进行诗歌创造的重要转折点。

《艾丹勒及其他诗作》的写作颇富戏剧性，索因卡在前言中说创作这首诗是他艺术直觉的觉醒。多年以前的深夜，索因卡突然仿佛听到一种神秘的召唤，他信步而出，来到一座名叫"艾丹勒"的小山下，这里传说是约卢鲁族战争、创造及金属之神——奥贡的栖息之地。索因卡自己这样描述这次经历：

> 三年以前，大约两百英里以外，一场暴风雨劈开了似乎已然停滞的时空，给我留下了躁动不安的沉淀物，那天我登上了艾丹勒，满怀着一种坚决的、踌躇满志的心情。我抛开了我的工作——已经是夜半时分——信步而出。当我从莫雷特边缘的湿草地上走过时，艾丹勒记

[①] See James Gibbs, *Wole Soyinka*, London: Macmillan Publishers LTD, 1986, p. 68.

录下了我的足音。这是一次朝圣,随后,我的脑力忽然膨胀扩大了,先前已知的世界忽然消失了。①

从这时起,索因卡开始尽心构筑他的以奥贡为中心的约鲁巴神话世界,作为创造、战争之神的奥贡开始成为索因卡写作的中心意象,成为索因卡的艺术"守护神",而他也成为这位传统神祇的忠实信徒。诗作来源于约鲁巴的神话故事,融合了约鲁巴早期农耕文明和迁徙传说,也混合了古埃及和古希腊以及犹太教和基督教的创世神话因素。全诗分为七节,分别以《洪水》、《朝圣》、《开始》、《战斗》等题目命名,描写约鲁巴处于原始农耕文明时期的铁器时代,奥贡开始时还是一团碎片,之后逐渐聚合,融合了众神的神性,他随后进入巨大的蛮荒之地,清除掉把人与神分割开来的原始灌木丛林,成功地把人性聚合到自身,而其他神祇失败了。第五节《战斗》是全诗最长的一节,奥贡经过艰苦的战争清除了外来的敌人。

需要注意的是,索因卡在《艾丹勒》中所恢复和重建的神话体系,固然是要声明自己的非洲身份,但同时也是以非洲的传统来观照现实世界。诗作第二节《之后》比较鲜明地表现了这一意图,该节与第一节和第三节所描绘的神话图景完全脱节,而是突然转向现实,甚至描写了现实中公路上的车祸和屠杀,这一时空的转换意在提醒人们关注悲惨阴郁的现实世界。同时,索因卡在诗中虚构了一个"诗人语言家"的角色,可以说是他自己的写照,是一个后殖民社会结构的解剖者人物形象。神话在他看来是消除现实与想象之间的最方便的资源,他强调神话与后殖民现实的关联,神话历史应服务于当下。

奥贡在索因卡的笔下不仅担负着"创世神话"的角色,还富有战斗的精神,突出地显示了他作为"战斗之神"的神性。诗的第一节《洪水》描写了宇宙开天辟地之时,奥贡在天地崩裂中横空出世,大洪水轰鸣啸叫着,在大地喷涌出的灼热岩浆中沸腾、融化:

现在,灰色是暴力的颜色,白色的燃烧
饰之以花边,在火的轨迹中颤抖

---

① Wole Soyinka, *Selected Poems*, London: Methuen, 2001, p. 63.

在剧烈爆炸的山巅，奥贡战斗的姿态
依然，沉着、优雅地下降
手擎斧头的、燃烧的桑格在他的脚下盘桓飞翔①

桑格是指约鲁巴传说中的雷电之神，奥贡与他联合起来，他们在一种舞蹈的仪式中庆贺两种力量和本质的融合，在雷电风暴中奥贡和桑格的身形映现出来。索因卡在这里所虚构的奥贡和桑格的联合象征着尼日利亚的后殖民现实，是不同部族联合起来反抗殖民入侵的历史和现实的反映。诗的第五节《战斗》描述了奥贡和他的追随者对敌人的战斗：

他的利剑如同太阳周围的光晕
没有眼睛可以追赶它的迅疾，没有呼吸
能够在燃烧的蒸汽中来得及喘息。他们仍在哭喊

　　我们服从你奥贡！我们臣服！

这是他锻造的利刃，它的轨迹
从不抖动，它上面的鲜血如同河流
如此迅猛以致忘记了凝滞②

第五节《战斗》是全诗最长的一节，奥贡经过艰苦的战争清除了外来的敌人，但却也残暴地屠戮自己的战士。这里显现出奥贡融合神性和人性的复杂和矛盾特性，从而也显现出约鲁巴创世神话的悖论。值得注意的是，索因卡在奥贡形象的塑造和幻想中固然融合了约鲁巴早期农耕文明和迁徙传说，但明显地也混合了古埃及和古希腊以及犹太教和基督教的创世神话因素，而并非单纯地来源于约鲁巴的传统传说故事，因此他笔下的约鲁巴神话体系既是对传统的恢复，更重要的也是对传统的一种人为的"创建"，融入了索因卡个性的创造性因素，是对约鲁巴神话传说的再创造。

---

① Wole Soyinka, *Selected Poems*, London：Methuen, 2001, p. 67.

② Ibid., p. 79.

奥贡是索因卡从传统资源中发现、恢复并重建的神话原型，也说明《艾丹勒》这部叙述民族起源的创世纪诗作主要是来源于约鲁巴传统口传的英雄史诗，尽管如此，这部诗作作为后殖民文学的文本特征还是无法忽视的，从整体的风格来看，它依然充满了痛苦、恐怖以及疏离的阴郁气氛，具有拯救力量的因素（如奥贡与桑格的联合）与对社群乃至宇宙的悲剧性结局的讽刺相互对立，加上时时出现的艰深、晦暗的语词和语法，都使人们把它和欧洲的诗学传统联系起来，有学者甚至断言《艾丹勒》"不是主要来源于传统史诗的美学和哲学基础，而近于充满暗示和自我分裂的现代史诗《荒原》（艾略特）和《诗章》（庞德）"[1]。

与此同时，我们应注意到，除了奥贡这个中心原型以外，索因卡的诗歌中还有另外四种原型：约瑟夫、哈姆雷特、格利弗和尤利西斯。1971年，索因卡出狱后出版了《地穴之梭》这部重要诗作，诗的第二节总题为《四原型》，包括四首分别以"约瑟夫"、"哈姆雷特"、"格利弗"和"尤利西斯"为题的长短不一的四节诗。如果说中心原型奥贡承载着传统文化信息的话，那么这四种原型则显然来源于"犹太—基督教"的欧洲文化传统。约瑟夫是《圣经》中的人物，是一个犹太文化原型，尤利西斯来源于希腊罗马神话，哈姆雷特和格利弗则是欧洲文学经典（《哈姆雷特》和《小人国》）中的人物。索因卡汲取这些人物原本具有的讽刺性意义，用以自比或映射现实境况。如借哈姆雷特来反省自己有时不能克服的理想主义和空想家的缺点，而尤利西斯在索因卡笔下是一个衰老沮丧的求索者，暗示自己被囚禁而前途未卜的不幸命运。格利弗的讽刺意义在于他拥有巨人的智慧却沦陷在小人国中受难，索因卡借以自嘲作为知识和思想的精英却被监禁在黑暗斗室的尴尬处境，并上升到抨击暴政霸权恐惧压制知识智慧的洞察力批判力的高度。

这里需要再次提及索因卡关于本土文化与世界其他传统文化是"平行的对等物"的思想，索因卡面对欧洲传统的入侵，强调的是非洲文化的"兼容性"和"适应力"。这样，在索因卡看来，约鲁巴神祇奥贡与尤利西斯这些西方神话传说或者文学作品中的原型人物是一种"平行的对应体"的关系，都代表着人类某种共同的文化经验，他说："他们与某种

---

[1] Biodun Jeyifo, *Wole Soyinka: Politics, Poetics and Postcolonialism*, Cambridge: Cambridge University Press, 2004, p. 236.

原型、某种经验相对应,这种经验既是个人的也是集体的,而且正在尼日利亚发生着。我很高兴你提到在奥贡经验和希腊神话之间的一种平行对应……"①尽管索因卡在表现尼日利亚社会时赋予这四种来自西方的文化原型的象征意义不尽相同,但都说明一个事实,即他的诗歌作品受到西方传统深刻的影响,有着两个母体,而且许多研究者都认为是欧洲的诗艺传统主要地影响了索因卡的诗歌作品。但索因卡坚持否认这一点,关于《地穴之梭》中四种外来的原型,认为在他的作品中与奥贡原型相比只是一种"材料"和"框架",他说:"……说到奥贡,它是对我自己的社会的独特性和创造性方面、有效性方面、继续的、真实的方面的认识。但是我毫不怀疑它被我在对其他社会的平行体的研究时发现所强化了。换句话说,一个人总是由意识到自己的社会的某种象征而开始,但他由于好奇而借用材料,人有一种借用的天性……"②有论者指出,索因卡是通过尤利西斯这个神话做一种时间的、空间的乃至语言的实验,用一种神话秩序来对照当代社会的混乱和碎片,这与美国作家乔依斯的作品《尤利西斯》的情况相同,索因卡对此颇为不悦,他说道:"我希望你能弄明白不同,而不要说像在《尤利西斯》中一样。"因为以法贡瓦(Fagunwa)为例,他在何种意义上运用了那个冒险者、流浪者、追寻者、探索者的原型?把事件组织起来正是为了使用一个框架。约翰·班扬的《天路历程》也是同一种情况,不管它表现了一种冒险还是其他,但其中的宗教只是一个框架,人们经常使用那样的框架。③索因卡在这里把他作品中的西方文化因素置于一种无足轻重的"材料"和"框架"的地位,意在表明框架中才是实质的内容,那就是本土的传统文化。然而,索因卡忘记了现代文学理论早已超越了黑格尔"内容—形式"的二元对立模式(这也是一种主—奴话语模式),认识到形式有时就是本文的实质,而不再是内容的奴仆。

的确,索因卡所表现出的"后殖民性"是复杂的,他的诗歌文本以其对神话传统的创造性运用、鲜明的政治意识以及在结构形式方面的美学发展而赢得了普遍的赞誉。但也遭到了激烈的批评,非洲本土的批评尤为尖锐,他们指出索因卡的诗歌存在过于晦涩的问题,这阻碍了与读者的有

---

① Jane Wilkinson, *Talking with Africa Writers*, London: James Curry LTD, 1990, p.99.
② Ibid., p.101.
③ Ibid., P.102.

效交流,并提出索因卡是为谁写作的问题,他究竟是在为深陷苦难而以民族和文化解放为首要目标的非洲民众写作,还是为本土和西方的少数知识精英写作?《艾丹勒及其他诗作》和《地穴之梭》中的多数作品令读者难以融入,缺乏情感的吸引力。虽然语词精致而巧妙,但有人批评说这是索因卡过分迷恋艰深的语汇和含混复杂的结构的结果。有时由于过度含混,他的诗很难引起读者情感、想象和智力上的共鸣,仿佛是没有新鲜肉汁的干枯的骨头。而且正是因为与欧洲现代派诗歌传统存在着极近的"亲缘"关系,索因卡的诗歌作品才被西方读者和评论家所欣赏,并过分地夸大了他作为诗人的才华。

二 当代非洲的政治史诗

索因卡的诗具有强烈的政治倾向,可以说是创造了一部波澜壮阔的当代非洲政治运动的史诗,无论从何种角度而言,都可以当作一种"奴隶叙事"来读,它充满了赛义德所说的诸种文化反抗的主题,如监狱回忆、精神自传、民族意识恢复等。早在创作戏剧《森林之舞》的20世纪60年代初期,政治主题即已进入索因卡的视野,清醒地把恢复民族传统文化和及时回应现实政治事件作为自己创作的方向。那时,包括尼日利亚在内的非洲大多数国家刚从殖民者的手中获得了独立,作家欢欣鼓舞,展望着非洲大陆美好的前景。然而到《艾丹勒及其他诗作》发表时(1967年),尼日利亚却已开始遍布政治欺骗和谋杀。那个时期尼日利亚西部发生了选举暴乱(1964—1965年),1966年1月进而发生了军事政变,同年5月,北部地区又发生骚乱,接着是9月的大屠杀,1967—1970年的三年内战紧随其后。[①] 索因卡在《艾丹勒及其他诗作》中以"66年10月"为诗题直接表现了那次大屠杀,《地穴之梭》则记录了军事政变和三年内战中暴政对普通民众和自由追求者的残酷迫害。在这些诗作中,索因卡并非单纯地描写杀戮的悲惨,也试图分析发生动乱的现实原因。作品涉及尼日利亚政治的方方面面:政治精英的腐败和不公正,贫民遭受到的剥夺和压制,政治体系进行变革的可能性以及艺术家在社会进步中所应承担的责任,等等。到1976年《奥贡·阿比比曼》发表时,诗人则为南非和非洲大陆挣

---

① 参见[美]托因·法洛拉《尼日利亚史》,沐涛译,东方出版中心2015年版,第77—107页。

第五章　文本研究："奴隶叙事"与"反话语"　　161

脱种族隔离主义的斗争而摇旗呐喊，这首诗因而成为不久南非最终取得反种族歧视斗争胜利的预言和序曲。到1989年的《曼德拉的土地》则表达了诗人庄严的政治承诺，即为了把种族隔离这一殖民主义势力在非洲的最后残余彻底地驱逐出去，必须进行毫不妥协的斗争，诗人对南非黑人领袖曼德拉拒绝以妥协换取自由发出欢呼。这两部长诗可视作最为典型的"奴隶叙事"。

这些诗歌所描绘的现实景象是极为阴郁、压抑和黑暗的。《艾丹勒及其他诗作》中的《大屠杀，1966年10月》（Massacre October 1966）、《厌憎的收获》（Harvest of Hate）等诗竭力渲染了在尼日利亚危机中死亡所带来的恐怖和荒芜，此时，非洲大地上的生命任意遭到荼毒。《地穴之梭》中的"夜晚，与蟑螂对话"（Conversation at Night with a Cockroach）写道：

> 我们感觉到的
> 仿佛不再是人类的面庞和手掌
> 即使是儿童和未出生的婴孩
> 也难逃脱死亡
> 妇女的子宫被撕裂
> 孩子们的眼睛被挖出
> 闪烁着的是刀剑的寒光
> 天空被葬礼的焚烧涂得漆黑
> 而焚烧着的正是人类的肢体[①]

索因卡在诗中暗示1966年在伊格博地区发生种族屠杀是此后发生的三年内战的导火索，蟑螂象征着"后独立"时期毁灭民族国家乌托邦理想和民众建设的腐败的党派政治力量，它们畸形、邪恶，形态丑恶地腐蚀着新型国家的肌体。

《地穴之梭》是索因卡在狱中精心创作的一部诗作，恐惧、焦虑、冥想、梦魇、灵魂觉醒的力量……这些个人情绪与诗歌精致、幽微、蕴含丰富的意象以及复杂、多变的诗歌形式达到了很好的结合，尽管它整体上仍然是含混和晦涩的。"梭"是诗的中心意象，它如同笼中鸟一样，在愤懑

---

① Wole Soyinka, *Selected Poems*, London：Methuen, 2001, p.108.

和悲怆中，以惊人的力量做着无休止的运动，这是一种难以描摹的痛苦挣扎，索因卡赋予了它自由的被束缚、原野里的谷粒和种子、交合之处的原动力以及创造力量发生之秘奥等深刻的含义。

　　索因卡把非人道的恐怖景象归因于军事当局的独裁和暴政。独裁者和富人阶层侵吞着广大民众的劳动果实，并通过一切形式的高压政治压制那些代表民众利益的自由的呼声。《地穴之梭》中的《监禁之网》（*Prison nettes*）和《面包和泥土的诗》（*Poems of Bread and Earth*）表现了这一主题，诗中的政客们是一群"伪造者、阴谋家以及捏造事实者"的乌合之众。为使政治对手噤口，他们使用窥视、囚禁、酷刑、暗杀等一切卑鄙手段，《卫兵蜥蜴》（*Guards the Lizards*）这样隐喻政治监视：

　　　　这些窥淫癖者
　　　　四处逡寻秘密而狡猾
　　　　在神殿的时刻
　　　　我想他们听见了缪斯隐秘的呻吟
　　　　卑劣的快感使他们颤抖①

　　正因为政治社会现实的残酷无情，索因卡无论在文学作品中还是在论争性的文章中从来没有停止过寻求一种理想的社会，在这样的社会中，每个成员之间的关系是自由和公正的，每个人都能最大限度地满足作为人的最基本的权利。索因卡相信在一个平均、平等的社会中，其全部价值观念意味着在各方面的平等和公正，是在司法公正、经济福利以及每个个体都必须最大限度地满足的基本权利等方面的公平和正义。索因卡认为任何一种强制公民顺从的社会制度都将扼杀人类天才的个性，都是一种独裁暴政。只要能消除诸种人类社会的非人道主义现象，任何形式的革命性变革都将得到欢迎。索因卡在诗作中塑造了一个名叫"阿突恩达"（Atunda）的奴隶形象，他是神的奴仆，最后拥有了革命的、反叛的思想，他推下一块巨石，把孤独的主子神祇的头颅砸成碎片，从而解放了被幽闭在与世隔绝的世界中的人们。在这里，神和他的世界象征着独裁统治，而顺从的奴隶们开始起来反抗。索因卡对阿突恩达发出欢呼：

---

　　① Wole Soyinka, *Selected Poems*, London：Methuen, 2001, p. 161.

> 这勇敢者
> 推倒了那座小山
> 中心变成了无数的碎片
> 仿佛是百万盏灯火
> 反叛者的心中充满喜悦，这个神的私仆
> 冲破了契约①

1976年，索因卡发表了长诗《奥贡·阿比比曼》，这是索因卡的一部具有标志意义的"政治诗"，它直接反映了非洲大陆的殖民主义政治困境，是非洲人民驱逐殖民主义残余，反对白人殖民者的种族优越思想和国家种族隔离主义政策的生动写照。索因卡在诗中仍然坚持黑人种族是非洲大陆政治反抗力量的源泉，呼吁恢复、正视殖民者对黑人的奴役历史并认为黑人应该得到补偿。诗作在非洲大陆引起了暴风般的反抗力量，表达了黑人种族去殖民化的集体意志。同时，该诗在艺术上也取得了发展，是抒情史诗风格与约鲁巴传统歌谣的融合。值得注意的是，索因卡从这一时期开始，诗风的晦涩和含混有所减弱，语词和结构开始变得简洁和明朗。

索因卡在诗的第一节《介绍》中暗示发生在1976年3月的政治事件是写作该诗的直接诱因。这一天，当时的莫桑比克总统萨马拉·马歇尔（Samora Machel）关闭了与罗德西亚（津巴布韦旧称）的边境口岸，准备支持罗德西亚的反政府游击武装反抗白人统治当局，当时的罗德西亚虽然已经独立，但仍以英国女王伊丽莎白二世为名义上的统治者。索因卡敏锐地感到这是一个"通向最终目标的明确的试探，是大陆反抗非人道的堡垒——南非种族隔离主义运动的开端"②。索因卡认为这标志着黑人民族力量的觉醒，而这力量又通过约鲁巴族的战争之神——奥贡而集中体现出来。

诗的第一节的副标题"夺取森林的舵手"和"关于废黜王位的沉默的对话"点出了第一节的主题，前者指非洲人民准备进行武装斗争，"沉默的对话"则表明要拒绝了某些"非洲统一组织"（OAU）的成员提出的与南非种族隔离当局进行和平对话的倡议。沉默还给诗的第一节营造了一

---

① Wole Soyinka, *Selected Poems*, London: Methuen, 2001, p. 74.
② Wole Soyinka, *Ogun Abibiman*, London: Rex Collings, 1976, p. II.

种紧张的氛围，这是巨变前的沉默。《圣经》"启示录"中世界末日来临的恐怖景象似乎启发了索因卡对即将到来的巨大变革的预言能力，诗人创造了"启示录"式的意象：

> 绞刑架已然断裂，地震
> 湮没了圣歌的波浪，祈祷的力量
> 使洪水在反常的季节到来
> 不管怎样曲折连绵，河流
> 总要奔向湖泊和大海，汇入海洋中
> 被奴役者的波浪。洪流的冲击
> 将使干瘪的种子发芽，雨水
> 将冲洗血渍斑斑的落叶。①

连大地也感觉到了爆发前的紧张气氛，时间也在发抖，铁器、战争和创造之神奥贡点燃了铁匠的炉火，在沉默中锻造着战斗的武器："大地/发出奇异的声响/时间/在行进的脚步声中颤抖/奥贡/燃起了锻炉/发誓沉默/直到神圣的使命完成。"②

索因卡在诗中塑造了侍祭戈利尔特的人物形象，是诗中除奥贡、萨卡以外另一个重要的角色。他高唱圣歌恭迎奥贡的莅临，宣称他是黑人们的上帝，"他驯服的星球是阿比比曼（Abibiman）——黑非洲人们栖息的土地"③，现在，奥贡将驱逐黑土地上的篡位者——白人上帝，诗中吟唱道："让上帝与上帝进行战斗"。④ 奥贡之所以"发誓沉默"，反映了诗人拒绝同南非当局进行和平对话的思想，索因卡以此提醒人们不要忘记1960年南非的反抗者们同种族主义者对话后发生的莎彼维尔（Sharpeville）大屠杀，诗人警告善良的人们，对话是毫无效果的抵抗，是虚弱的狗的吠叫。

在诗的第一节，索因卡主要礼赞奥贡不可战胜的力量，借用了约鲁巴伊加拉歌谣以及民间传说，通过描述关于奥贡的神话历史，表达了对奥贡

---

① Wole Soyinka, *Ogun Abibiman*, London: Rex Collings, 1976, p. 1.
② Ibid., p. 2.
③ Ibid., p. 5.
④ Ibid..

的歌颂和赞美之情。诗人运用了诗歌作品所特有的创造性机制，诸如平行、对比、反复以及动物意象等，这使作品获得了震撼人心的效果。该节的末尾描述奥贡准备为非洲大陆的解放而喋血沙场：

> 我们不再像过去那样优雅地拒绝武器
> 在力量的时代，大象孤独地站立
> 在狩猎的时代，狮子的姿态是神圣的
> 在飞翔的时代，白鹭嘲弄着妒忌
> 在战斗的时代，没有人能战胜他
> 奥贡，不惧怕天堂中血流成河
> 而是因对鲜血的饥渴而暴怒——我知道
> 他即将驯服的美人有着黑色的眉毛
> 在熔化了的青铜深处，在目力之外的遥远天际
> 颤抖！①

诗的第二节总题为《为了前行者的回想：萨卡》，描述了奥贡与另一位非洲之神萨卡（Shaka）的联盟。索因卡在诗后的注释中说萨卡是传说中的非洲阿玛祖鲁（AmaZulu）国王，黑人民族的始祖和奠基者，② 是具有社会组织和军事领导能力的天才。索因卡在诗中表达了对萨卡的崇拜之情，暗示种族隔离主义和白人优越这些殖民主义思想残余之所以能在南非和非洲其他地区长期存在，是因为现代非洲缺少萨卡这样的民族英雄，整个黑人种族的生命力在现代泯灭了。应该说，索因卡在这里显示了某种自20世纪初期即开始风靡非洲的"泛非主义"的思想痕迹，"泛非主义"的一个重要思想就是视整个非洲大陆的黑人为一个民族，消灭种族文化的差异而团结起来，建立统一的黑人民族国家。"泛非主义"虽然在非洲各国挣脱殖民统治、获得民族独立的伟大斗争中发挥了重要的作用，但到20世纪70年代，随着非洲各国社会、政治、经济、文化的差异化发展，其影响力已然式微。索因卡尽管在很多方面并不认同"泛非主义"的主张，例如他在戏剧《孔吉的收获》中讽刺了"泛非主义"思想的杰出实

---

① Wole Soyinka, *Ogun Abibiman*, London: Rex Collings, 1976, p. 7.
② See Wole Soyinka, *Ogun Abibiman*, London: Rex Collings, 1976, p. 23.

践者——加纳国父恩克鲁玛,对"泛非主义"思潮衍生的"黑人文化认同"(也称"黑人主义"等)也持否定态度,反对"黑人文化认同"试图完全把西方文化从非洲文化中剖离出去的"文化民族主义"倾向。但《奥贡·阿比比曼》中的"奥贡—萨卡"联盟显然与"泛非主义"有着关联。作品表现了整个非洲大陆统一在一起的强烈愿望,非洲所有的力量都应该聚集起来驱逐殖民主义者的残余势力。诗人认为奥贡与萨卡的联合是具有历史意义的重大时刻,意味着非洲大陆森林和大草原的联合,赤道非洲和亚赤道非洲将合并成一个统一的非洲大陆,非洲的每一块土地都将拒绝异族人的统治:

>我们的历史的结合,森林
>与草原合并。让山崖与雄狮
>在我的水泉中宴饮。哦,我兄弟的精魂
>当同族人的手掌抚住萨卡的腑膀,还有
>上面宽大的棕榈叶片,我的呼唤在你的山顶
>是否引起了回声? 远徙而来的白人
>尽管你们攫住了我的王冠,但永远不会
>统治这块土地。[1]

然而奥贡与萨卡的联盟并不意味着众神都可以联合,索因卡在注释中说:"许多我们这个时代的专业辩护者企图把所有的统治者都归为一类,即使那些在萨卡的土地上进行谋杀的丑角。"[2] 在索因卡看来,尽管萨卡不如奥贡那么至善至美,但却是一个为黑非洲人民呐喊战斗之神,所以可以联合,但那些残暴的神祇,非但不能与之结为联盟,还必须群起而攻之。诗人在这里暗指前乌干达政治独裁者艾迪·阿明,自称是"国王中的国王,朱达赫的雄狮"的埃塞俄比亚的黑尔·塞拉西(Haile Sellassie)等非洲独裁统治者,诗人认为这些人不是真正的领导,不能代表黑非洲人民的利益,他们没有资格加入神圣的"奥贡—萨卡"联盟。

诗的第三节《西吉迪》通过吟诵南非祖鲁(Zulu)部族古老的战歌

---

[1] Wole Soyinka, *Ogun Abibiman*, London: Rex Collings, 1976, p. 11.
[2] Ibid., p. 23.

"西吉迪"（Sigidi）有力地回击了那些"非暴力抵抗"的倡导者，认为为驱逐白人种族主义者，非洲人民必须使用暴力。诗人质问道：

> 难道爱能战胜墓志铭吗？
> 能赶走那些异教徒并拯救我们心爱的人吗？
> 爱能阻挡住流弹
> 并安抚充满黑色的绝望的心灵吗？
> 不要忘记萨彼维尔——不只是在一时
> 而是岁岁年年，一代接着一代。①

作为非洲反抗殖民主义的"战歌"，索因卡在《奥贡·阿比比曼》中也融入了欧洲诗歌的因素，诗的末尾借鉴了爱尔兰民族解放运动的支持者、20世纪最重要的英语诗人叶兹的名诗《第二个到来》（The Second Coming），索因卡在诗中称叶兹为"预言者"，叶兹诗中那只没精打采地走向伯利恒的野兽象征着一个时代的终结，象征着基督教文明的终结，而现在奥贡和萨卡的到来则象征着白人殖民统治在非洲的终结。叶兹在《复活节，1916》（Easter 1916）中颂扬暴力运动，称一个可怕的美人诞生了，索因卡在这里直接引用了叶兹的诗句，向那些惧怕暴力革命的人展示，非洲的革命也将诞生一个美丽的宁馨儿：

> 当你在安然的远处，在圣殿中
> 加冕，那预言者的声音将攫住你——
> "混乱正从世界消失"诸如此类
> 也请记住，那可怕的美人已诞生在门槛上。②

在全诗结束之前，索因卡解释了诗人艺术家在斗争中的作用，他说诗人是战歌的歌唱者，是激励战斗的鼓手，"鼓手们/竭力激励着勇气"，歌声和鼓声给了"战斗的舞者"以无限的力量，现在，当诗人看到族人们

---

① Wole Soyinka, *Ogun Abibiman*, London: Rex Collings, 1976, p. 20.
② Ibid., p. 21.

"从一个山头聚集向另一个山头/那儿/奥贡屹立着"①，他高唱着、欢庆着。全诗最后以侍祭戈利尔特颂扬完成使命的奥贡缓缓飞升而作结。

《奥贡·阿比比曼》结构宏大，气势雄浑，节奏明快，具有庄严肃穆、适于朗诵的风格，是索因卡对自己惯常具有的晦涩诗风的一次有力纠正。索因卡在诗中借鉴了非洲传统史诗《桑迪亚塔》（Sundiata）的某些创作形式（侍祭戈利尔特即是从中借用的一个诗歌形象），诗人第一次真正地进入非洲传统并从中找到了诗意和合适的艺术主题。索因卡借用传统的"奥贡—萨卡"神话传说表达了自己"泛非洲主义"的思想意识，尤其是对以南非为代表的反种族隔离运动胜利的成功预言，使这首诗具备了强烈的现实意义，成为名副其实的非洲当代政治史诗。

1988年，索因卡创作了《曼德拉的土地和其他诗作》，歌颂了南非黑人运动领袖纳尔逊·曼德拉，继续抨击南非白人当局的种族隔离主义政策，可以说是《奥贡·阿比比曼》的"续篇"。作品高度颂扬了曼德拉反抗的精神、正直诚实的品质和坚忍不拔的意志，作为英雄他滋养了非洲大陆日渐虚弱的意志和肌体。索因卡在诗中也表达自己对20世纪80年代南非反殖民主义革命斗争的退潮的失望，但依然运用反讽、双关语、语词游戏等各种讽刺手段批判种族隔离政策，力图动摇这一殖民主义理论的思想基础，颠覆其欧洲支持者的思想体系。其中《不，他说》（"No", He said）是一首充分展现索因卡才华的叙事诗，体现了索因卡把戏剧化因素融入抒情和叙事的特有的诗歌艺术特征。这首诗描写南非当局把被关押的曼德拉比作纳粹战犯，其邪恶的逻辑令人发指，并施以各种手段、诡计引诱其妥协，而曼德拉以自己传奇般的意志和智慧抵制了一切。诗的前面几节写监禁者对曼德拉的劝诱：

　　你比科马提河还要大吗，黑鬼？
　　比那轻易签字放弃大陆的手还要有力吗？
　　孤独的斗牛士把一支破船桨用作长矛，
　　你是号角吗？是披风吗？是给被潮汐冲刷到苍白的沙滩上的迷航者

---

① Wole Soyinka, *Ogun Abibiman*, London: Rex Collings, 1976, p. 22.

指路的闪闪发光的公牛星座吗？不，他说。①

世界之轴已经飘移。甚至那极地之星
都失去了稳定，正被男人创造的行星狎昵。
宇宙已经萎缩。当我们在太空插下主人种族的新旗帜时
历史重新发出回声。
你只不过是我们大力发射时的助推器。
星辰遗弃了你，但是——不，他说。②

《曼德拉的土地和其他诗作》除了礼赞曼德拉之外，还预言了南非白人当局及其所代表的殖民主义霸权和其赖以存在的种族优越论的思想基础必将在新的时代被彻底驱除，最后一首诗《女神像柱的火葬》（*Cremation of a Caryatid*）描绘了一个女神像柱在火中耸立的意象，这个神像已经老朽衰迈，被虫蛀蚀咬得摇摇欲坠，在烈火中经受着焚烧的痛苦。这显然象征着在女王统治下的已然衰老迟暮的大英帝国：

古老的女像柱，作为木蛀虫的主人已经太久了
它们在你庄严的躯体中深深地蚀咬着，锐利的颚
探测你肉体的虔诚，通过百万个穿孔
晾晒你隐秘的历史。
蜾虫已经制造出奇迹，把慢性的疾病
植入你的祈愿的声明。
它们的工业，在如同昏暗的议会走廊的木材的螺纹中
隐匿，在时光中技艺熟练地奉献着
仿佛太空中未知的创造之手。现在一个布满灰尘的子宫。③

综上所述，索因卡通过对战神奥贡和黑人民族英雄曼德拉的颂扬所表现出的抵抗力量是令人鼓舞的，但正像在戏剧和小说作品中所表现出的倾

---

① Wole Soyinka, *Selected Poems*, London: Methuen, 2001, p. 213.
② Ibid..
③ Ibid., p. 251.

向一样，索因卡在诗歌创作中并未能把奥贡顽强斗争的乐观主义精神贯彻始终，而不可避免地流露出他思想深处的矛盾和悖论：虚无主义的历史循环论和悲观主义。这使奥贡作为战神的光环蒙上了浓重的阴影，他除了创造、开拓、勇武、自由，还展示了暴虐、嗜杀、血腥、同类相食等神性。这些混合的悖论特征在《艾丹勒及其他诗作》和《地穴之梭》中都有体现。

同时，我们应该质询"奥贡式的反抗"究竟代表着一种什么力量？它是一种有效的集体拯救的力量还是索因卡始终未能超越的个人英雄主义的反抗？在一次采访中，记者问道："在这样一个缺乏有效的政治力量的时代，知识精英能做些什么？"索因卡答道："最终的，我认为，并不是只有从知识阶层中才能寻求到对社会的拯救，知识精英真正的责任是对民众进行政治性的教育——并非促使他们意识到自己眼下的社会、经济和公正的权益，而是教育他们意识到自己在社会中的巨大潜力。"[1] 这段话表明索因卡似乎也认为在社会的变革中起决定作用的是广大民众而不是少数的精英分子。然而，当我们转向诗歌本文时，民众给我们的印象却与索因卡的论争性对话相悖。在《地穴之梭》中的《当季节改变的时候》(*When Seasons Change*) 中，广大民众被描述成一种非理性的存在，正是他们自己成了社会变革的绊脚石：

> 现在，开始移动
> 沉默的主人的死气沉沉的撤退，一边还
> 低语着什么公正。吮吸天空的尖塔
> 已变成侏儒似的小矮房，富有诱惑的思想
> 已插上逃逸的翅膀，肌内在叹息中
> 开始萎缩：一个消沉的微笑嘲弄着
> 新鲜的刺激，仿佛是一种自释
> 一种超越[2]

在"尤利西斯"(*Ulysses*) 中，当革命的风暴即将来临时，民众的恐

---

[1] Jane Wilkinson, *Talking with Africa Writers*, London: James Curry LTD, 1990, p. 36.
[2] Wole Soyinka, *Selected Poems*, London: Methuen, 2001, p. 113.

惧被描述得远远超过那些压迫者：

> 等待一种永远不会到来的声音
> 脚步在踉跄中退却着，引起
> 从未听到过的回声，进入空中
> 倾听脚步的蹒跚，在
> 暗淡的门槛①

因为对民众力量的失望，诗人陷入一种无人与之对话的孤独之中：

> 求索者的思想已白发丛生
> 静止的力量，在混乱中生根
> 孤独的勇士沉溺在烈酒波浪中
> 并在闪光的窗口的悖乱中踟蹰不前
> 在沉向黑暗的海上，我们的那些明亮的事物
> 如同漂浮着的海市蜃楼②

索因卡在《地穴之梭》中塑造的诗歌形象——"四种原型"都是孤独者，他们分别在四首诗中表现，《法老的埃及》(Pharaoh's Egypt)中的约瑟夫 (Joseph)，《哈姆雷特》(Hamlet)中的哈姆雷特，《小人国》(Lilliput)中的格列弗 (Gulliver)，以及《尤利西斯》(Ulysses)中的尤利西斯。这些人物都处于一种被强权压制的困境中，他们的任何行动都只是终将失败的冒险。索因卡以这些形象暗指在尼日利亚民族解放斗争中牺牲的先驱人物，比如维克多·班乔 (Victor Banjo)、克利斯托弗·奥吉博 (Christopher Okigbo) 等人，在《地穴之梭》的最后一节，索因卡分别在《他这样死去意味着什么？》(And What of It If Thus He Died) 和《献给克利斯托弗·奥吉博》(For Christopher Okigbo) 中纪念了他们，认为他们都是对非洲的前途有着深入思考的思想精英，然而都是"恐怖的祭坛上的

---

① Wole Soyinka, *Selected Poems*, London: Methuen, 2001, p. 125.
② Ibid., p. 127.

烧祭"① 中死去，他们的精神也在"暴乱的景象和对真理的监禁中枯萎"②。

　　索因卡在《艾丹勒及其他诗作》和《地穴之梭》中描绘的民族政治图景的基调是晦暗而阴郁的，有时是愤世嫉俗和玩世不恭，有时则陷入希望幻灭之后的绝望之中，《地穴之梭》中的《夜晚，与蟑螂对话》实际上是与邪恶和死亡的对话，明显地表现出诗人的"幻灭"感。这种情绪与同一时期创作的戏剧《疯子与专家》极为相似，令人想起后者作为结束曲的诗句："现在正如开始，并且将来也是这样"，这正是对索因卡历史观的概括。当然，有人会为索因卡辩解，因为《艾丹勒及其他诗作》和《地穴之梭》是在特殊时期写成的，那时尼日利亚政变频发，动乱迭起，诗人的不少朋友死于政治迫害，索因卡自己也经历了有生以来最残酷的迫害，几乎命丧监牢。严酷的政治现实不能不影响诗人的写作，而事实上基于"历史循环论"的悲剧精神几乎贯穿了他所有的作品，这构成了他创作的哲学思想基础。戏剧如《森林之舞》、《强种》、《死亡和国王的侍从》等和长篇小说作品《阐释家》、《混乱季节》都鲜明地体现了这一思想倾向，其中众多的人物都在一种"历史的不变模式"和"人性的愚蠢和兽性的循环"中苦苦挣扎。当然，索因卡也有一些相对"乐观"的"革命性"的作品，戏剧《欧里庇得斯的酒神祭司》可算其一，剧中代表着反抗力量的狄奥尼索斯推翻了独裁者彭透斯的统治。《奥贡·阿比比曼》也可归入同一种类型，战神奥贡与萨卡联合把统治着黑人家园的白人上帝驱逐出了出去。但这里的相似之处是索因卡似乎只有借助神话才能打破那个无处不在的历史循环。同时，由于作品创作时代的局限，索因卡也无法进一步深入地思考他在《奥贡·阿比比曼》中所表现出的"泛非洲主义"倾向对变革政治现实是否真的行之有效。从后殖民理论的角度而言，这是一种民族"泛化"的思维模式，这种模式"根本上来源于殖民主义话语模式，它所产生的'排他性'的民族主义与帝国主义思想模式如出一辙，随之而来的是一些令人望而生畏的思想和道德行为规则，这些规则与多元文化观和合成文化观这样一些比较开明的哲学所体现的宽容精神水火不容。在原殖民地国家，这些'回归'产生了形形色色的宗教

---

① Wole Soyinka, *Selected Poems*, London: Methuen, 2001, p.190.

② Ibid., p.191.

性质和民族主义性质的原教旨主义"[①]。索因卡是一位诗人斗士，同时也是思想的彷徨者，其作品所体现出来的反殖民主义思想中的悖论是深刻而复杂的，尽管有这样"同质化"的民族主义倾向，但这只是索因卡矛盾思想的一个方面，我们仍然不能否认索因卡的诗歌作品对非洲现实政治的深刻批判以及以奥贡为原型象征所表现出的令人鼓舞的斗争精神。

第三节 小说：放逐、异化及叙事的形式和意义

一 孤独的救赎者

作为一位令世人惊奇的"全能型"作家，索因卡自然不会忘记在小说领域的耕耘，但应该说他对小说的精力投入是最少的，然而这并不妨碍索因卡赢得小说家的声名，他的小说作品尽管数量不多，但仍然引起了广泛的关注。索因卡在1960年前后曾创作过几篇短篇小说，都是尝试性的，几乎泯然无闻。奠定他同时也是一位小说家地位的分别是于1965年和1973年创作的两部长篇小说《阐释家》（*The Interpreters*）和《混乱季节》（*Season of Anomy*）。

《阐释家》是一部成功之作，一经问世便立即赢得好评，包括非洲本土和欧美的读者都给予它很高的评价，认为这是"一部具有原创性贡献的非洲小说"[②]。这部作品最大的成功之处是它具有实验性的、突破常规的艺术形式，展示了复杂的叙事技巧，是非洲人写出的结构最为复杂的小说。索因卡在作品中同时"任性"、"炫耀"似的展示自己对英语语言的运用能力，语词丰富而新鲜活泼，"铁器划过水泥地发出的锐利声音刺痛了我的酒神经"，这句小说的开篇语被评论者广为引用，被认为是"索式语言"风格的标志性语句。总之，《阐释家》充分显示了索因卡除了是一位卓越的戏剧家和诗人以外，同时也具有驾驭小说这种体裁的杰出才能。然而1973年的《混乱季节》却似乎成了索因卡小说创作的"滑铁卢"，

[①] ［美］赛义德：《赛义德自选集》，谢少波等译，中国社会科学出版社1999年版，第165页。

[②] Biodun Jeyifo, *Wole Soyinka: Politics, Poetics and Postcolonialism*, Cambridge: Cambridge University Press, 2004, p. 169.

在很多论者看来，这是一部失败的作品，它因此削弱了索因卡作为一位小说家的地位。评论界一致的"差评"似乎使向来桀骜不驯的索因卡意外地妥协了，他尴尬地认为自己不适合创作小说，对这两部小说都是不满意的，他说："我不是一个真正的思想敏锐的小说家，或者干脆说我不认为自己是一个小说家……小说这种形式对我来说是陌生的领域，那个特殊的时期我转向它是因为我在戏剧方面不可能有什么作为……小说这种形式于我不是那么趣味相投……"①

《阐释家》写作的时期正像索因卡所说的，这是一个"特殊的时期"，一个特殊的意志消沉的时期，作家从事的剧院活动屡屡受挫，创建的反抗剧院——"奥利荪"也因经费不足和当局的阻挠而濒于困境。同时，这一时期也是"后独立幻灭"开始发酵的时期，取得政治独立不久的尼日利亚开始暴露出严重的社会政治问题，知识分子们意识到殖民主义的梦魇并没有消失，先前因独立而产生的欢欣鼓舞和对理想社会的美好憧憬开始破灭，他们重新被独立以前深重的国家和民族危机所困扰。以此为背景的《阐释家》充满了痛苦的思考，小说塑造了一个文化精英的群像，他们对非洲的过去、现实和未来进行了思考和探索。《混乱季节》在思想主题上与《阐释家》存在着连续性，它与《此人已死：狱中札记》一样，是索因卡被囚禁之后的又一部"精神回忆录"，政治倾向比较强烈，小说中的文化精英不再痛苦地彷徨，而是实际地进行社会变革实验。《混乱季节》创作于索因卡的所谓"意识形态时期"。受国际政治形势的影响，马克思主义思潮在非洲大陆再度引起关注，一度被视为解决非洲问题的济世良药。这一时期索因卡与"左翼"和马克思主义批评家论争激烈，最终备受孤立而与之决裂。《混乱季节》中有关原始共产主义式的村庄描写显示索因卡在这一时期努力摆出"激进"的、"革命性"的姿态，然而这种"政治正确"的努力并不为那些自诩为真正的马克思主义信仰者所接受，在他们看来，索因卡笔下的共产主义并不符合真实的马克思主义思想，而对于西方批评者者来说，这种"政治正确"一开始就是致命的"政治错误"。因此，"失败的作品"一开始就成为评价《混乱季节》的基调也就顺理成章。随着时间的推移，近年来，关于这部作品又出现了新的正面的评价，说明关于这部作品的得失还需要做深入的

---

① Jane Wilkinson, *Talking with Africa Writers*, London: James Curry LTD, 1990, p. 102.

探讨。

有学者指出非洲文学有一个基本的传统，即它是"一个相互融合的基本过程，这种相融性与善与恶、美与丑的截然二分的方法论相对立，与那种分条列举、碎片式的做法相对立……"① 索因卡在谈到传统的面具剧时也说："在传统的面具戏剧中有一个共同的主题：同地府鬼魂的象征性的斗争，冲突的目标为了社群集体的充裕和幸福而达到和谐的解决。"② 这实际上是对非洲传统口头文学的一种理想化的概括，作为一个现代作家，索因卡也始终在追求这一境界，追求一种和谐统一的"非洲形而上学"，反对"分门别类"的欧洲思维，然而他的思想和作品中却始终存在奥贡神性的矛盾，悖论顽强地成为他创作中的一种倾向。《阐释家》和《混乱季节》也不能幸免，这两部小说充满了对立和碎片。这首先表现在人物形象的高度异化上。索因卡塑造的是一个后殖民社会中知识分子的形象，他们与所处的社会环境格格不入，客观世界完全成为一种异己力量。这一异己力量是由非洲的少数政治精英造成的，他们在攫取权力后迅速蜕化为与民众对立的特权阶层，依靠国家机器的暴力对民众进行掠夺。索因卡笔下的人物清醒地意识到主流社会的腐败和堕落，希望对社会进行彻底的变革，同时也具有先进的思想意识，他们是一群黑暗中的先知和觉醒者，但这个形象群体最大的问题是缺乏现实行动，有的只是延宕和彷徨，即使《混乱季节》中的主人公奥费依（Ofeyi）在具有原始共产主义公社性质的村庄进行了乌托邦式的实验，但稍加尝试即宣告失败。结果，这些文化精英们对强大的外部世界无计可施，只有在灰暗和忧郁中消磨时光。既然无力充当救世主的角色，那就只好拯救自我，唯一的途径是借助艺术这一媒介，《阐释家》中伊格博和他的朋友们都是艺术家。但最终他们发现艺术也不能提供避难所，他们仍然感到痛苦，他们在艺术中不是确认了自己，而是否定了自己，他们不是感到愉快而是感到痛苦，不是自由地发展自己的体力和脑力，而是限制了自己的肉体，摧毁了自己的思想。马克思关于"异化"的相关论述很好地描绘了这些人物异化的精神状态。这

---

① Rowland Smith ed., *Exile and Tradition: Studies in African and Caribbean Literature*, London: Longman, 1976, p. 166.

② Wole Soyinka, *Myth, Literature and the African World*, Cambridge: Cambridge University Press, 1976, p. 38.

种异化是双重的，一方面是与外部世界的分离，一方面是自我精神的分离。这个艺术家群体希望变革社会，但却不能与民众站在一起采取真正的战斗的立场，只是一味地沉浸在过去和文化中，他们是一群精神放逐者，一群"边缘化"的人物，一群集体受难者，一群孤独的自我救赎者，与整个社会进行着旷日持久的精神战。

　　索因卡所塑造的这个异化的知识分子群像不仅是他自身思想特征的反映，而且是后殖民社会相当一部分知识分子精神特征的反映。这个特征便是文化精英主义在很大程度上脱离社会现实和广大民众的文化精英主义。赛义德曾说，不能彻底摆脱殖民主义权力话语的民族主义"势必导致知识分子精英主义"，必然要"遭受政治现实的挫折"①。索因卡在这两部长篇小说中，形象地表现了这种精英主义及其遭到的政治挫折，这些文化精英主义者的悲哀在于他们的知识和思想的力量不能转化为现实的政治力量，最终只能成为一群孤独的自我救赎者，他们不相信集体的拯救力量，每个人都只在心中找到自己的一个独特的神祇和上帝，然后不断地努力与他达到和谐和统一。

　　在艺术形式上，《阐释家》和《混乱季节》都无清晰地推动叙事发展的情节和时间线索，尤其是《阐释家》索因卡主要借鉴了西方意识流小说的表现手法，专注于描写人物的现在和过去以及内在的心理过程，行动和事件松散地结构在一起。这有助于表现这些精神探索者的"心灵现实"。评论家频频地把索因卡的这两部小说与乔伊斯的《尤利西斯》和福克纳的《喧哗与骚动》联系起来，《阐释家》是非洲意识流小说的开山之作。但索因卡的意识流手法更具有"非洲化"的特征。如果说乔伊斯与福克纳等人的小说与西方基督教神话叙事具有象征性的联系，那么索因卡则兼容了西方神话叙事与本土神话叙事两种模式，并强化了与约鲁巴神——奥贡神话故事之间的关联。比如在《阐释家》中，画家科拉（Kola）所画的众神像就是约鲁巴神话传说中诸神的隐喻，并与小说中的众多人物建立了对应关系。科拉所画的奥贡神像就是以小说的主人公伊格博（Egbo）为模特。伊格博不断地思考着传统与现代、历史与现实、生与死的问题，而他的名字本身就与尼日利亚三大部族之一的伊格博部族

---

　　① [美] 赛义德：《赛义德自选集》，谢少波等译，中国社会科学出版社1999年版，第277页。

(Igbo)的名字谐音，说明他的精神探索、他的命运与整个部落的未来与前途密切相关，索因卡把这个人物与主宰约鲁巴精神宇宙的奥贡神联系起来，就使这个人物形象更具有了神圣的拯救者的力量。一方面是强化，另一方面则是削弱，科拉要画一个基督教叛教者的形象，所选取的模特是没有思想、没有性格的愚蠢的小偷诺阿（Noah）。索因卡在这里明显对西方的神话传统与本土的神话体系做了轻重不同、优劣不同的对比处理，从这一点来说，索因卡的小说也在很多方面表现出"反话语"、"文本重置"的后殖民文本特征。

同时，在意识流手法的具体运用上，索因卡也与乔伊斯等人不同。《尤利西斯》与《喧哗与骚动》等作品基本上都是以人物的意识活动来结构全篇，最大限度地展示了一种"心理时空"，而真实的现实时空被挤压到了几乎没有的程度，小说的真实时间只有几个小时或一个早晨就说明了这点。而索因卡的小说基本上是建立在真实的时间和空间上的，小说中的人物只是在某个现实景象的触发下才展开意识流的想象与联想，之后便又返回现实，而不是让人物的意识流无休止地流动下去。另外，《尤利西斯》等作品所采取的完全是第一人称的"心灵视角"，叙事者不进行任何干预，而在《阐释家》中，"全知视角"无处不在，并与人物自身的主观视角形成对比，从而收到反讽的叙事效果。

《阐释家》中新闻记者萨戈留学归来，应聘到一家报社工作，却发现报社与党派势力暗中勾结，买卖新闻，受贿为选举造势。报社内部充满裙带关系，甚至招聘暴徒，等级森严。董事长特意用纳税人的钱给自己修建了豪华的厕所专供私人使用，用去中国上海参观考察时购买的瓷器喝茶。这些都暴露了尼日利亚政治独立后的迅速腐败和非洲社会严重贫富分化的社会现实。萨戈在这样混乱、肮脏的环境忍受着，他有腹泻的毛病，因此具有讽刺意义地发明了自己的"排泄哲学"，看似荒诞无稽，实则是人物无奈、痛苦以至于虚无悲观的内心世界的反映。小说中描写萨戈和同事马西阿斯谈论工作时，意识开始流向漫长的回忆，他联想到了英国静谧的自然环境、自己的留学生活以及欧洲的诗人，最后意识的流动这样结束：

> ……拿他们关于纯洁的大自然和森林中的排泄的幻象相对照，我提出有关蛇的威胁的警告就显得苍白无力了。在欧洲大陆播下排泄理论的种子是令人满意的，不过在某种意义上，这也是个小小的失败，

因为我对他们该死的退步无能为力……

萨戈庄严地合上书，两人继续沉湎在深思之中。①

二 《阐释家》：普罗米修斯式的知识者群体

《阐释家》以当时尼日利亚首都拉各斯为叙事背景，很多人物和情节的线索都来源于真实的现实生活中的人物和事件，如自称基督转世的教士，尼当局宣布的拘留法案及其牺牲品，政府高层和社会上流行的反共思潮，政治派别之间的争斗，新闻界买卖新闻的丑闻，以及大学生中间流行的厌恶妇女的"亚文化"等。②索因卡笔下的拉各斯是非洲后殖民时期迅速繁荣起来的"大都市文明"的缩影，其意义如同欧洲许多现代小说家笔下的都柏林和巴黎。然而作家笔下的拉各斯是压抑、破败、肮脏和污秽的，一群有着艺术才能和敏感神经的"阐释家"们流连于拉各斯的酒吧、夜店之中。小说主要塑造了五个知识者的形象：酋长之子、外交部门职员伊格博（Egbo）、记者萨戈（Sagoe）、工程师西柯尼（Sekoni）、画家科拉（Kola）以及学者本德尔（Bandele）。这个知识精英群体是索因卡根据20世纪60年代初期活跃于拉各斯的尼日利亚一些著名的作家、艺术家塑造出来的，其中主人公伊格博就有索因卡自己的影子。

艺术家形象是《阐释家》形式和意义的中心，这些角色建立的基础是他们内在的精神世界和价值观支撑着他们这个艺术家集体的生活，他们本该具有的作用和使命是革新统治着社群或社会的一些根本性的、落后的价值观念，他们对抗着政府的腐败和滥用职权、媒体的不诚实和学术的伪善以及公正道德的堕落。然而，他们却是一个"异化"的团体，虽代表着社团的先进意识，但却是一个孤立出来的群体。这些艺术家们与整个社会的关系充满了危机，这是因为他们始终处于整个社团的边缘，却声称他们代表着整个社会赖以存在的纯粹的、关键的价值观念。《阐释家》中的这些艺术家们仿佛是希腊神话中的普罗米修斯，拥有智慧和先见之明，创

---

① ［尼日利亚］索因卡：《痴心与浊水》，沈静、石羽山译，外国文学出版社1987年版，第141页。

② See Biodun Jeyifo, *Wole Soyinka*: *Politics*, *Poetics and Postcolonialism*,, Cambridge: Cambridge University Press, 2004, p. 173.

造了人类,并且给世界带来了光明,向代表至上权力的宙斯发出挑战,但最终不得不永远受苦才能求得人类的救赎。《阐释家》中艺术家们学贯本土和欧洲两大传统,拥有最先进的理念和建设社会的技艺,他们相信只有他们才能带来光明,他们必须领导一种离经叛道的生活,才能拯救整个世界。然而腐败的社会却挫败了他们的要求,击碎了他们的幻想。这引发了他们深刻的精神危机,他们要抵抗令人深感幻灭的现实,还要同自身内在的精神冲突作斗争。

小说开头的一个情节是一个隐喻,指出了作品的关键主题之一——如何面对过去和现实的关系。伊格博有两个选择,回到乡下继承外祖父的渔业和酋长职位,或者在新政府里做一名办公桌旁边的外事局官员。他和朋友们在船上眺望着对岸犹疑不决:"然而,到底选择什么的问题依然没有得到回答。他还没有做出任何选择,至少没有一个已经意识到的选择。……也许,他希望他们随便走走,卸掉他要作出选择的负担",[①] 在伊格博的内心深处隐隐约约地存在着一个抛弃现代的城市生活而回到原始的传统部族生活的念头。一方面他很希望成为他部族的领袖人物而干一番事业,然而越是接近那个海岸的小港,他越是怀疑自己的选择是否明智,他觉得自己不能胜任众人所要求的这个角色。他对想象中的过去的理想社会和腐败的现实都感到失望,他不能肯定那个丑陋的、浑身沾满泥浆的小港船长与港口污泥深处"呱呱"鸣叫的癞蛤蟆有什么不同,两个都生活在烂泥浆之中。伊格博拒绝了清醒的选择,而宁愿随潮汐而去。横亘在两岸之间的水流如同一座时间之桥,把过去和现在联结起来,然而对这群艺术家来说,这座桥却是一个错误的概念,没有任何实用价值,他们必须重新寻找一个跨越过去和现实的支撑点。

这群艺术家在波涛之中的犹疑颇具哲学意味,然而最后他们像一群最初理想的"变节者",随波逐流。海浪和潮汐把伊格博和他的艺术家伙伴们带到城市中,象征着艺术家们尝试抛弃过去而回到现实中,他们试图暂离传统,而接受象征着资本主义秩序和殖民主义权威的"都市文明"。但这群人立刻觉得与周围格格不入,陷入一种内在的绝望之中,他们不断回忆起在港口的那一刻,在幻觉中他们似乎在海浪中重又回到了过去,但他

[①] [尼日利亚] 索因卡:《痴心与浊水》,沈静、石羽山译,外国文学出版社1987年版,第15页。

们立刻又意识到这一梦幻般的经历只是一个"脱离现实的小插曲"。虽然过去可以提供片时的逃避，但同时也加重了他们的绝望，他们现在清醒地意识到重返过去已不可能。艺术家们陷入了一种两难处境，但他们并不去寻求变革现实的可能性，而是当现实的异己力量使他们无能为力时，只是在思想中创造一种虚幻的理想世界借以自我安慰，或者沉浸到艺术和宗教之中寻求个人的精神庇护，如科拉在约鲁巴"万神殿"漫长的绘制过程得到一种私人的自我满足，而伊格博则陷入一种宗教神秘主义的冥思之中。这正是索因卡小说中人物形象的显著特点。

　　伊格博在彷徨中选择了去往城市，但他的父母就是在离开故土时溺水而亡的，因此他觉得自己的选择仿佛是"溺死者的选择"，他在政府的压抑、无聊的工作状态中验证了他的预感，他清醒地意识到这个"新时代"毁了自己的开始。小说在一开始就通过伊格博对民族精英取代殖民者的政治现实发出了凶兆，这与索因卡早期其他剧作和文化批评对"后独立幻灭"的预言的敏感性是一致的。这些所谓的民族精英是伪资产阶级精英，刚刚取得权力就滑向腐败，欧洲留学归来的医生卢莫伊（Lumoye）公开表示反对堕胎，但暗地里为那些给自己性"贿赂"的女孩子做堕胎手术。教授奥瓜左尔（Oguazor）一面道貌岸然地谴责怀孕的女学生，一方面却把自己的私生子藏在国外。伊格博所接触到的中产阶层则是平庸、伪善、麻木的，只顾赤裸裸地往上爬。伊格博开始时还感到愤世嫉俗，但渐渐地放弃了变革愿望，变得超然和冷漠。作品中有一处细节：在一个酒吧中，人们疯狂地跳着一种名叫"阿沃雷比"的非洲舞蹈，伊格博对妓女喜媚（Simi）产生了美好的幻觉，希望科拉给她画了一幅"纯粹"的圣母似的肖像。这表明他渴望着一种绝对的、浪漫的理想生活，然而他随即痛苦得开始呻吟。他为自己不能得到这个他想象中的美好舞伴而沮丧不已，但他依然渴望着他所得不到的东西，"我想把头深深地埋在她的胸间，塞住我的耳朵，什么也听不见"[①]。在人生的这一阶段，伊格博只是深深地感到一种无能，陷入毫无生气的生活中而无力自拔。后来他得到了喜媚的"性启蒙"，他感觉这是与某种宇宙力量的交流，甚至把自己童真的"奉献"视为一种"仪式"式的献祭，使这样一种混乱的青春期情感具有了

---

① ［尼日利亚］索因卡：《痴心与浊水》，沈静、石羽山译，外国文学出版社1987年版，第30页。

宗教和神话价值。

西科尼在小说的前半部分是一个主要的人物，他留学归来，是一位工程师，厌倦了沉闷的行政工作而去乡村考察水利，试图建设一个水电站，但他"科技建国"的理想激情很快就被浇灭，他将要面对的是由国家工业体制的官员、被贿赂的白人顾问和地方酋长势力联合起来的、坚不可摧的腐败大厦。他的"宏伟蓝图"刺激了保守力量的神经，破坏了部落权力的平衡，议会辩论时否决了他的计划，酋长和投资者散布谣言，说这是"疯子工程师的胡闹"，他的设备会爆炸而摧毁村庄。他的建设计划遭到执政者和民众的双重阻挠，西科尼面对着半途而废的工程陷入绝望。他曾经热情似火，甚至以神或先知式的人物自居，幻想驯服自然为人类所用。但现在如同他的诗歌和音乐作品一样，一切都成为脱离现实的空中楼阁，他只能在梦境中暂时安慰一下自己：

> 他朝那个"叽叽"怪笑的囚犯摊开手掌，他觉得这笑声有一种魔力，一只巨大的轮轴随即开始沿着罅隙推动巨石，一阵狂喜的喘息之后，路径终于打开，巨型拱门沉思似的矗立在那里，以整齐的几何图形躺在他的脚下。西科尼像洗牌似的翻弄着它们，在曲折延伸的港口中，它们在他的手中立刻变魔术似的变成另一种形状。把群山劈开，便可以用石头从陆地的这头铺到那头。用电机开出一千里长的隧道来。①

西柯尼虽只是在小说的前半部分出现，但却是《阐释家》中重要的一个人物，是唯一一个没有沉浸于个人精英主义的"虚幻"而把变革信念付诸行动的人，充当着这个知识群体的良知和道德试金石的角色。他沉默少言，有口吃的毛病，这一生理缺陷是他"受阻"的人生的象征。当西科尼面对严酷的现实时，他甜蜜的梦立刻便像纸房子一样坍塌了。在这里，小说采用了"全知"的视角，这个全能的叙事者打从一开始就无情地戏弄了他的角色。西科尼被警察带走，一度被押进精神病院。最终，精神恍惚的他遭遇车祸而惨死。西科尼的命运是社会现实中平庸者对天才和知识的天

---

① ［尼日利亚］索因卡：《痴心与浊水》，沈静、石羽山译，外国文学出版社1987年版，第34页。

然恐惧的寓言,是索因卡笔下这群后殖民知识精英的最终命运的象征。

《阐释家》渲染了整个社会境况的腐败、平庸、苍白和灰暗,作为背景,它使索因卡笔下的人物的受挫意绪更加鲜明,他们是敏锐的社会观察家,但他们对自身处境的回应却毫无意义,他们对权力的腐败和集体的保守和惰性所采取的态度只是超然于外。现实既不能使这些人物得到升华也没有使他们变得堕落,生命得以存在的动力完全来自过去,对过去的回忆构成了对生活的想象的基础,小说的叙事模式也因此频繁地运用大量含混复杂的、碎片式的闪回和倒叙。回忆紧紧地维系着这群人物对过去的渴求、对现实的失望以及对未来的不确定感。工程师西科尼和其他留学归来者重返尼日利亚,不仅仅是因为怀念那里田园牧歌式的自然景观,主要是要实现梦想,有所作为,但他们忽略了现实的阻力,理想的幻灭是必然的。

《阐释家》人物形象都有着美好的幻想,而在甜蜜的梦中往往忽略现实因素,作者往往设置一个全知的叙事视角,这个叙事者完全清楚幻想与现实之间的距离。索因卡小说反讽的戏剧效果正是通过这种手段取得的。小说不断地暗示着读者,这些人物的生活完全被某种行事乖张的神秘命运所控制,这命运顷刻摧毁了他们为理想生活所做的一切努力。西科尼的美梦立即破灭,所到达的港口远没有想象的那么美好;愤世嫉俗的伊格搏觉得他对喜媚的爱是他"第一次也是最后一次爱恋",然而最终也以失败而告终;小说中另一人物记者萨戈也是归国后一事无成,无奈他只好倡导和信奉一些荒谬的思想作为他存在的理由,在自我发明的"排泄哲学"中荒废着知识和热情,他认为现实中的尼日利亚是一个非理性的社会,任何企图以理性来解释这个社会的人最终只能毁灭自己。

应该说,在哲学的层面探索存在的意义贯穿了《阐释家》的始终,也是《阐释家》关键的主题之一,这同时也反映了来源于欧洲存在主义文学的影响。作品中除了借艺术来逃避痛苦之外,艺术家们除西科尼外几乎没有实施任何具体地把他们的梦想变为现实的行动,他们的探索只限于纯精神的、纯个人的性质。其中伊格博是一个浪漫的神话和宗教的探索者,他在传统中"寻根",以自己的"奥贡主义"对抗尼日利亚社会政治现实;"科学主义者"西科尼幻想着征服自然为人类所用;至于发明"排泄哲学"的萨戈,始终在探索着无意义的意义,陷入虚无的愤世嫉俗之中。这三个人物对理想的探索只是一种自我满足和实现,即使西柯尼也在失败中试图从雕刻艺术中寻求安慰,他们从现实世界中退隐,进入一个自我娱悦的、孤立的世界。在这里，艺术只是探索的中介，用以重新创造一个虚幻的世界。在小说中，西科尼的受挫最富戏剧性，艺术对他来说起到了对抗精神错乱的安抚作用，他没有任何机会实现征服自然的梦想，只好从梦境中发现"魔法般的超自然的力量"。只是在艺术中，西科尼才看到了真实的意义，艺术使他挣脱了现实的束缚，然而艺术对他来说并不只是一种解放的力量，而是一条通向灵魂可以得到永恒安息的天堂的路径。西科尼在失望中自以为是"在这个世界上是最无存在意义的人"，但他却是最具反思力、最有决心到达存在的中心的人，在那里，生与死的意义得到了真正的阐释。

这个知识群体喜欢自省，在冥想中观照自己的内心和外在的困境，进而探索存在的意义。伊格博常去一个静谧的树丛沉思，他觉得那里仿佛是他的"朝圣地"，他在那里终于豁然贯通，明白自己内心深处的信仰正是自己进行人生探索的武器，索因卡写道那是"神的恩惠"，然而正是"某种知识或者一种美的力量，抑或一种清醒的意识使他的灵魂掺满杂质，在本质上成为一个掠夺者"[①]，这表明正是因为这些艺术家们发现自己禀有天赋的才能，才使他们对自己身处的社会环境不满，不愿也没有能力与这种客观力量达成妥协。伊格博也试图通过参与实际活动在生命中打下实实在在的印记，也在寻求着生命存在的意义。他拒绝继承家族荣誉当部落首领，是因为他认为尼日利亚的政治现实是一种专制的暴政，参与其中的选择不是真正有意义的选择，而是某种堕落。同时，伊格博认为任何选择都必须来自自身内部，而不能被人强加或者源于自己显赫的出身的这种"过去的鼓舞"。

《阐释家》中艺术家人物群体的探索，从哲学意义上讲，是一种摆脱了客观的形而上学的精神活动，如果对他们与其身处的环境的关系进行界定，他们必然是站在腐蚀性的社会力量之上，观察它并指出疗救的方法，但拒绝融入社会，成为整个腐败机体的一部分，他们永远是高高在上的个人"精英主义"者。作品中另一个人物画家科拉，是言语最少但却最大限度地摆脱了物质客观性的纯粹精神式的角色，他具体演示了一种使艺术家凌驾于社会之上的精英主义形式。科拉永远超然于任何事物之外，而且

---

① [尼日利亚] 索因卡：《痴心与浊水》，沈静、石羽山译，外国文学出版社1987年版，第188页。

总是通过直觉观察理解事物。他的行为方式使标榜实事求是的学究拉桑翁十分不满：

> 到底是什么让他总是把自己放在一个特殊的地位？我并不只是指他，而是他的整个部落。每天他们都在某个地方唾沫四溅，大谈着什么文化、什么艺术、什么想象，他们清淡的姿态是那么优越，仿佛我们都是目不识丁的野蛮人。①

拉桑翁被激怒显然是因为他思想的浅薄，他虽然无知，但仍然给读者提供了一份对艺术家们信奉精英主义的诉状。这种精英主义完全打着一种的现代主义者的旗帜，始终认为社会力量正在腐化，艺术家的职责是超越这种腐败从而拯救自我，并在自我陶醉的、布尔乔亚式的艺术中保持人类生存的终极价值。

对《阐释家》中这些具有现代文明意识的人物来说，艺术并不只是进行自我确认的媒介，它也是一种表述，表明艺术家们也在推动历史前进。当自然和历史成为侵害人类生活的异己力量时，艺术便成为与现实和历史进行斗争的武器。正如康德哲学认为的，当客观经验经由艺术创造变成一种新的事物时，艺术想象的世界此时便成为真实的存在。因此，在《阐释家》中，艺术并不完全只被定位为无意义和毫无力量，艺术家们虽然对社会政治的腐败力量冷嘲热讽，但同时也在寻求着普罗米修斯式的解放力量，试图借此实现自己的理想。譬如对画家科拉来说，当他意识到艺术想象的世界压倒、征服了现实、经验的世界，并以一种近乎神学式的观念重塑现实时，他对自我实现的探索便达到了顶点。他通过对一众艺术家朋友的观察，把他们分别融入自己的约鲁巴众神画像中，他似乎已经获得了改变现实的力量，他在神殿前沉思着：

> 关于力量的含义，科拉思想上是忽明忽暗的，根本没有确定不移的认识。在这方面，他已经有所感觉，知道自己的双手是有力量的，并且有转化力量的愿望。他明白，中庸是微不足道的，而要有行动，

---

① ［尼日利亚］索因卡：《痴心与浊水》，沈静、石羽山译，外国文学出版社1987年版，第241页。

在画布上或者在人的肉体上展开行动，这就是生活的历程，但他对完成这一历程产生了强烈的恐惧感，这又是一个自相矛盾的问题。①

在小说的第一部分，西科尼的思想和行为推进了叙事的发展，是这些艺术家人物形象的中心，包括他们的美好理想以及实现理想的不可能。小说第二部分叙事缺乏连贯性很大程度上是因为西科尼的缺场，这使这些思想、性格不尽相同的人物不再容易聚合在一起，他们进一步地自我孤立和封闭。西科尼的死似乎打破了生活中"连绵不断的圆屋顶"，也切断了他对于这个知识者群体与社会现实之间的桥梁般的连接作用，给这个艺术家群体的打击是致命的：

葬礼结束后，伊格博跑过那座桥，躲在乱石丛中，痛苦、愤怒的泪水哗哗而下，但这似乎丝毫无用。萨戈把自己锁在屋里痛饮个不停，整整呕吐了一个星期。德亨娃（Dehinwa）则终日暴跳如雷，咆哮着说："别让你那该死的眼泪弄湿我。"②

西科尼死后，小说进入第二部分，叙事发生了变化，凸显了的神话宗教主体，这是作品的第三个关键主题。《阐释家》是一部成功的小说，但也有不少负面的批评，主要是这部小说看起来主要是欧洲来源，而不太像非洲小说，作品的"非洲来源"相对较少，主要通过科拉画的约鲁巴众神像体现出来。索因卡试图以此使小说有一个神话结构，如同他后来很多其他作品一样，但这种传统因素在作品中的作用并不是十分显著。尽管如此，这一情节仍被认为是索因卡在这部作品中最成功的地方，是一个"天才的创造"③。科拉以伊格博等人为模特画出了约鲁巴众神，建造了一个传统众神殿。在索因卡的神话体系中，奥贡和众神具有各种不同的神性，它们相互悖论、矛盾地集于一体，这实质是复杂的人性的体现。作品

---

① ［尼日利亚］索因卡：《痴心与浊水》，沈静、石羽山译，外国文学出版社1987年版，第328页。

② 同上书，第229页。

③ Biodun Jeyifo, *Wole Soyinka: Politics, Poetics and Postcolonialism*, Cambridge: Cambridge University Press, 2004, p.177.

中索因卡试图把复杂的神性分散到不同的人物身上，的确是一个创造性的想象。

在小说的第二部分，乔·高尔德（Joe Golder）、拉加卢斯（Lazarus）、诺阿（Noah）等人开始出场。这些人的探索带有明显的宗教福音式的性质，与第一部分明显不同。尽管索因卡对他们着墨不多，但他们的行为都掺杂着宗教式的热情。拉家卢斯带有神学意味的探索颇富意趣，他要求信徒完全屈从于宗教，他向人们宣讲教旨，要人们皈依单一的信仰。他坚持认为囚犯必须接受神圣的上帝的精神，灵魂才能得到彻底的净化。然而灵魂得到净化之后又如何？小说通过窃贼诺阿给予了说明：诺阿觉得这种皈依和净化完全剥夺了他生命的活力，觉得活着毫无意义。这促使伊格博开始质疑宗教慈善事业的合理性，他觉得这种宗教的戒律是对信徒的一种阉割，真正地净化一个人在他看来就是让他像小偷诺阿一样，半死不活，完全失去了活力，不再有任何个性，像一张随意涂画的白纸。而人们对宗教的迷狂，伊格博则认为是"人们爱的不是痛苦，只是喜欢作出牺牲，做宗教仪式的祭品"①。另一人物乔·高尔德是一个黑白混血儿，来自美国，自幼对自己的肤色的不纯感到羞愧，他来到非洲，声称喜欢黑肤色，一味追求英国绅士的派头，却生活得一团糟，情感扭曲，成为被人嘲弄的同性恋。他的精神探索被描写成"空洞的循环"，只具有纯道德的意义，而他本人则是"被家庭影集遗弃的古风人物"：

> 我自己是个厌世者。我不关心别人，也不需要别人关心我。总之，多数人都是骗子。我到过好几个欧洲国家，然而天下乌鸦一般黑。伪善令人厌烦。我来到这里，希望非洲人有所不同。……我喜欢独处，从事写作，直到深夜……②

有研究认为小说的第二部分出现的祭司拉家卢斯和"回归家园"的美国人高尔德是死去的西柯尼的精神"复活"和"回归"③，这样就使小

---

① ［尼日利亚］索因卡：《痴心与浊水》，沈静、石羽山译，外国文学出版社1987年版，第269页。

② 同上书，第284页。

③ Derek Wright, *Wole Soyinka Revisited*, New York: Twayne Publishers, 1993, p. 121.

说有了继续发展下去的线索。但这两个人物却都是索因卡经常塑造的"半生物"式的人物，拉家卢斯是一个白化病人，而高尔德则是介于"黑白之间"的混血者，而且也是介于两性之间的同性恋者。尽管这些"介于两者之间"的人物具有常人不具有的通向神秘领域的能力，但也表明这个知识者群体离开现实而进入宗教神话领域得到的也是"不正常"的救赎力量。拉家卢斯举行的怪异的宗教仪式和说教令人感到混乱，而乔·高尔德卑微的、寻找精神家园的努力最终也归于失败，并最终毫无尊严地被杀，宣布了宗教拯救灵魂的神话的破产。相对于艺术家群体而言，这些人物提供了逃避压抑的、异化的礼会的另一种行为模式。拉家卢斯和诺阿等人构成的情节不是小说的主线，可算作是次情结。但却回答了一个问题：宗教是否可能成为最后的避难所？这些人物给出了否定的回答。

在小说的结尾，艺术是人们仅剩的一点安慰，似乎是唯一的避难所。然而他们仍然与现实环境分离着，并深刻地感知着它，这无时无刻不在折磨着他们。即使是科拉也感受到了这种异化，当他站在神殿中时，他忽然觉得自己正从一个身穿祭服的人变成了一个完全的陌生者，而且越来越神秘莫测。这个艺术家群体之所以有一个两难处境，正是因为他们需要在现实环境中有意义，而他们实际的行为却毫无意义。科拉继续沉思：

  假如我们真是这样，真不是来自母胎，多么好啊，我们便感觉不到那种奴性的束缚了；假如我们是从虚无缥缈的一个非母胎的洞穴中出来，那么不论生死都和我们无关，我们就没有任何义务了。我们应该朝这个方向发展——既不让感谢的心也不让谅解之情来削弱我们的意志。因此，当现实破灭时，我们就能迅速寻找一个新的生活规律。[①]

科拉给精神痛苦开出的药方是停止思考，是"绝圣弃智"，然而，伊格博经过长期的反思，最后终于领悟到：存在的真正原因既不在过去、也不在将来，而仍然是如何面对现在。这正是索因卡笔下的人物所面临的最大挑战，即如何与现实达成某种契约。

[①] ［尼日利亚］索因卡：《痴心与浊水》，沈静、石羽山译，外国文学出版社1987年版，第369页。

尽管《阐释家》是一部引起广泛关注和赞誉的小说，但为人诟病的"瑕疵"也很多。比如语言方面，尽管处处表现了索因卡作为诗人的激情，但也无法避免他惯常的晦涩，虽然具有"力量和美感，并闪烁着旺盛的语言智慧"，但却"具有浓厚的隐喻过度和大量的修辞冗余"①。同时，作为最能体现小说的"非洲特征"的神话宗教因素，科拉所画的约鲁巴"万神殿"是索因卡"神话美学"在小说文体中的首次运用。正如索因卡在他所构建的约鲁巴神化宇宙中把神与人置于相互对应的关系，诸神的神性被"分配"给俗世中的人，人在世俗的世界中承担者反映神的精神和意志的角色。然而在《阐释家》中这种对应关系是模糊和不确定的，例如，奥贡的神性似乎存在于每一位"阐释家"中，伊格博时而爆发的暴力倾向，沉溺于酒精的记者萨戈虚无的愤怒情绪，西柯尼的探索和科技创造力，科拉本人对绘画艺术的痴迷，小说的后半部实际上对这一知识群体起着联结纽带作用的学者本德尔则具有奥贡作为神圣誓言的监护者和司公正裁决的神性，② 他谨慎地维护、调解着这个群体的脆弱的"聚合"。这些人物同时似乎又兼其他神的特征，如西柯尼是致力于发电的工程师，索因卡隐约把他与雷电之神桑戈（Sango）联系起来，而本德尔的沉静、隐忍的气质和协调众人的能力又似乎隐喻着约鲁巴与奥贡对立的"宁静之神"——奥巴塔拉（Obatala）。③ 这样，尽管科拉把他的朋友们作为模特儿画出了众神不同的形象，但人与神之间的对应关系却是纷乱的，"阐释家"们无法清晰、具体地把内在的神话身份和宗教本质表达出来。这表明索因卡在小说中"阐释"他的神话美学时如同这部小说的艺术手法一样流于"意识流"，缺乏像在戏剧或诗歌作品中那样的精细和深思熟虑。

三 《混乱季节》：激进时期的乌托邦

1973 年，索因卡在"革命性"的"意识形态"时期创作了《混乱季节》，吸收了左翼的、马克思主义的社会政治观，然而在当时许多激进的

---

① Derek Wright, *Wole Soyinka Revisited*, New York: Twayne Publishers, 1993, p. 118.
② See Wole Soyinka, *Myth, Literature and the African World*, Cambridge: Cambridge University Press, 1976, p. 140.
③ Ibid..

非洲马克思主义者那里,这部作品并没有达到"政治正确"的要求,主要是没有从阶级的角度分析社会的矛盾,并且"仇恨复仇无限制地释放而缺乏美学的修饰"[①]。而在欧洲的批评家的眼中,这更是一部不对胃口的作品。索因卡面对来自两个阵营的批评和否定,一度备感孤立,《混乱季节》也似乎就此成为他庞大的作品群中的一部失败之作。

与《阐释家》相比,《混乱季节》的叙事模式有了新的特点。这表现在自然社会景观不再是静止的背景,而仿佛是一个积极活动的角色,在叙事过程中获得了特殊的意义。小说也不再过多地表现人物的精神活动,而把焦点较多地集中在社会历史的蜕变过程上。这样,在小说场景的构成中,人物的内心活动不再与情节同步发展,人物形象相互之间以及人物与社会历史环境之间积极的、紧张的关系成为叙事的重点,而不只是一味地渲染主人公的焦虑和绝望。与此同时,较之于《阐释家》,神话结构成为贯穿作品的主线,推动小说叙事向前发展。主人公奥费伊(Ofeyi)和艾丽伊丝(Iriyese)对应着希腊神话故事中的俄尔普斯(又称奥菲士)和其恋人欧丽黛克。俄尔普斯是太阳之神阿波罗和艺术之神卡利俄帕的儿子,是著名的歌手和诗人,与欧丽黛克相恋,后欧丽黛克中蛇毒而入地狱,俄尔普斯想尽一切办法营救。《混乱季节》中,奥费伊的恋人艾丽伊丝被捉入监狱,奥费伊和朋友们设法去营救,与希腊神话结构一致。但需要注意的是,《阐释家》中的神话来源于本土资源,而《混乱季节》来自欧洲神话传统。

索因卡在小说中根据尼日利亚翁多州历史上真实存在的一个原始公社制的农庄描绘了一个理想的乌托邦社会——艾耶罗(Aiyero),这是一个具有原始共产主义性质的农庄,远离城市,位于一条大河的三角洲地区。风景秀丽,民风淳朴,支配它的价值观念是自然生成的,丝毫没有被肮脏的现代拜金主义所玷污。它自给自足,外来时尚丝毫也不能影响它的生存方式,村民们外出到象征着现代文明的城市打工,无论离开多久,最终都要回来,而且回来时他们固有的信仰和观念依然完好无损。在艾耶罗,妇女享有权威和很高的社会地位,暗示它仍保留着"母系社会"的远古遗风。然而,艾耶罗只是一个无名国家中的世外桃源,小说中这个国家与一

[①] Biodun Jeyifo, *Wole Soyinka: Politics, Poetics and Postcolonialism*, Cambridge: Cambridge University Press, 2004, p. 188.

般意义上的国家政体无异，它的政府是一个"卡特尔"（Cartel，政党联盟），它在全国推行高压政策，警察密探遍布各地。小说中还有另外一支势力，即象征着传统保守势力的酋长巴塔吉，他与在当地开矿的白人势力勾结盘剥民众，还与卡特尔政府签订合同，控制着可可公司的生产。艾耶罗是索因卡创造的一个自由的、公社制的乌托邦神话，用以对抗腐化堕落的政府当局及其所依附的国外殖民主义势力，这个公社制的社会如何在后殖民社会中生存正是小说的主人公奥费伊所要解答的谜底。

艾耶罗在地理上是一个隐喻，它与社会主体组织分离，离散于一个远离故土的地方，"母系纽带"的传统维系着那些漂泊异乡的游子。这表明了小说的另一个主题——放逐。而主人公奥费伊则是"双重的放逐"，他在卡特尔控制下的可可公司任职，因共产主义思想倾向而被强制"进修"离开，因此他与自己的故土分离。同时，奥费伊也与同阶层的教育和知识精英相疏离，他的思想"异端"和拯救意识使他只能被视为异己分子。索因卡写作《混乱季节》时正处于这样一种阶段，他出狱不久即离开尼日利亚，自称这是一个"自我放逐"时期。他与故国分离，忧心于祖国的混乱，而与文艺界同侪之间的鸿沟也无法弥合，只能做一个"遥远的祈求者"。小说主人公奥费伊的漂泊无根和放逐疏离感正是索因卡自身的缩影。

奥费伊来到艾耶罗农庄，这里的社会模式与他理想中的生活不谋而合，他试图以他从欧洲带回的马克思主义式的理想社会改造艾耶罗，保存其质朴的文化状态，并通过一种渐进的、教育式的变革使其在意识形态上具有先进的理念，并最终传播开去，影响全国，从而消除腐败的卡特尔政权。然而他新结识的朋友牙医德马金（Demakin）却表示反对这种缓慢的改良主义，自称是"毛式游击队员"的他主张对卡特尔进行武装反抗，以暴力结束腐败的政府。牙医德马金实质上是奥费伊的另一个自我，从作品的描述来看，他们的结合也是一种神话结构，象征着拯救者普罗米修斯和他的兄弟大力神阿特拉斯的联合。然而，艾耶罗引起了卡特尔的警觉，为消灭共产主义的萌芽，派遣军警来镇压他们眼中的"改变信仰者"和艾耶罗的"异族人"。结果，奥费伊和他的支持者们失败了，艾耶罗变成了人间地狱。

在现代非洲小说中，奥费伊是一个具有先进的思想意识的人物形象，他是"播火者"，是为寻求真理而不畏艰辛的朝圣者，他认同、理解他所处的环境并努力去改变它。他以"超人"般的精力实现着他的理想，要把非洲的荒原变成丰产的沃土。他的理想和严酷的社会条件之间形成一种张力，小说叙事以此展开。如果奥费伊试图把艾耶罗建设成一个人道主义社会的愿望不能成功，或许是因为他的思想太过超前了，但他坚信自己能够给艾耶罗施加进步的影响。由于奥费伊不像《阐释家》中的艺术家那样拒斥外界环境，使这部小说中年轻的探索者与其身处的环境之间的冲突没有那样激烈。结果奥费伊在很多方面给艾耶罗带来了有意义的变化。他认为整个社团原有的价值观念应该得到进一步的扩展，而他自己就是新的价值观念的代言人。他告诉人们统治着国家的政党联盟不是天经地义地应占据统治地位，艾耶罗与它是平等的。他带领众人做了艰苦的努力，从而使艾耶罗有能力抵抗卡特尔势力的来犯。正像他告诉艾耶罗的负责人阿依米的，艾耶罗的水需要冲绝大堤，农作物必须找到新的生长地，否则将要慢慢衰退直至死亡。而艾耶罗原始质朴的自然条件也敦促奥费伊采取实际行动去实现他的理想："仍然有问题和可能性在他的脑子里，艾耶罗承诺了很多，用答案和前景逗弄着他，它要给他的探索以实际的回报。"① 奥费伊信心百倍，觉得艾耶罗有变革图新的能力。而他也从这个社团中脱颖而出，成为勇敢的、变革力量的象征。

艾耶罗并不是一个"小国寡民"式的原始村社，它也希望通过改革走向现代化，它不愿融入卡特尔国家政体，只是拒绝"卡特尔"冷酷无情的高压统治，希冀一种和平温馨的人道主义。艾耶罗也不认为在这样一种"田园牧歌"式的环境中对过去的回忆是一个避难所，活动在其中的人物不像《阐释家》，他们没有因留恋过去而处于"记忆的暴政"之下，正如小说中的老人阿依米（Ahime）所说的，艾耶罗的人们拒绝了"记忆的枷锁"：

> 我们在这儿，我们繁荣昌盛，我们知道和谐是什么，有它就足够了，它是我们教导孩子们的第一个原则，孩子们不能伴随着过去长大，这些东西必须消失，他们业已腐烂，裹挟着死亡的气息。这并不是说我们藏匿了什么，每个人都知道我们从哪里来，都知道我们是在为艾耶罗寻求一种真实的、更好的生活，是在寻求整个人类都在追求

---

① Wole Soyinka, *Season of Anomy*, London：Arrow Books Limited, 1988, p. 7.

的美好事物。他们也都相信我们会找到的。这也正是我们的孩子们外出后总会重返艾耶罗的原因。①

有人批评索因卡在《混乱季节》中描绘的艾耶罗过于虚无和理想化，持此种观点的人忽略了一个事实，即索因卡本就以"神话的创造者"而享誉世界文坛，他在戏剧和诗歌作品中创造出了更多的当代非洲神话。在这部小说中，只有把乌托邦艾耶罗视为一种可能的社会现实，一种希望，一种理想，它才具有意义。当然，神话不能完全脱离现实，否则就真成了纯粹的虚无，在这部小说中将失去意义。这里的问题在于作品中艾耶罗与控制着它的国家机器——"卡特尔"（政党联盟）发生联系过晚，在此之前，它完全自由、自足地存在着。这使人不得不产生怀疑：在"卡特尔"无所不在的监控下，艾耶罗如何能够生存这么久？如何能够不断地进行着新生活的实验和改革而不被代表着腐败的现代政体的"卡特尔"发现？尽管艾耶罗位于国家的边缘地区，但也并未完全超越"卡特尔"国家机器的边界，艾耶罗与"卡特尔"过长篇幅地脱节是这部小说在整体结构上的不足。

在奥费伊给艾耶罗规划的理想蓝图中，共产主义公社性质的社会模式是引人注目的。奥费伊曾接触到欧洲的共产主义思想，他把它引进到艾耶罗，进行切实的实践，观察结果如何，观察新生事物如何在社会常规中繁衍和发展。奥费伊是公社制的实施者，他利用艾耶罗原有的原始公社制的生产方式，试图进一步把它改造成为具有现代文明意识的社会。他以积极的实践活动与《阐释家》中的艺术家群体区别了开来。然而也应注意到，奥费伊并没有彻底剔除《阐释家》中所表现出的那种精英主义的弊端，这表现在他过分天真地相信思想的力量，而同时又对力量强大的腐败的卡特尔国家机器怀有恐惧，在他的内心深处，对理想社会最终能否实现有着深深的疑虑。阿依米曾想让奥费伊当谷物保管员这一艾耶罗最重要的职务，表明他对奥费伊超前思想和理想情怀的信任，但奥费伊却拒绝了，这暴露了他的"行动力"依然不足，依然具有知识精英耽于思想的弊端。

奥费伊在艾耶罗代表着一种新生的政治力量，这注定他在艾耶罗难以完全处于主导地位，只能施加边缘性的影响，他也为能占据中心不断地作

---

① Wole Soyinka, *Season of Anomy*, London: Arrow Books Limited, 1988, p. 9.

着努力。他偶尔遇到了牙医德马金，他的思想受到了很大的震动。牙医坚信自己能克服现实条件并最终达到目的。牙医最有力的思想是认为应该正确地看待暴力，认为它并不总是代表着邪恶，在适当时刻要毫不犹豫地使用它，进行一种"毛主义式"的激烈的暴力斗争，甚至必要时进行暗杀。这促使奥费伊克服了消极心理，他从阿依米那里借来一些人组成了一支革命性的干部队伍，用以推行他的革新思想。奥费伊再次坚定了思想即是社会变革的利器的信仰，相信要达到目的必须采取激烈的、武装暴动的手段。

在小说的第二部分，奥费伊决定加入到与"卡特尔"的武装战斗中去，他要检验他的思想武器的实际有效性，当然他不可避免地要遭到失败。当"卡特尔"的军队摧毁艾耶罗自以为得意的前沿防线，当艾耶罗的前锋部队被击溃时，奥费伊再次陷入深刻的怀疑的危机之中，就连阿依米也怀疑奥费伊是否还能坚持他的信仰。当奥费伊看到"卡特尔"的军队摧毁了蓄水大坝时，他相信这是彻底失败的象征，奥费伊终于看到了失败的幽灵，感受到了它的气味和颜色。这重大打击使奥费伊开始相信一种恶性的历史循环论，这是一种衰退的循环，奥费伊这时对未来产生了深深的恐惧，开始认为在非洲的这块荒原上不会有任何有意义的变革，认为这是这块大陆早已注定的命运，它必将陷入一种不可逆转的掠夺、死亡和解体的历史循环之中，接受这种历史循环论就等于否定了他进行社会变革的能力：

……两者似乎都宿命地倾向于回到出发点，对变革的拒绝带来了绝望的时刻。在小舟的后面，即使那湖水也在密谋繁殖产生麻痹的病毒孢子，病原体大张其口，正在吸干航行者进行挑战的勇气，他们完全失去了免疫力。奥费依喃喃道：欺骗！那再生的能力只是满怀嫉妒地躲在深池中，可以得到但却藏着，只等待着最有力量的挑战者。只有准确地扣动扳机，它才能爆发，伴随着痉挛、剧烈的爆炸和轰隆隆的海浪。①

然而"卡特尔"已在他的土地上造成了一场报复性的浩劫，这是一

---

① Wole Soyinka, *Season of Anomy*, London: Arrow Books Limited, 1988, p. 91.

次宗教杀人祭神般的屠杀,国家机器已经完全丧失了理性。当奥费伊把留下大量尸体的荒原巡视一周后,他觉得那里已成了"人间地狱",几乎要向"卡特尔"残忍恐怖的镇压机器屈服了。他出现了"亡灵接引神接引大批死者"的幻觉,"他们从两边纷纷跳入那深渊,在地狱的门口挤作一团,争先恐后地奔向那筵席。这是劫后余生者的华宴"①。在《混乱季节》中,恐怖和死亡的场景并不只是奥费伊眼中的景象,它本身已经戏剧化而成为小说叙事的一部分,它的缺点有时是渲染得太过度,有时与人物形象脱节,但这些场景还是较好地起到了激起读者厌恶"卡特尔"的作用,这正是作者的本意。这些场景描写有时也很成功,比如第十一章,就在死亡和腐烂的总主题下,人物活动和场景描写较好地结合了起来。如描绘了囚犯们等死的阴森怪诞的场景,他们死死地盯住前方,仿佛在看那即将到来的灾难。读者因此随着奥费伊和他的同道们进入"地狱的边缘"。小说以略带嘲讽的口气描绘了这一充满了屠杀和恐怖、腐烂和残破的场面:

不仅仅是泉水,一群无知无识的卡特尔的盲众毫不克制地玷污着生命所必需的纯洁的源泉。杀人毫不费力气,只是掩埋尸体却得费些周折。深井和暗湖贪得无厌地吞没了它们。尸体在街上已经堆积如山,秃鹫们这次似乎来得晚,很快它们就吃得过饱,懒洋洋地向荒原的远处飞去。卡车只好再开来,把这些人体的废墟倾倒进水库里去。②

这一死亡的景象使奥费伊认识到梦幻和理想面对枪炮时是多么软弱无力,他开始深刻地怀疑自己:

这不是真的,奥费伊自语道,他在内心深处咒骂自己不能放松下来。一种无能的感觉滋生蔓延着,他弄不清它到底是一种什么东西。现在,他觉得一切早就注定是一场闹剧和笑柄,一场白日梦般的耻辱。③

---

① Wole Soyinka, *Season of Anomy*, London: Arrow Books Limited, 1988, p. 175.
② Ibid., p. 193.
③ Ibid., p. 243.

但这促使奥费伊不能完全陷入绝望中，他要努力使自己振作，竭力去证明敌人是可以战胜的，从而克服自己的犹疑。面对"卡特尔"强大的暴力机器，奥费伊重新考虑他的行为方式，包括那本来就违背自己思想倾向的牙医的激烈的立场。即使牙医没有把自己关于暴力的思想告诉他，奥费伊现在终于能理解为什么牙医能通过他的在任何时候、任何外界影响下都要免受攻击的抽象逻辑而处处得利。牙医曾和他讨论过，认为任何暴力行为都具有一个等同和相似的反应，他对奥费伊说："别问我什么设想，除了淘汰那些活着即是一种罪恶的人以外，我什么都不想。那以后该怎么样就是你这样的人的事了。"① 牙医认为"卡特尔"政体不会带来任何好的东西，它对艾耶罗的血腥报复已经证明了这一点，即使"卡特尔"扶持建设的新型城市现在在奥费伊的眼里也是一种罪恶：

  新城市依拉，未来的国际大都市，它没有污点，极端现代化，它是吉库人进步的、毫无瑕疵的性格特征的象征。它是一个有整套规划的城市，说明吉库人有着宏伟的计划。一个古老破败的小村庄，一个经常杀人祭神的原始部落，如今已变成一个工厂、大学以及市政建设的展览场。②

这个城市表达了"卡特尔"对现代化概念的理解：高度的人工化，始终处于严厉的控制、压榨和镇压之下。这正是典型的资本主义秩序，也正是这种现代秩序给了奥费伊致命一击，他必须治愈自己的伤口，反思自己在关键性的行为上的无能。

在小说的结尾，奥费伊终于意识到，他一直在试图做一个纯粹的、形而上的"精神人"，而牙医德马金却始终根据假设的逻辑结果去做理性的、现实的选择，是真正的行动者。奥费伊来到一个地窖中，此刻的他不断地思索和反省着梦魇般的现实，终于明白，他再也不能沉浸在梦幻之中，他再也不能欺骗自己。这场暴力的屠杀在形而上学及心理学的意义上并不难解释，正如牙医所说的，任何事物都有它自身存在的逻辑。奥费伊在反思自身的同时，也终于认识到，"非洲经验"的精神特征是失败、绝

---

① Wole Soyinka, *Season of Anomy*, London: Arrow Books Limited, 1988, p. 112.
② Ibid., p. 130.

望和没有行动,要想从后殖民社会中解放出来,首先要摆脱这一致命的非洲特性。同时,如果说《阐释家》是一部反映知识精英在精神层面进行思考的小说,那么《混乱季节》则是一个"转换",奥费伊建立了一个"乌托邦"的理想,在腐败中追寻社会再生的能力,在反省的同时逐渐开始现实行动,这意味着非洲小说在形式和意义两方面正在发生转变,即从精神探索型转向重视社会实践作用的模式。

在小说的结构形式上,最引人注意的是隐含的希腊神话结构以及小说情节的演进与大自然季节的周期性循环相对应。然而正是这些"创造性"的叙事形式引发了"主题混乱"的批评。当"卡特尔"的暴力镇压结束后,奥费伊在牙医的带领下开始了他救援恋人和舞蹈家艾丽伊丝的行动,他们穿过象征地狱力量的看守和麻风病人等几道关卡,成功救出了被劫持的艾丽伊丝。然而,这一情节除了让人联想到俄尔普斯和欧丽黛克的神话故事之外,看不出与小说的政治变革有必然的联系,奥费伊和牙医的"革命"行动已变成一种私人的、象征性的"神话之旅"。索因卡所要表达的小说的"神话隐喻"和激进的政治理想完全处于两条平行的轨道之上,不具有交叉相连的逻辑和意义。这种分离再次体现了索因卡"含混复杂"的特点或者说缺憾。

与此同时,小说的五章节分别以"种子"、"发芽"、"触须"、"收获"、"孢子"命名,代表着季节的周期循环,并与社会变革的希望、挫败、毁灭和再生的演进过程象征性地联系起来。这是否在暗示艾耶罗政治理想的幻灭是由于自然的循环力量,而不是由于人的思想和行动的无力和错误?这里使人不能不想到索因卡思想深处的悲观主义和"历史循环"论,即使他在这部小说中令人意外地表现了共产主义政治理想,但仍没有摆脱对非洲历史的"宿命论"。然而无论如何,尽管艾耶罗的政治乌托邦最终与神话和自然循环纠缠在一起,但从《阐释家》到《混乱季节》,索因卡表现出了某种努力,他从知识分子孤立的个人"精英主义"向社会政治现实和公众领域迈出了一大步。

余论　索因卡与中国的后殖民话语

索因卡作为"非洲的莎士比亚"和现代非洲文学的开拓者和重要的奠基人之一，在文学创作领域特别是戏剧领域对非洲和世界文坛所作出的贡献是巨大的，他集诸多称号于一身，他是戏剧家、诗人、小说家、传记作家、文学评论家、文化思想家、翻译家、同时还是编辑和电影制作人，在社会活动领域，他又是享誉世界的人权和政治活动家，这些称号的任何一个他都是当之无愧的，可以说是名副其实的"全能作家"、"全体裁作家"。他的创作经历迄今已达60年，所焕发出的惊人毅力和创作活力在世界范围内也是难得一见的，这不能不令了解他的世人叹为观止。从他创作的各类作品的庞大数量和身体力行的政治反抗实践活动来说，索因卡都无愧于"当代世界的伟大作家"这一荣誉。遗憾的是，索因卡在中国可以说一直都是默默无闻，很长时期以来都处于学界的"盲区"，这与国人在改革开放以来相当长的一段时间内都醉心于欧美的"发达"，在西方令人目眩的各类思潮、流派之后亦步亦趋的状态不无关联，在那样一种"集体无意识"的驱使下，我们根本无暇把目光投向同属"东方"的另一隅，投向战争动乱频仍、积贫积弱尤甚的非洲。令人感到欣慰的是，近年来，随着我国综合国力的日益提升，在国家层面提出的"一带一路"倡议的实施，这种"非洲研究"总体滞后的状态在近期已经悄然发生了改变，国人和学界开始关注那片遥远的热土。可以预见，在文学领域，像索因卡、阿契贝、恩古吉这些真正代表着撒哈拉以南非洲的杰出黑人作家，必将引起国内学人极大的研究兴趣。本书正是在这方面试图作一粗浅的尝试。

在本书主体部分的写作过程中，笔者曾在东非国家肯尼亚工作了一段时间，有几件事印象非常深刻。肯尼亚全国只有一家电视台，由肯尼亚广播公司（KBC）控制，在每天的节目中，作为官方语言的英语节目占了绝大部分时间，而同样是官方语言的本土语言斯瓦希里语（kiswahili）节目几乎少到了不能再少。每天晚上的"黄金强档"节目差不多都是欧美的动作电影,而且是欧美早已过时的、十来年前的动作片,这是因为经费有限,KBC 无力引进欧美最新的影视作品。在肯尼亚工作期间,据笔者所见,电视台只播放过一两部制作极为粗糙的本土电影。最有趣的是,美国制作的创下吉尼斯纪录的几百集电视剧《英雄与美人》(*The Bolder & the Beautiful*)已在肯尼亚连续播放了三四年。这部巨型"肥皂剧"虽然情节单调重复,充满了无聊的两性关系和乱伦主题,但却成了肯尼亚人连续几年的唯一娱乐,即使这么一点娱乐,也只有那些衣食充足的中产阶级享受,因为居住在都市区的人们、居住在乡村草阁中食不果腹的人们,只能在黯淡的烛火中度过一个个夜晚。

如果说《英雄与美人》的播放只是后殖民时期帝国主义依靠电子媒体技术对自我文化强行进行渗透的最司空见惯的、人们业已熟视无睹的基本方式,那么非洲大陆所弥漫的宗教狂热就不那么简单了。笔者在这个东非小国、这个前大英帝国在非洲的"模范托管地"所看到的可谓是一种宗教奇观。无论在号称"小伦敦"的首都内罗毕,还是破败不堪的无名小镇,最高大辉煌的建筑都是基督教堂,每到周末,成群结队的人们涌到这里做祈祷。最让人称奇的是,这些虔诚的信民往往都以家庭为单位,而有好几个妇女和十几个孩子的家庭并不鲜见,这是非洲许多国家仍在实行的一夫多妻制的结果,整个国家的人口因此每年成倍地递增,这些数量激增的人群都涌向教堂或福音布道广场,向那个悬挂在十字架上的西方上帝祈祷、倾诉、哭泣,希望能禳除到处蔓延的瘟疫和灾难。KBC 有一个家喻户晓的节目叫"耶稣的荣耀",每周都向全国播放一次那些如痴如醉的场面,而基督教神职人员则遍布全国,他们往往两人一组,一人说英语,一人说斯瓦希里语,走乡串户,随时随地向人们宣讲教义。最让人震惊的是,每年复活节都要由真人举行耶稣受难的仪式,人们用长钉把他钉在十字架上。仪式完毕后,这位基督徒作为牺牲者能得到教会的一大笔抚恤金。这些现象说明,基督教作为殖民主义遗产,在非洲已不仅仅是一个宗教信仰的问题,它经过殖民者一二百年的推行,如今已完全"内化"为土著居民的一种主要的精神生活,而各部族原先遗留的各种传统宗教日渐湮没无闻,只在一些民间舞蹈和祭祀仪式上保留着一些形式上的残余,它们已不再能深刻地影响人们的日常生活。还有一个场景极富征意义,在肯尼亚,人们经常会看到衣冠楚楚、手持象牙权杖的总统莫伊(Moi,

1978—2002年在位）先生赫然站在祈祷的人群中，在牧师的引领下高唱着基督教荣耀颂歌。这说明这种胎来的宗教已经渗透到国家最高权力机构之中，总统和他的拥有全国大部分土地的部长们正借用这种宗教力量和国家机器一起控制着全国政局，必要时也可以利用这种力量为自己的党派拉选票，或者为了战胜政敌，把这种力量和种族意识结合起来挑起部落之间的冲突。笔者刚到肯尼亚时，在中部裂谷省区就爆发了一次小规模的部落冲突，直接的导火索是总统罢免了副总统，而副总统属于另外一个部族。看到这种现象，我们就不难理解为什么法农、加布雷尔等人认为后殖民社会中的民族资产阶级是一个矛盾的阶级，他们一方面与殖民势力有一种联盟关系，另一方面为了巩固政权又不得不迁就本土的部族势力。索因卡被认为因为与他所激烈抨击的本土政府和殖民主义文化存在着"象征性的联盟关系"，而不能采取进步的、彻底的反殖民主义立场，也恰恰在于他本质上属于这一社会阶层，他实际上与莫伊总统一样，不得不对耶稣基督唱颂歌。

虽然地处东非的肯尼亚和远在西非的尼日利亚必然存在许多差异，但它们与其他广大的黑非洲地区一样，作为前殖民地和现在的后殖民社会，所面临的文化政治现实是大同小异的，索因卡与肯尼亚作家恩古吉（现流亡美国）无论在生活经历上还是在文学创作上都会表现出许多一致性。

中国作为一个"第三世界"国家，情况又怎么样呢？当《英雄与美人》在非洲占去晚间的黄金时间时，在后殖主义理论在国内刚刚兴起不久的21世纪初期，国人曾坐在电影院里为《泰坦尼克号》挥洒着一把一把的眼泪，美国"巨片旋风"一次又一次地冲击着国内贫弱的影视市场。当美国总统因一个女人抖落出一条花裙子而被弄得狼狈不堪时，国人立即忙不迭地展开关于"隐私"的写作大讨论。然而帝国主义并没有因为我们如此钟爱他们的文化而忘记意识形态的对抗，他们以"无意的失误"为借口，用五颗激光制导导弹对中国驻贝尔格莱德大使馆进行了"外科手术式"的轰炸，开了一个前无古人、也不一定有来者的巨大国际玩笑，国人则立即掀起一阵基于民族主义情绪的示威游行，随后便似乎一切都没有发生，人们照旧逛超市，吃麦当劳，奔走在日趋现代化的大都市里，有滋有味地享受着来之不易的现代都市文明。

本书主要从后殖民理论的视角对索因卡进行了考察。索因卡的思想和创作要先于后殖民理论的产生几十年，可以说后殖民理论从索因卡等非洲作家那里汲取了丰富的营养和启迪，在后殖民主义思想家的眼中，说索因卡是后殖民文学的典范作家一点都不为过。虽然后殖民主义从发轫到盛行，迄今已近半个世纪，在中国也已经流行了 20 多年，但它在世界范围内仍然显示出强大的生命力，这是因为后殖民主义本质上是关于东西方关系的一种文化政治批评理论，其关注的焦点是殖民问题，是弱者与强势、殖民与反殖民的问题，其主要目的是解构和颠覆西方文化帝国主义对东方世界的文化霸权，在不同文化之间的浑融、"杂糅"中实现真正意义上的平等交流和对话。而这正是当今世界中国和其他众多的第三世界国家与西方发达国家之间在文化和社会政治经济关系的一种现实状态。虽然当前我国在国际上的地位和文化影响力已发生了巨大的变化，但在文化上的弱势地位还没有发生根本性改变。从这个意义上来说，在很大程度上，我们与索因卡面临着相同的问题。有人甚至断言，自"五四"时期鲁迅那一代人开始，中国的文学文化界即在面对东方和西方的关系时迷惘失措，处于"集体失语"的状态，整个 20 世纪的中国文学都可以置于后殖民理论的视域中重审，"鲁迅在他那个时代并没有看到西方人的国民性分析里所潜伏着的西方霸权话语……他那些非常出色的小说却不自觉地把国民性话语所包藏的西方中心主义严严实实地掩盖了"，[1] 时至今日，我们整体上依然处于"西方文化"的巨大笼罩中，基本上依然在他人后面亦步亦趋，当我们认同了世界正在一体化的总体趋势时，却发现我们在"国际俱乐部"里的声音依然是微弱的。

我们还是处于边缘的地位，人权、民主、自由这些只是构成语言的几个语词仍然具有强大的话语威力，无时无刻不在挤压着我们，这几个简单的语词在很多场合都使我们丧失了平等说话的权利。

知识分子不是生活在历史的真空里，他们的写作无论何时都是一种对权力的诉说。经过近四十年的开放思维，中国知识分子已经取得相当的自觉，"蓦然惊回首"，他们发现已从一个高度意识形态化的、封闭的社会"转型"到了一个个喧嚣异常的"后现代"、"后殖民"社会中。人们一度惊呼本土文化的全面丧失和异化，知识分子普遍地陷入一种焦虑的失语状态。中国的后殖民理论批评家几乎一致认为中国的现代化就是西化，中国的现代文化就是传统文化的全面失语。在这样的认识下，人们本能地转

---

[1] 冯骥才：《鲁迅的功与过》，《收获》2000 年第 2 期。

向本土文化，试图重建本土话语系统。在这里，中国知识分子与索因卡采取了同一种文化策略，开始了"以寻求纯粹的族性为标志的本真性"[①]的民族文化的"归航"之旅。非洲的知识分子在20世纪60年代讨论"非洲性"、"黑人性"，而中国知识分子则在20世纪90年代讨论"中华性"、"华夏中心主义"，热烈地进行着"一种根本性的返家活动"，有人说道："没有自己的话语，也就等于丧失了自己的精神家园。建设新的学术话语体系，其实质是向固有的文化精神的回归。"[②] 如果说倡导"新儒学的复兴"或"古代文论的现代转化"，目的在于把传统文化融入当前的后殖民文化语境，从而达到与其平等对话、相互融合的目的，其出发点是正确的话，那么以"中华性"、"华夏中心主义"等为旗号的"文化归航"则正是索因卡创作倾向中存在的一种族性诉求的文化本质主义。索因卡的写作实践表明这将是一种不成功的文化策略，它将像索因卡的以传统神祇为中心"神话美学"一样，试图构建一种与西方中心主义相对抗的"东方主义"。这不仅是对赛义德"东方主义"理论的误读，而且必将把中国的后殖民主义理论置于一种深刻的悖论危机之中。它在解构西方中心时，又在建构一种新的自我中心论，实质上是把原先作为"他者"的自我置于二元对抗的另一端。这种文化策略最终必将像索因卡有时所表现出的矛盾一样，重新陷入"二元对立"的殖民主义话语模式中，从而"复制宗主国的认知过程"，而这正是后殖民理论在反思东西方关系时所强烈反对的"文化本质主义"倾向。

当然必须指出，作为去殖民化的起点，"文化归航"、重新意识到民族文化的主体性是必要的，只是不能陷入文化帝国主义基于种族歧视、白人优越论而惯常遵循的"二元对立"思维模式的老路，而应该采取"话语重置"、"反话语"等策略，即如赛义德所说的，应在异质的文化之间找到一个适当的位置，融合它们，并以民族文化为基础，建立一种更强大的具戏仿性质的新的叙事风格，对殖民主义霸权话语进行逐步的颠覆、消解和掩盖，揭示出帝国主义文化压制、控制"他者"文化的真相，动摇其作为中心话语的基础，最终消除自我文化的从属地位，实现不同文化之

[①] 陶东风:《文化本真性的幻觉与迷雾——中国后殖民批评之我见》，《文艺报》1999年3月11日。

[②] 同上。

间的平等对话和积极融合。索因卡和其他众多的后殖民作家的写作实践证明，这种强调"对话"而不是"对抗"的反话语策略是当前历史条件下行之有效的策略，对民族文化的封闭性固守或全盘西化或"文化冷战"都是行不通的。

　　与索因卡相比，中国知识分子有自身的优势和劣势。优势是我们有悠久的文明，两千年积淀下来的文化经典不胜枚举，需要做的是把它们"激活"，以新的思维和风格对其进行重新叙写。而索因卡回归传统时，所面对的是真正的文化荒芜，虽然有丰富的神话传说和民间故事等资源，但基本上是以"口头"方式散布在民间，索因卡所做的文化工作是真正的"文化重建"。中国本土知识分子的劣势在于索因卡是真正"文化两栖人"，他精通本土语言和英语，对两种异质的文化都有深刻的了解，并在其中生活着、思想着。与索因卡的文化身份相同，尼日利亚老一代作家阿契贝及新一代作家本·奥克利、印裔作家萨尔曼·拉什迪、巴勒斯坦作家哈尼夫·库雷希等人都是这样的"文化两栖人"，后殖民主义理论"三剑客"——赛义德、霍米·芭芭、佳雅特里·斯皮瓦克等人也有着相同的文化背景。这些"文化两栖人"的理论和文学文本在国际上正掀起一场声势浩大的"跨国创作运动"。有人称这是一场"换语之人"的跨国创作运动。[①] 这些来自前殖民地或称文学边缘国的"换语人"所创作的"国际小说"、"国际文本"用殖民者的语言和崭新的写作风格进行着一种反殖民、反统治、反霸权，对传统欧洲文学中心形成了巨大的挑战和冲击。与这些"文化两栖人"或"换语人"相比，中国本土知识分子的后殖民性只能算是一种"准后殖民性"。我们首先在语言上就不具有索因卡等人的"换语"能力，中国作家的文本必须经过翻译这一中介才能走向世界，这就极大地妨碍了文化交流的快速性、及时性和准确性。中国知识分子处境的尴尬在于拥有大批掌握西方语言的学者，但国际上却没有大批以拼音语言为母语的汉学专家。这一处境加速、强化了我们对西方霸权话语的被动接受，却不能加速和强化我们自身文化的被接受、被认同，这意味着强化了我们在后殖民语境中被动的文化地位。事实上，虽然赛义德在《文化与帝国主义》一书中试图将后殖民主义定义为当今全球性的一个文化事实，但世界不同地区的后殖民性存在着差异是很显然的，比如有的学者认

[①] 姚申：《换语之人：后殖民时代的跨国创作运动》，《中国比较文学》1997年第2期。

为非洲、印度的后殖民主义可算作一种类型,而西班牙属的南美移民殖民地则又是一种类型,应该区别对待。① 中国有自己独特的文化传统和历史经验,所表现出的后殖性也必然是独特的,所相应采取的文化策略也应该是独具特色的。

---

① [美] 赛义德:《赛义德自选集》,谢少波等译,中国社会科学出版社1999年版,第290页。

主要参考文献

外文文献

Ahmed Jerimah, "The Guerrilla Theatre as a Tool For National Re-Awakening: A Study of The Soyinka Experiments", *Literature and National Consciousness*, Calabar: University of Calabar, 1989.

Ali A. Mazrui, *The Political Sociology of the English Language: An African Perspective*, The Hague: Mouton, 1975.

Amilcar Cabral, "National liberation and culture", Delivered as part of the Eduardo Mondlane (1) Memorial Lecture Series, 20 February, at Syracuse University, Syracuse, New York, 1970.

——"National Liberation as the Basis for Africa's Renaissances", Vambe, Maurice Taonezvi; Zegeye, Abebe. *Rethinking Marxism*; Abingdon Vol.20, Iss.2, (Apr 2008): 188-200, 334.

——*Return to Source*, New York: Monthly Review Press, 1973.

Amiri Baraka, "Didn't Worry About His Politics Overpowering His Poetry", Weekend Edition Saturday; Washington, D.C.Washington, D.C.: NPR. (Jan 31, 2015).

Bhabha Homi, *The Location of Culture*.London and New York: Routledge, 1994.

Biodun Jeyifo, ed.*Conversations with Wole Soyinka*, Jackson: University Press of Mississippi, 2001.

——*Wole Soyinka: Politics, Poetics and Postcolonialism*, Cambridge: Cambridge University Press, 2004.

ChinuaAchebe, "English and the African Writer", Ali A.Mazrui, *The Political Sociology of the English Language: An African Perspective*, The

Hague: Mouton, 1975.

Derek Wright, *Wole Soyinka Revisited*, New York: Twayne Publishers, 1993.

Echewa T.Obinkaram, *The Land's Lord*, London: Heinemann (AWS), 1976.

Elechi Amadi, "Keynote Address: Background of Nigerian Literature", *Literature and National Consciousness*, Calabar: University of Calabar, 1989.

Erwin Piscator, *The Political Thratre*, London: Methuen, 1963.

Geoffrey Hunt, "Two African Aesthetics: Soyinka VS.Cabral", Georg M. Gugelberger ed., *Marxism and African Literature*, Trenton, New Jersey: Africa World Press Inc., 1986.

Georg M.Gugelberger, "Marxist Literary Debates and Their Continuity in African Literary Criticism", Georg M.Gugelberger, ed., *Marxism and African Literature*, Trenton, New Jersey: Africa World Press Inc., 1986.

James Gibbs, *Wole Soyinka*, London: Macmillan Publishers LTD, 1986.

Jane Wilkinson, *Talking with Africa Writers*, London: James Curry LTD, 1990.

Kaven Morell, *In Person: Achebe, Awonoor and Soyinka*, Seattle: Washington UP, 1975.

Kole Omotoso, *Achebe or Soyinka? A Study in Contrasts*, London: Hans Zell Publishers, 1996..

Lars Gyllensten, *Award Ceremony Speech*, https://www.nobelprize.org/nobel_ prizes/literature/laureates/1986/presentation-speech.html

Maurice B.Benn, *The Drama of Revolt*, Cambridge: Cambridge University Press, 1976.

Mpalive-Hangson Msiska, *Postcolonial Identity in Wole Soyinka*, Amsterdam-New York: NY 2007.

MSC Okolo, *African Literature as political Philosophy*, Dakar: Codesria Books, 2007.

Ngugi Wa Thiong'o, *Decolonizing the Mind: The Politiccs of Language in African Literature*, London: James Currey, 1986.

Obotunde Ijimere, *Imprisonment of Obatala*, Lodon: Heinemann (AWS),

1966.

Rowland Smith ed., *Exile and Tradition: Studies in African and Caribbean Literature*, London: Longman, 1976.

T.M.Aluko, *His Worshipful Majesty*, London: Heinemann, 1973.

Wole Soyinka, *A Play of Giants*, London: Methuen, 1984.

——*Art, Dialogue, and Outrage*, New York: Pantheon Books, 1993.

——*A Shuttle in the Crypt*, London: Rex Collings and Methuen, 1981.

—— "Author's Note", Wole Soyinka, *Death and the King's Horseman*, London: Methuen, 1975.

——*Collected Plays*1, Oxford: Oxford University Press, 1973.

——*Kongi's Harvest*, Oxford: Oxford University Press, 1967.

—— "Language as Boundary", Wole Soyinka, *Art, Dialogue, and Outrage*.New York: Pantheon Books, 1993.

——*Myth, Literature and the African World*, Cambridge: Cambridge University Press, 1976.

—— "Neo‑Tarzanism: The Poetics of Pseudo‑Tradition", Wole Soyinka, *Art, Dialogue, and Outrage*, New York: pantheon Books.

—— "Note on Idanre", Wole Soyinka, *Selected Poems*, London: Methuen, 2001.

——*Ogun Abibiman*, London: Rex Collings, 1976.

——*Opera Wonyosi*, London: Rex Collings, 1981.

——*Season of Anomy*, London: Arrow Books Limited, 1988.

——*Selecoted Poems*, London: Methuen, 2001.

——*Six Plays*, London: Methuen, 1984.

—— "Theatre in African Traditional Cultures: Survival Patterns", Wole Soyinka, *Art, Dialogue, and Outrage*, New York: Pantheon Books, 1993.

—— "The Autistic Hunt; or, How to Marximize Mediocrity", Wole Soyinka, *Art, Dialogue, and Outrage*, New York: Pantheon Books, 1993.

—— "The Bacchae of Euripides", Wole Soyinka, *Collected Plays*1, Oxford: Oxford University Press, 1973.

—— "The Critic and Society: Barthes, Leftocracy and Other Mythologies", Wole Soyinka, *Art, Dialogue, and Outrage*, New York: pantheon

Books.

——*The Man Died：Prison Notes*，London：Rex Collings，1972.

——*The Road*，Oxford：Oxford University Press，1965.

——"Who Is Afraid of Elesin Oba?"，Wole Soyinka，*Art*，*Dialogue*，*and Outrage*.New York：Pantheon Books，1993.

中文文献

著作

丁子春主编：《欧美现代主义文艺思潮新论》，杭州大学出版社 1992 年版。

高文惠：《依附与剥离——后殖民文化语境中的黑非洲英语写作》，中国社会科学出版社 2015 年版。

李安山、蒋晖主编：《中国非洲研究评论·非洲文学专辑》，社会科学文献出版社 2018 年版。

罗钢、刘象愚主编：《后殖民主义文化理论》，中国社会科学出版社 1999 年版。

生安锋：《霍米·巴巴的后殖民理论研究》，北京大学出版社 2011 年版。

王向峰主编：《文艺美学词典》，辽宁大学出版社 1987 年版。

王岳川：《后现代后殖民主义在中国》，首都师范大学出版社 2011 年版。

王岳川：《后殖民主义与新历史主义文论》，山东教育出版社 1999 年版。

余灏东：《非洲文学作家作品散论》，宁夏人民出版社 2012 年版。

张京媛主编：《后殖民理论与文化批评》，北京大学出版社 1999 年版。

赵稀方：《后殖民理论》，北京大学出版社 2009 年版。

[澳] 比尔·阿希克洛夫特、格瑞斯·格里菲斯、海伦·蒂芬：《逆写帝国》，任一鸣译，北京大学出版社 2014 年版。

[英] 巴特·穆尔-吉尔伯特等编：《后殖民批评》，杨乃乔等译，北京大学出版社 2001 年版。

[英] 吉尔伯特：《后殖民理论》，陈仲丹译，南京大学出版社 2001

年版。

[美]伦纳德·S. 克莱因编：《20世纪非洲文学》，李永彩译，北京语言学院出版社1991年版。

[美]萨义德：《东方学》，王宇根译，三联书店1999年版。

[美]赛义德：《赛义德自选集》，谢少波等译，中国社会科学出版社1999年版。

[美]萨义德：《知识分子论》，单德兴译，三联书店2002年版。

[美]托因·法洛拉：《尼日利亚史》，沐涛译，东方出版中心2015年版。

论文

[美]阿里夫·德里克：《再论后殖民问题》，《文艺报》1999年4月13日。

[尼日利亚]阿契贝：《殖民主义批评》，载罗钢、刘象愚主编《后殖民主义文化理论》，中国社会科学出版社1999年版。

段吉方：《论20世纪英国文化研究中的"葛兰西转向"》，载《文学评论》2014年第2期。

冯骥才：《鲁迅的功与过》，载《收获》2000年第2期。

[法]弗兰兹·法侬：《论民族文化》，载罗钢、刘象愚主编《后殖民主义文化理论》，中国社会科学出版社1999年版。

高文惠：《索因卡的"第四舞台"和"仪式悲剧"——以〈死亡与国王的马夫〉为例》，载《外国文学研究》2011年第3期。

[澳]海伦·蒂芬：《后殖民主义文学与反话语》，载罗钢、刘象愚主编《后殖民主义文化理论》，中国社会科学出版社1999年版。

赫荣菊：《论索因卡〈死亡与国王的侍从〉中悲剧精神的文化意蕴》，载《外语研究》2009年第4期。

洪露：《戏剧列车在汉口街头》，《抗战文艺》1938年第2期。

黄晖：《20世纪美国黑人文学批评理论》，《外国文学研究》2002年第3期。

黄晖：《非洲文学研究在中国》，载《外国文学研究》2016年第5期。

江玉娇、盛钰：《非裔诺贝尔文学奖得主沃勒·索因卡在中国的研究》，《浙江师范大学学报》2015年第5期。

蒋晖：《"逆写帝国"还是"帝国逆写"》，《读书》2016年第5期。

蒋晖：《论非洲现代文学是天然的左翼文学》，《文艺理论与批评》2016年第2期。

康慨：《大师直接行动：沃莱·索因卡访华成行》，《中华读书报》2012年10月31日。

刘象愚：《法侬与后殖民主义》，《外国文学》1999年第1期。

罗钢：《资本逻辑与历史差异——关于后殖民主义与马克思主义的一些思考》，载《外国文学评论》2002年第4期。

罗钢《关于殖民话语和后殖民理论的若干问题》，《文艺研究》1997年第3期。

［美］赛义德：《隐蔽的和显在的东方主义》，载《赛义德自选集》，谢少波等译，中国社会科学出版社1999年版。

［美］赛义德：《有关抵制性文化的诸话题》，载《赛义德自选集》，中国社会科学出版社1999年版。

陶东风：《文化本真性的幻觉与迷雾——中国后殖民批评之我见》，载《文艺报》1999年3月11日。

王宁：《全球化时代的后殖民理论批评》，《文艺研究》2003年第5期。

王燕：《略论索因卡剧作中的延续性意象》，《国外文学》1998年第3期。

吴保和：《非洲的"黑马"——诺贝尔文学奖获得者渥尔·索因卡和他的戏剧创作》，载《上海戏剧》1987年第2期。

姚申：《换语之人：后殖民时代的跨国创作运动》，《中国比较文学》1997年第2期。

作品

［尼日利亚］索因卡：《阿凯，我的童年时光》，徐涵译，北京燕山出版社2016年版。

［尼日利亚］索因卡：《痴心与浊水》，沈静、石羽山译，外国文学出版社1987年版。

［尼日利亚］索因卡：《索因卡作品：狮子与宝石》，邵殿生等译，北京燕山出版社2015年版。

［尼日利亚］索因卡：《死亡和国王的侍从》，蔡宜刚译，湖南文艺出版社2004年版。